Katrin Lankers

Verrückt nach New York
Regen im Herzen

MIX
Papier aus verantwortungsvollen Quellen
FSC® C110508

5 4 3 2 1
ISBN 978-3-649-61788-4

Hafenweg 30, 48155 Münster

Satz: Sabine Conrad, Rosbach
Umschlaggestaltung: Anna Schwarz unter Verwendung
von Illustrationen von Sara Vidal Peiró
Redaktion: Valerie Flakowski

Printed in Germany
www.coppenrath.de

Das ebook erscheint unter der ISBN 978-3-649-66776-6.

Katrin Lankers

VERRÜCKT NACH NEW YORK Nº 3

Regen im Herzen

COPPENRATH

Es ist besser sein Geld zu verlieren, als sein Vertrauen, sagt meine Omama. Bislang hatte ich wenig Gelegenheit, das zu überprüfen. Denn viel Geld hatte ich nie. Und was das Vertrauen angeht, verließ ich mich vor allem auf mich selbst. Erst als ich beides dringend gebraucht hätte, wurde mir klar, wie schnell man es verlieren kann.

Eure Maxi

»Das ist deine allerletzte Chance.«

»Und ich sage dir, ich mache das nicht.«

»Dann siehst du von dem Geld keinen Cent.«

»Verflucht noch mal, du verstößt gegen ihren Willen.«

»Und du gegen meinen.«

»Darum geht es hier also. Dass du deinen Willen durchsetzt.«

»Nein, hier geht es um zehn Millionen.«

»Um mein Geld.«

»Noch nicht.«

»Du kannst mich nicht dazu zwingen.«

»Oh, ich denke schon.«

Kapitel 1

Fünfzigtausend? Sie musste wahnsinnig geworden sein! Völlig den Verstand verloren haben! Dabei hatte sie noch ganz vernünftig gewirkt, als ich sie vor zwei Wochen am Flughafen verabschiedet hatte. Na ja, so vernünftig wie meine Omama, die seit jeher zu Verrücktheiten neigte, eben sein konnte. Aber das hier war der Gipfel aller verrückten Dinge, die sie jemals getan hatte.

Okay, es war vermutlich schon sehr verrückt gewesen, mit einem Mann, den sie erst seit einem halben Jahr kannte, nach New York zu fliegen und dort mit ihm den Bund fürs Leben zu schließen. Insbesondere da es sich um einen Birnenkopf mit Halbglatze handelte. Andererseits hatte ich Omama noch nie so glücklich erlebt wie bei ihrer Hochzeit am Valentinstag. Und ganz sicher noch niemals so verliebt.

Verrückt waren natürlich auch die Seancen gewesen, die sie in unserer Küche abgehalten hatte, bis ihr Roy Black erschienen war und sie wochenlang mit »Ganz in Weiß« verfolgt hatte. Ziemlich verrückt war auch ihre Angewohnheit, überall in der Wohnung Lavendel gegen böse Geister zu verteilen, sowie ihr traditionelles Neujahrspicknick auf dem Balkon bei Minusgraden. Aber all das fand ich noch recht normal, verglichen mit den fünfzigtausend Euro, die sie mir aufs Konto überwiesen hatte.

»Omama, was soll das?«, schrie ich aufgeregt in mein Handy, kaum hatte sie den Anruf angenommen.

»Maxi, ist alles in Ordnung? Warum rufst du mitten in der Nacht an?«, brüllte Omama zurück. Sie brüllte immer am Telefon, weil sie glaubte, dass ich sie sonst »am anderen Ende der Welt« nicht verstehen würde.

»Oh, entschuldige.« Mist, in der Aufregung hatte ich glatt die sechs Stunden Zeitunterschied vergessen.

»Schon in Ordnung.« Sie seufzte laut. »Also, was ist los?«

»Was ist das für Geld?«, kam ich ohne Umschweife auf den Grund meines Anrufs zurück. Erst hatte ich die Überweisung für einen Fehler gehalten, als ich meine üblicherweise eher besorgniserregende Finanzlage online geprüft hatte. Dann war mein Kopfkino gestartet und hatte angefangen, mir die wildesten Theorien vorzuspielen: Spekulierte meine Omama neuerdings an der Börse? Hatte sie im Lotto gewonnen? Oder war sie womöglich in irgendwelche kriminellen Aktivitäten verstrickt? Hehlerei? Geldwäsche? Schutzgelderpressung? Aber was machte diese Riesensumme dann auf meinem Konto?

»Warum überweist du mir fünfzigtausend Euro?«, schob ich hinterher, weil meine Omama nicht sofort reagierte.

»Das ist dein Anteil«, erklärte Omama nüchtern.

»Mein Anteil?« Also wirklich etwas Kriminelles?!

»Vom Haus.«

»Wieso vom Haus?« Ich verstand nur Bahnhof.

»Ich habe das Haus verkauft. Weil ich jetzt bei Hubertus wohne. Wer nicht auszieht, kommt nicht heim, so sagt man doch. Nun brauche ich das alte Ding nicht mehr. Und der Buchladen war mir schon lange zu viel. Den habe ich gleich mit verkauft. Du kannst dir gar nicht vorstellen, wie die Immobilienpreise explodiert sind. Da kam ein schönes Sümmchen zusammen. Und da dachte ich mir: Geteilte Freude ist doppelte Freude. Deshalb solltest du deinen Teil davon bekommen. Sicher kannst du das Geld gut gebrauchen, oder?« Sie lachte fröhlich, aber mir war gar nicht nach Lachen zumute.

»Du hast das Haus verkauft?«, echote ich hohl. Bilder schossen durch meinen Kopf: unsere Ikea-Style-Küche, wo wir oft über einer Tasse Kakao gesessen und geredet hatten. Mein Kinderzimmer mit dem bunt lackierten Holztisch, an dem ich vom ersten bis zum letzten Schuljahr meine Hausaufgaben erledigt hatte. Und natürlich der verwinkelte, staubige Buchladen, in dem ich mich ungezählte Stunden in Büchern verloren hatte, auf der Theke das Einmachglas mit Gummibärchen, aus dem ich mich bedient hatte, wenn ich aus der Schule heimkam ... »Du hast den Buchladen verkauft?«

Lautes Hämmern direkt über meinem Kopf machte es mir unmöglich zu verstehen, ob und was meine Omama antwortete, und holte mich zurück in die Gegenwart.

»Rick!«, brüllte ich, wobei ich das Handy auf Armlänge von mir wegstreckte. »Hör mal kurz auf, ich telefoniere.« Ein noch kräftigeres Hämmern erklang als Antwort.

»Rick!« Ich griff nach dem erstbesten Gegenstand – einem Wildleder-Pumps mit Plateau-Sohle – und schleuderte ihn gegen die Zimmerdecke. Poch. Poch. Poch. Meine Schuhattacke prallte unbemerkt von meinem handwerkenden Mitbewohner an der Decke ab, und mit dem Pumps rieselte eine Wolke Putz zu Boden. Mist! Ich hielt es ohnehin für eine hirnrissige und halsbrecherische Idee, um sieben Uhr abends das Dach neu decken zu wollen. Aber Rick neigte zu extremen Aktionen und hatte erklärt, er wolle das nur schnell zu Ende bringen, nachdem er schon den ganzen Tag dort oben herumgeturnt war. Zum Glück legte er nun tatsächlich eine kurze Pause ein und aus dem Handy in meiner Hand drang Omamas Stimme zu mir.

»Maxi? Maaaaxi, bist du noch dran?«

»Ja.« Ich drückte mir das Telefon wieder ans Ohr.

»Was ist denn bei euch los?«

»Rick deckt das Dach.«

»Um diese Zeit?«

»Sag ihm das.«

Poch. Poch. Poch. Jetzt ging das schon wieder los! Im Grunde war ich ja dankbar, dass Rick sich so für die Renovierung von Pinkstone einsetzte. Denn Pamela und Saida, unsere anderen beiden Mitbewohnerinnen, hatten ihre Hilfe zwar fest zugesagt, hielten sich nun aber zurück, angeblich, weil sie zu viel mit ihren Jobs zu tun hatten. Pam kellnerte neuerdings in einem Diner am Times Square, wo die Mitarbeiter die Gäste nicht nur mit Burgern und Pommes, sondern auch mit Musical-Hits erfreuten. Und Saida bereitete sich auf ihr erstes Mode-Shooting und ihre Gerichtsverhandlung vor. Aber mal ehrlich: Daneben blieb eigentlich viel Zeit, um im Haus mit anzupacken. Ich schaffte es ja auch, obwohl ich als Redaktionspraktikantin bei dem Magazin *Zeitgeist* jede Menge zu tun hatte. Ein bisschen mehr Engagement hätte ich mir schon gewünscht. Immerhin war die Renovierung des Hauses die Voraussetzung dafür, dass wir hier leben durften. Zumindest noch drei Monate, bis der Besitzer es meistbietend versteigern wollte.

Poch. Poch. Poch.

»RIIIIICK!« Wie gesagt: Ich war ihm dankbar, aber das Hämmern nervte gewaltig. Ich konnte keinen klaren Gedanken mehr fassen, dabei war das gerade bitternötig.

»Du hast unser Haus also verkauft?«, hakte ich in der nächsten Poch-Pause bei Omama nach. Ich vermute, dass ich dabei ziemlich jämmerlich klang, denn ihre Antwort fiel deutlich zurückhaltender aus als zuvor.

»Ja, mein Mädchen, das habe ich. Ich hätte nicht gedacht, dass dich das stören würde.«

»Und wo soll ich wohnen, wenn ich wieder nach Hause komme?«, fragte ich kleinlaut. Ich hatte nie besonders an unserem Haus gehangen, zumindest hatte ich mir keine Gedanken darüber gemacht. Aber jetzt, wo es verkauft war, vermisste ich es plötzlich schrecklich. Zumal mir nicht klar war, wo ich nach Ablauf der Frist durch unseren Vermieter leben würde, falls Pinkstone dann womöglich doch abgerissen würde. Denn die Option bestand ja nach wie vor.

»Aber, Maxi, dann wohnst du natürlich bei uns«, versuchte Omama, mich eilig zu trösten. »Ich habe deine Möbel alle mitgenommen. Du hast hier dein eigenes Zimmer. Hubertus besitzt ein riesiges Haus. Ein wunderschönes

Haus. Es wird dir gefallen. Mein Haus ist dein Haus – das sagen die Spanier, glaube ich. Oder die Italiener? Na egal, Hubertus sieht das jedenfalls genauso!«

Poch. Poch. Poch. Poch. Poch.

Meine Güte, hörte das denn gar nicht mehr auf? So langsam fing mein Kopf an zu dröhnen. Der Lärm über mir gepaart mit diesem Telefonat war einfach zu viel. Nicht genug, dass meine New Yorker Bleibe eine Baustelle war und womöglich in Kürze nicht mehr existieren würde. Nun hatte ich auch kein Zuhause mehr in Deutschland, in das ich zurückkehren konnte. Über diese deprimierenden Gedanken hatte ich den eigentlichen Grund des Anrufs ganz vergessen.

»Es tut mir leid, Maxi«, sagte Omama, als das Pochen erneut pausierte. »Ich hätte vielleicht besser vorher mit dir darüber reden sollen. Aber mir war nicht klar, dass es dir etwas ausmachen würde. Ich hoffe, du freust dich wenigstens über das Geld ...« Erst als sie es erwähnte, fiel mir die unglaubliche Summe wieder ein, die sie mir überwiesen hatte. Fünfzigtausend Euro! Ob ich mich darüber freute? Im Moment war ich eher traurig, weil sie unser Haus verkauft hatte. Aber mal davon abgesehen, dass es mir schwerfiel, mich über das Geld zu freuen ... Es war einfach so unvorstellbar viel! Was sollte ich bloß damit anfangen?

»Maxi?«, fragte Omama nach, weil ich nicht sofort reagierte. Was sollte ich ihr auch sagen? Sie hatte vielleicht eine falsche Entscheidung getroffen – so sah ich das zumindest. Aber sie war auch ungeheuer großzügig gewesen und ich wollte nicht nörgeln und undankbar erscheinen.

»Ähm«, machte ich, weil mir keine diplomatische Antwort einfiel. Doch dann blieb mir jede Art von Antwort erspart. Denn in diesem Augenblick war über meinem Kopf zuerst ein heftiges Poltern zu hören, dann krachte etwas gewaltig und kurz darauf schrie Rick: »Shit!« Nur Sekunden später stürzte die Decke ein. In einer gewaltigen Wolke aus Staub und Schutt landete Rick laut fluchend mit dem Hintern zuerst auf meinem Wildleder-Pumps mit Plateau-Sohle, der – den zehn Zentimeter-Absatz nach oben gerichtet – noch dort auf dem Boden lag, wo er vorhin hingefallen war.

»Rick«, kreischte ich. »Alles okay?«

»Alles okay?«, brüllte meine Omama gleichzeitig durchs Handy.

»Ja, ja, alles okay.« Rick hob beschwichtigend die Hände und verzog erst danach schmerzlich das Gesicht. Er tastete unter seinem Po herum, bis er den Übeltäter entdeckt hatte.

»Ich habe schon immer geahnt, dass High Heels mörderisch sind«, stellte er trocken fest und streckte mir den Pumps hin, dessen Absatz wie ein gebrochenes Bein im rechten Winkel abstand. Behutsam nahm ich den Schuh in meine freie Hand und betrachtete das Desaster. Mir stiegen Tränen in die Augen, die Rick fälschlicherweise als Kummer um den verunglückten Schuh deutete.

»Ich schmier dir ein bisschen Sekundenkleber drauf, dann ist er wie neu.« Er rappelte sich hoch, wobei er sich mit einer Hand den Hintern rieb und mit der anderen den Staub aus den Augen wischte, und kam zu mir, um mich unter einer seiner Bärenumarmungen zu begraben.

»Maxiiii!«, brüllte Omama in diesem Moment. Ich hatte

in dem Tumult völlig verdrängt, dass sie noch in der Leitung hing.

»Hier ist alles in Ordnung«, versuchte ich, sie schnell zu beschwichtigen, wobei ich mich bemühte, meine Stimme nicht tränenerstickt klingen zu lassen. »Nur ein kleiner Unfall beim Dachdecken. Ich muss aufhören, wir reden ein anderes Mal.« Mit diesen Worten klickte ich sie einfach weg. Nicht gerade die feine Art, aber Omama würde mir das sicher verzeihen. Denn aktuell hatte ich ein deutlich größeres Problem: In der Decke meines Zimmers klaffte ein zwei mal zwei Meter großes Loch, durch das ich direkt in den dunklen, sternenlosen Himmel schauen konnte.

»Ich krieg das schon wieder hin, irgendwie«, versuchte Rick, mich zu beruhigen, als mir nun tatsächlich ein paar Tränen über die Wangen liefen. Aber nicht das Loch war es, was mich so verzweifeln ließ. Es war das Gefühl, buchstäblich kein Dach mehr über dem Kopf zu haben. Nicht mehr in Deutschland und bald auch nicht mehr in New York.

Selbst wenn unser Vermieter Pinkstone nicht an den Investor Larry Miller verkaufte, der es abreißen wollte, war noch längst nicht gesagt, dass ein anderer neuer Besitzer uns hier wohnen lassen würde. Ich hatte mir etwas vorgemacht, als ich meine Mitbewohner überredet hatte, uns auf den Deal einzulassen. Wir renovierten Pinkstone, nur damit Donald Duck (wie wir den Erben der Pink Lady und damit Besitzer von Pinkstone nannten) es am Ende verschachern konnte. In diesem Moment erschien mir die ganze Renovierungsaktion vollkommen sinnlos. Doch dann hatte ich eine Eingebung …

Kapitel 2

»Maxi, du spinnst.« Pamela steckte eine Handvoll Gummibärchen in den Mund – meine Gummibärchen – und kaute energisch. Dafür dass sie eigentlich ständig auf Diät war, verputzte Pam eine erstaunliche Menge – meiner – Gummibärchen.

Alarmiert durch das Poltern, waren meine Mitbewohner in meinem Zimmer aufgetaucht und hatten das Loch im Dach angemessen bestaunt. Nun hockten wir auf dem pinken Flokati darunter. Obwohl die kalte Nachtluft den Raum merklich abkühlte, erschien mir der Platz für eine Krisenbesprechung am passendsten. Ich vergrub meine Finger in den pinken Schlingen des Flokatis, was eine beruhigende Wirkung auf mich hatte. Den Teppich hatte ich anfangs aus meinem komplett pinken Zimmer verbannt – die Pink Lady hatte es in ihrer Lieblingsfarbe eingerichtet –, hatte ihn dann aber nach kürzester Zeit reuig wieder aus der Abstellkammer hervorgezerrt, weil ich das kuschelige Ungetüm vermisst hatte.

Ich atmete tief durch, um meine Gedanken zu ordnen.

Ich musste die anderen von meiner Idee überzeugen, denn allein hatte ich keine Chance!

»Mensch, Pam«, wandte ich mich deshalb zuerst an die tatkräftigste meiner Mitbewohnerinnen. »Du hast damals gesagt, dass wir Pinkstone am Ende womöglich selbst kaufen könnten.« Ich hatte ihre Worte noch genau im Ohr.

»Das war doch bloß so dahingesagt.« Pamela griff wieder in eins der Schraubgläser, die ich mitten auf den Flokati gestellt hatte. Dieses Mal erwischte sie die orangen Bären, die optimistisch stimmen sollen – zumindest wenn man der Gummibärchen-Farbenlehre folgte, die ich vor einigen Jahren aufgestellt hatte. Bei Pam war von dieser Wirkung allerdings nichts zu spüren. »Das schaffen wir niemals, da können wir uns noch so abrackern.«

»Ja, aber wir rackern uns ohnehin schon ab, um das Haus zu renovieren.« Ich warf einen beifallsuchenden Blick zu Rick, der entschieden nickte. »Zumindest Rick und ich.« Diese kleine Spitze konnte ich mir nicht verkneifen. »Da wäre es doch total bescheuert, wenn wir nicht wenigstens versuchen würden, Pinkstone selbst zu ersteigern. Stellt euch vor, Investor Miller bekommt das Haus am Ende doch – dann war unsere ganze Arbeit umsonst, weil er es abreißen lässt! Oder irgendein Snob zieht ein, der sich freut, dass wir das Haus so schön für ihn renoviert haben.«

»So lautet nun mal der Deal«, erklärte Pam pragmatisch. »Wir renovieren und Donald Duck lässt uns dafür drei Monate mietfrei wohnen. Nicht zu vergessen: Du musst schön darüber in deinem Blog berichten, damit sich noch mehr Leute für Pinkstone interessieren und er am Ende einen noch dickeren Batzen Geld dafür bekommt.«

»Ja, aber wenn es eben doch nicht so läuft«, erwiderte ich hitzig. »Wenn wir es selbst schaffen, das Geld zusammenzubekommen und das Haus zu kaufen. Dann würde Pinkstone uns gehören. Niemand könnte es mehr abreißen. Und wir hätten es für uns selbst renoviert.«

»Dadgumit.« Pamela wurde langsam ungeduldig. »Nur weil du dir durch deine Zimmerdecke neuerdings die Sterne anschauen kannst, heißt das noch lange nicht, dass du auch einen erwischst, wenn du versuchst, danach zu greifen!«

»Warum haltet ihr meinen Vorschlag eigentlich für so abwegig?« Wütend knetete ich den Flokati. »Ich habe es euch doch erzählt: Ich habe fünfzigtausend. Wenn das kein Startkapital ist, weiß ich es auch nicht!«

»Pah«, mischte Saida sich zum ersten Mal ein. »Fünfzig Riesen sind ein Witz. Ich meine: Nicht dass ich sie im Moment nicht gut gebrauchen könnte. Aber sie reichen niemals, um ein Haus zu kaufen.«

»Fünfzigtausend Euro«, verteidigte ich mich sofort. »Das sind über sechzigtausend Dollar.«

»Pah«, machte Saida wieder. »Hast du dir mal die Immobilienpreise in New York angeschaut? Für sechzigtausend bekommst du höchstens eine Haustür, aber niemals ein ganzes Haus. Dafür musst du ein paar Millionen lockermachen.«

»Das ist mir auch klar«, erwiderte ich gereizt. »Ich habe ja nie gesagt, dass ich Pinkstone damit kaufen könnte. Ich habe nur gesagt, dass es ein Anfang wäre. Und dass wir vielleicht eine Chance haben, wenn wir alle versuchen, in der uns verbleibenden Zeit so viel Geld wie möglich aufzutreiben. Kapiert ihr das denn nicht? Dass wir es gemeinsam vielleicht schaffen könnten?«

Ich fing an, nervös mit einem der Medaillons an meiner Halskette zu spielen. Dream as if … stand darauf. Es war der Anfang eines Zitats von James Dean: Träume, als würdest du ewig leben. Lebe, als müsstest du heute sterben. Und es bedeutete mir sehr viel, obwohl oder gerade weil die Story dahinter so kompliziert war.

Vielleicht sollte ich an diesem Punkt etwas klarstellen: Ich bin eigentlich keine Träumerin. Im Gegenteil. Ich bin ein logisch denkender Mensch, der für alles einen Plan hat. Wenn Plan A nicht funktioniert – was in New York leider ziemlich häufig der Fall ist –, dann bin ich auch nicht um Plan B oder C verlegen. Und ich erstelle Listen, denn für alles, was ich mir vornehme, brauche ich mindestens drei gute Gründe. Also:

3 gute Gründe, Pinkstone zu kaufen:
1. Es wird garantiert nicht abgerissen!
2. Wir haben nicht umsonst so viel Arbeit reingesteckt!
3. Wenn wir das Haus retten, retten wir auch unsere Freundschaft!

Dieser dritte Punkt war vielleicht der wichtigste von allen, dachte ich. Obwohl ich es mir nur ungern eingestand – denn eigentlich war ich stolz darauf, immer alles allein zu schaffen –, machte mir die Aussicht, mit dem Verlust von Pinkstone auch meine Freunde zu verlieren, am meisten Angst. So große Angst, dass ich mich kaum traute, den Gedanken laut auszusprechen.

Was, wenn die anderen bloß darüber lachten? War es nicht typisch für Amerikaner, dass für sie Freundschaften eher oberflächlich blieben? Zumindest war es das, was ich über die amerikanische Mentalität gehört hatte. Andererseits hatte sich unsere Freundschaft in den letzten Monaten als sehr stabil erwiesen. Sogar unsere Feuerprobe, als mein Ex-Kollege Chris versucht hatte, einen Keil zwischen uns zu treiben, hatten wir bestanden. Ach, verflixt, ich hatte bislang einfach zu wenig Erfahrung mit Freundschaften gesammelt. Rick, Pam, Saida und Abby waren die ersten Menschen in meinem Leben, die ich als echte Freunde betrachtete. Und da meine rationalen ersten beiden Gründe nichts bewirkt hatten, musste ich es wohl darauf ankommen lassen ...

»Bedeutet euch das, was wir hier haben, denn gar nichts?«, fragte ich provokant. »Mir bedeutet es auf jeden Fall eine Menge. Für mich seid ihr nicht bloß Freunde. Für mich seid ihr wie eine zweite Familie. Deshalb ist es mir wichtig, dass wir auch in Zukunft zusammen in Pinkstone wohnen können.« Okay, jetzt war es raus. Unsicher betrachtete ich die Gesichter meiner Mitbewohner. Keiner von ihnen sah aus, als wollte er lachen. Familie war bei uns allen im Moment ein heikles Thema.

Pam hatte Stress mit ihren Eltern, die auf einer Ranch in einem texanischen Kuhkaff lebten, weil sie von ihr verlangten, zurück nach Hause zu ziehen, um sich um ihre rückenkranke Mutter und vor allem die vier Männer der Familie zu kümmern. Dass Pam in New York bleiben wollte, um Schauspielerin zu werden – zumindest war das bis vor Kurzem ihr Plan gewesen –, verstanden sie nicht.

Saidas Verhältnis zu ihrer Mutter war stark angespannt, weil Saida von Mrs Stones Konto mehrere tausend Dollar an eine Tierschutzorganisation gespendet hatte. Noch wütender war Saidas Mutter aber vermutlich darüber, dass ihre Tochter vor Gericht gelandet war, weil sie einen Freund versteckt hatte, der von der Polizei gesucht worden war. Nun türmten sich auf Saidas Schuldenberg zusätzlich die Anwaltskosten.

Abby war zurück nach Hause gezogen, nachdem aufgeflogen war, dass sie bei einer Pornofilm-Firma gearbeitet hatte. Sie war dort zwar als Sekretärin beschäftigt gewesen, aber selbst das hatten ihre strenggläubigen Eltern nicht dulden können. Nun hatte sie einen Job im Gemeindesekretariat, bei dem sie sich zu Tode langweilte.

Ricks Großfamilie, die aus Italien stammte und nach seiner Aussage konservativer als der Papst war, sprach nicht mehr mit ihm, seit er durch die Intrigen meines Ex-Kollegen als schwul geoutet worden war.

Und ich? Ich hatte nie so etwas wie eine richtige Familie gekannt. Meine Mutter Sandy war in die große weite Welt verschwunden, kaum dass sie mich in sie hineingeboren hatte. Obwohl wir uns hier in New York wiedergetroffen und angenähert hatten, blieb unser Verhältnis distanziert. Wer mein Vater war, wusste ich nicht. Und meine geliebte Omama, bei der ich aufgewachsen war, erlebte ihren zweiten Frühling mit Birnenkopf Hubertus und hatte das einzige Zuhause, das ich jemals besessen hatte, gerade verkauft.

»Ich finde das supisüß von dir, Maxi, dass du das so sagst«, brach Abby schließlich das Schweigen. Obwohl sie offiziell nicht mehr bei uns wohnte, verbrachte sie jede freie Minute in Pinkstone. »Ich habe nur leider keinen Cent übrig, den ich beisteuern könnte. Wenn ich noch bei *Lola Productions* arbeiten würde, wäre das vielleicht was anderes. Da habe ich wirklich fantastisch verdient. Aber jetzt bekomme ich einen Hungerlohn, und meine Eltern verlangen, dass ich den Großteil davon an sie abgebe, weil ich wieder bei ihnen wohne.« Sie lächelte mich entschuldigend an. Trotzdem war ich ihr dankbar, dass sie meine Idee wenigstens nicht für völlig abwegig hielt.

»Ich wüsste auch nicht, wie ich das Geld auftreiben sollte«, mischte Pamela sich ein. »Mein Gehalt ist zwar nicht schlecht, aber ich kriege keine Unterstützung mehr von zu Hause. Deshalb reicht es gerade so für mich selbst. Wenn es der Sache dient, wäre ich natürlich bereit, einen Millionär zu heiraten. Aber bisher habe ich nur die Tellerwäscher bei uns im Diner kennengelernt.« Sie lachte trocken und schob sich noch ein paar orange Gummibärchen in den Mund. Vielleicht hatte ich die Wirkung der Bärchen unterschätzt, zumindest schien Pams Stimmung sich aufzuhellen.

»Mal ganz im Ernst.« Saida wirkte alles andere als begeistert vom Verlauf des Gesprächs. »Dieser Modeljob bringt zwar gutes Geld, aber ihr kennt meine finanzielle Lage. Erst mal muss ich meine Schulden abstottern. Und dafür brauche ich mehr als bloß ein Engagement.«

Rick hatte bisher noch kein Wort gesagt. Scheinbar in Gedanken spielte er die ganze Zeit mit meinem massakrierten Pumps herum. Doch dann richtete er den spitzen Schuh plötzlich wie eine Waffe auf mich und erklärte: »Also, ich hab eh schon überlegt, ob ich nicht mein eigenes Business starten soll. Wenn es gut läuft, bleibt am Ende vielleicht ein bisschen Kohle übrig.«

»Was?« Ich war so überrascht, dass ich mich im ersten Moment gar nicht richtig freuen konnte, dass Rick meinen Vorschlag unterstützte. Rick war zwar immer derjenige von uns mit den meisten Jobs gewesen – er arbeitete im Fitness-Studio, als Baseball-Trainer und als Fahrradkurier –, aber ich hatte angenommen, dass er keine Lust hatte, sich auf eine Sache festzulegen. Vermutlich hatte dabei auch eine Rolle gespielt, dass seine Eltern von ihm erwartet hatten, dass er das Restaurant seiner Familie irgendwann übernehmen und weiterführen würde. Und auch wenn Rick dazu nie Lust gehabt hatte, hatte er sich diese Option irgendwie offengehalten. Und jetzt wollte er sich selbstständig machen? »Was hast du denn genau vor?«, hakte ich nach.

»Ich dachte an eine Art Bootcamp. Für Leute, die extrem schnell extrem fit werden wollen. So auf die ganz harte Tour. Die Leute richtig schön quälen.« Er zog einen Mundwinkel und eine Augenbraue in die Höhe – das ultra-coole Rick-Grinsen.

»Aber dafür bräuchtest du einen Trainingsraum. Wie willst du das bezahlen?« Pam blieb wie immer pragmatisch.

»Nee, ich veranstalte das draußen.« Rick schien sich tatsächlich schon ein paar Gedanken zu dem Thema gemacht zu haben, was mich erneut überraschte. Er war mir nie als jemand erschienen, der großartig Pläne schmiedete. »Es gibt da eine Trainerin, eine Deutsche übrigens, die bietet so was auf der Brooklyn Bridge an. Kommt total gut an. Und ich dachte mir: Wieso sollte das hier auf der Williamsburg Bridge nicht genauso klappen? Ist vielleicht nicht so schick, aber passt gut zur harten Tour.«

Wow, so viele Sätze am Stück hatte ich Rick noch nie reden gehört. Und seine Idee gefiel mir auch richtig gut. Sie passte zu ihm.

»Ja, mach das auf alle Fälle«, stimmte ich begeistert zu. »Das ist genau dein Ding.« Erst dann fiel mir auf, was das für Pinkstone bedeutete: Wenn Rick sein Bootcamp aufziehen wollte, würde ihm garantiert weniger Zeit bleiben, um bei der Renovierung des Hauses mitzuhelfen. Und wenn wir damit nicht vorankamen, würde unser Vermieter uns vermutlich hinauswerfen, noch bevor die Frist abgelaufen war. Wie sollten wir das schaffen? Genau diese Frage stellte ich in die Runde, wobei ich vor allem Saida und Pam scharf anschaute. Doch wieder antwortete Rick.

»Das hab ich auch überlegt«, erklärte er. Er schien sich in letzter Zeit eine Menge Gedanken gemacht zu haben ... »Und ich denke, wir müssen uns einen neuen Mitbewohner suchen. Am besten einen, der ein bisschen stärker ist als ihr, Mädels, damit er hier mit anpacken kann. Und der was vom Dachdecken versteht.« Mit dem Pumps deutete er auf das Loch in der Decke.

Abby sah ein bisschen unglücklich aus bei dem Vorschlag, vermutlich fürchtete sie, nicht mehr so willkommen in Pinkstone zu sein, wenn ihr altes Zimmer neu vermietet wäre. Aber Saida nickte zustimmend und Pam quietschte vergnügt (die orangen Bärchen schienen tatsächlich zu wirken): »Am besten, wir finden einen Millionär als Mitbewohner. Damit wären alle Probleme gelöst.«

Ich lachte, nicht nur über Pams Vorschlag, sondern weil ich erleichtert war, dass offensichtlich allen daran gelegen war, eine Lösung für Pinkstone zu finden. Jetzt brauchte ich nur noch einen genialen Einfall, wie wir an sehr viel Geld kommen konnten. Ein Millionär als Mitbewohner wäre ein guter Anfang, dachte ich, während wir unsere Versammlung auflösten, weil es mittlerweile bitterkalt in meinem Zimmer geworden war.

Ich konnte ja nicht ahnen, dass die Probleme damit erst anfangen würden ...

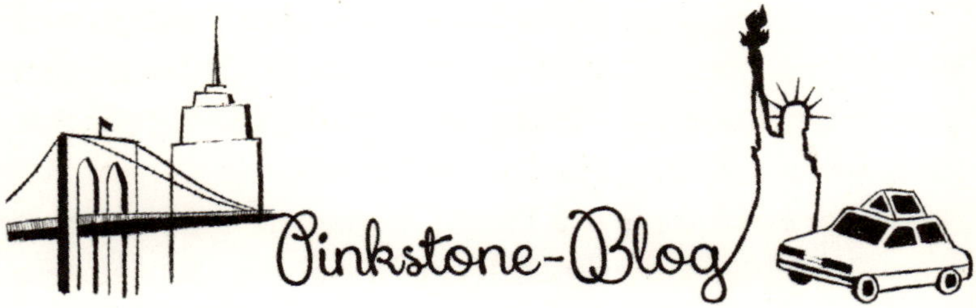

We want you! Die Pinkstone-WG sucht einen neuen Mitbewohner.

Wir bieten: ein helles Zimmer mit süßen Spitzendeckchen und Porzellanfigürchen (die Abby hinterlassen hat) in einem tollen (leider stark renovierungsbedürftigen) Haus in einer angesagten Wohngegend (mitten in Williamsburg) sowie eine ziemlich verrückte, aber liebenswerte Wohngemeinschaft. Und das Beste: Du wohnst mietfrei – na, wenn das kein Angebot ist!

Was du mitbringen solltest: handwerkliches Geschick, die Bereitschaft, bei der Renovierung mit anzupacken. Und idealerweise ein paar Millionen auf dem Konto (das ist allerdings keine zwingende Voraussetzung).

Kapitel 3

»Du hast doch nichts dagegen, wenn ich die Schuhe ausziehe.« Das war keine Frage. Das war eine Feststellung. Zumal der langhaarige, langbärtige Typ, der sich als Lyrics vorgestellt hatte – sollte das wirklich ein Name sein? – die Jesuslatschen bereits abgestreift hatte und nun ausgiebig mit seinen haarigen Zehen wackelte. Nackte Füße an diesem durchwachsenen Märztag – noch dazu so hässliche! – waren für mich eigentlich Grund genug, Lyrics oder wie auch immer er hieß, sofort wieder zur Tür hinauszubefördern. Aber wir brauchten einen neuen Mitbewohner und womöglich war dieser Hippie ein handwerkliches Genie. Also führte ich ihn in die Küche, wo meine Mitbewohner schon gespannt auf Bewerber Nummer eins warteten.

»Das sind Pamela, Saida, Rick und Abby.« Ich deutete mit dem Finger auf jeden Einzelnen am Küchentisch. »Und das ist …« Mist, ich hatte seinen komischen Namen auf dem kurzen Weg von der Haustür zur Küche schon wieder vergessen. Ich war noch nie besonders gut mit Namen gewesen. Doch statt sich selbst vorzustellen, machte der Typ das Peace-Zeichen in die Runde, zog sich umständlich die Gitarre über den Kopf, die auf seinem Rücken gebaumelt hatte, und schälte sich aus seinem Lammfellmantel. Darunter trug er: nichts!

»Ups«, machte Pamela. Abby schloss mit einem Quieken die Augen und Rick zog verwundert eine Augenbraue hoch. Nur Saidas Gesichtsausdruck blieb völlig ungerührt.

»Das stört euch doch nicht, wenn ich so herumlaufe.« Wieder eine reine Feststellung. »Ich mache das seit Jahren so. Fühle mich viel freier seitdem. Kleidung drängt uns bloß in einen konstanten Kampf zwischen Individualität und Konformismus. Nacktheit befreit uns davon, indem sie ein Klima komfortabler Individualität ohne Vortäuschungen fördert. Seht ihr doch auch so.« Wieder eine Feststellung.

»Ähm«, machte ich und registrierte dankbar, dass er jetzt immerhin die Gitarre über seine primären Geschlechtsmerkmale legte.

»Das ist eine wirklich befreiende Erfahrung. Ich rate euch auch dazu. Indem man alle Kleider ablegt, entledigt man sich auch der ganzen sozialen Last, die mit dem Nacktheitstabu in unserer Gesellschaft einhergeht. Ich kann euch da gerne ein bisschen Nachhilfe geben, wenn ich erst mal hier eingezogen bin. Kann ich jetzt das Zimmer sehen?«

»Ähm«, machte ich wieder. Ich war ja ein Fan von Verrückten. Aber dieser Nackedei stand auf der Verrücktheitsskala eindeutig schon kurz vor der Einweisung in die geschlossene Anstalt. Ich warf einen verzweifelten Blick in die Runde meiner Mitbewohner. Wie wurden wir diesen Kerl, der eine Gitarre für die angemessene Bekleidung bei einem WG-Vorstellungsgespräch hielt, so schnell wie möglich wieder los? Aber niemand schien in der Lage zu sein, die Initiative zu ergreifen. Abby hielt die Augen fest geschlossen, Rick starrte irritiert auf die üppige Brustbehaarung unseres Gegenübers, Pamela machte den Eindruck, als würde sie vor unterdrücktem Lachen gleich platzen, und ich selbst war noch immer sprachlos. Ausgerechnet Saida rettete uns.

»Du, das ist ein echt interessanter Ansatz«, erklärte sie. »Aber mir passt es nicht, dass du einen Lammfellmantel trägst. Hast du dir mal überlegt, wie qualvoll das für die kleinen Tiere ist?« Und damit geleitete sie unseren Gast so entschieden zur Tür, dass er kaum Zeit fand, wieder in seinen Mantel zu schlüpfen.

»Wie cool war das denn?«, fragte Rick perplex, als Saida wieder in die Küche kam.

»Ist er weg?« Abby blinzelte vorsichtig zwischen halb geschlossenen Lidern hervor.

»Wenn der Typ hier einzieht, können wir unseren Fernseher verkaufen«, amüsierte sich Pamela. »Der ist besser als jede Comedy.«

»Das war der Tiefpunkt«, erklärte ich hoffnungsvoll. »Ab jetzt kann es nur noch besser werden.« Aber darin hatte ich mich leider getäuscht.

»Natürlich bin ich handwerklich begabt.« Kandidatin Nummer zwei hatte eine Stimme, deren Frequenz jeder Hundepfeife Konkurrenz machte. »Ich meine, schaut euch nur mal diese Strasssteine an!« Auffordernd streckte sie uns ihre zu schrillen Kunstwerken manikürten Fingernägel entgegen. »Hab ich alles selbst gemacht. Ihr könnt euch gar nicht vorstellen, wie geschickt man dafür sein muss.«

Ich konnte mir vor allem nicht vorstellen, wie sie mit diesen Krallen ein Haus putzen, geschweige denn, wie sie es renovieren wollte.

»Das ist ja wirklich, äh, ungewöhnlich«, erwiderte ich diplomatisch. »Aber wir suchen eigentlich einen Mitbewohner, der hier mit anpackt, äh ...« Wie hieß die blond gelockte Krallenfrau noch mal?

»Cindy«, kam Blondie mir zu Hilfe. »Eigentlich Cinderella, aber ich finde, das klingt total nach Disneyland.«

Stimmt, und da hätte sie auch super hingepasst, dachte ich. Aber ich sagte: »Also, Cindy, welche handwerklichen Fähigkeiten besitzt du denn sonst noch so?«

»So einige.« Sie lachte spitz und schaute in die Runde, bis ihr Blick an Rick hängen blieb. Mit maskaraverklebten Wimpern blinkerte sie meinen Mitbewohner an. »Bisher hat sich zumindest noch keiner beschwert.«

Ach du Sch...! Versuchte sie tatsächlich, Rick anzugraben? Dann kannte sie meinen Blog wohl nicht, oder sie war noch dümmer, als ich bisher vermutet hatte. Sonst hätte sie ja gewusst, dass ihre Annäherungsversuche bei Rick vergebliche Liebesmühe waren. Pamela prustete laut los, Abby schloss schon wieder die Augen, und Rick, der sich noch nicht ganz von dem nackten Hippie erholt zu haben schien, bekam den Mund vor Staunen gar nicht mehr zu. Wieder war es Saida, die dieser Horror-Show ein Ende setzte.

»Hör zu, Süße. Rohre verlegen ist so ziemlich das Einzige, was wir hier nicht vorhaben. Und wenn ich dich so anschaue, wird mir schlecht bei der Vorstellung, wie viele Tiere bei schrecklichen Tierversuchen sterben mussten, damit du dir diese ganze Schminke ins Gesicht kleistern konntest. Deshalb würde ich sagen, du gehst jetzt besser, bevor ich auf die Idee komme, meine handwerklichen Fähigkeiten zu nutzen, um dir die Krallen zu stutzen.«

Cinderella stieß ein entsetztes Hundepfeifen-Kreischen aus und stürzte zur Tür.

»Okay«, erklärte ich, als die Haustür mit einem Rums hinter ihr ins Schloss gefallen war. »Das war definitiv der Tiefpunkt.« Die anderen schauten mich zweifelnd an.

»Vielleicht brauchen wir doch keinen neuen Mitbewohner«, sagte Rick. Abby nickte vehement.

»Aber, Rick.« Ich schaute ihn über den Tisch hinweg streng an. »Es war doch dein Vorschlag.«

»Schon, aber wir kriegen das auch so hin.« Rick stand von seinem Stuhl auf und fing an, vor dem Tisch auf und ab zu laufen. Rick war eigentlich immer in Bewegung. Es fiel ihm schwer, länger als fünf Minuten still zu sitzen, vor allem, wenn ihn etwas beschäftigte. »Dann muss das Bootcamp halt noch ein paar Monate warten.«

»Auf gar keinen Fall!« Ich war so froh, dass Rick endlich etwas gefunden hatte, das er mit Begeisterung tun wollte, und ich durfte nicht zulassen, dass er nun zugunsten von Pinkstone darauf verzichtete. »Wollt ihr wirklich nach nur zwei Versuchen aufgeben? Wir haben …« Ich warf einen Blick auf den Notizzettel mit der Liste von Bewerbern, der vor mir auf dem Tisch lag. »Insgesamt einundzwanzig

Interessenten. Da wird ja wohl einer dabei sein, der gut zu uns passt, handwerklich was draufhat und kein totaler Freak ist.« Aber zum zweiten Mal täuschte ich mich.

An diesem Nachmittag zog eine Schar der kuriosesten Gestalten, die New York zu bieten hatte, durch unsere Küche. Ich fragte mich, ob ich in meinem Blogbeitrag nicht hätte erwähnen sollen, dass wir alle ein bisschen verrückt waren. Ich hatte nicht bedacht, dass die Auffassung von »verrückt« sehr stark auseinanderging. Ich verstand darunter: etwas speziell, aber liebenswert. Doch auf die meisten Kandidaten unseres WG-Castings traf nur eine einzige Beschreibung zu: absolut durchgeknallt.

»Ich hab da schon mal einen Verteidigungsplan ausgearbeitet.« Bewerber Nummer sieben schmiss eine Pistole mitten auf unseren Küchentisch. An seinem Gürtel hingen unübersehbar eine weitere Schusswaffe sowie ein Messer, das länger war als unser größtes Küchenmesser. »Heutzutage muss man auf alles vorbereitet sein. Und in eurer Situation erst recht. Die Straßen von New York sind so sicher wie nie? Dass ich nicht lache. Alles nur Geschwätz von Politikern, die keine Ahnung haben, wie es in der Wirklichkeit zugeht. Jeder Amerikaner muss in der Lage sein, sein eigenes Haus zu verteidigen, sage ich. Also, wie sieht eure Verteidigungsstrategie aus? Ihr habt keine? Dachte ich mir. Deshalb hab ich da, wie gesagt, etwas vorbereitet.«

»Meine Mom sagt, dass es jetzt endlich Zeit wird, mir was Eigenes zu suchen.« Kandidat Nummer elf biss nervös auf seinen Fingernägeln herum, die ohnehin schon fast bis zum Nagelbett abgekaut waren. »Und mein Psychiater ist auch dieser Meinung. Mit neunundzwanzig sollte man nicht mehr zu Hause wohnen, meint er. Aber ich mache mir da ein bisschen Sorgen. Ich bin es ja gar nicht gewohnt, allein zu leben. Kochen kann ich auch nicht so gut. Also eigentlich gar nicht. Ich frage mich, was ich dann essen soll, wisst ihr. Deshalb dachte ich, in einer WG ist es doch fast wie in einer großen Familie. Da sorgt einer für den anderen. Ich brauche auch eigentlich gar kein eigenes Zimmer. Mir wäre es ohnehin lieber, wenn ich mit jemandem das Zimmer teilen könnte. Bisher habe ich mir das Zimmer nämlich immer mit meiner Mutter geteilt, wisst ihr, und ich mache mir schon ein bisschen Sorgen, wie das sein wird, ganz allein zu schlafen.«

»Diese Pflanzen sind sehr empfindlich.« Kandidatin Nummer fünfzehn hatte ihre Hände schützend um einen Holzkasten mit mickrigen Kakteen gelegt. »Sie brauchen viel Licht, aber nur Nachmittagssonne, das Zimmer liegt doch nach Südwesten, oder? Und sie vertragen absolut keine Zugluft. Die Fenster sind doch ausreichend abgedichtet, oder? Sie sind so anspruchsvoll wie Kinder, ach, was sage ich? Anspruchsvoller! Ich muss jeden Tag mindestens zwei Stunden mit ihnen reden, sonst gedeihen sie nicht. Aber ihr dürft auf keinen Fall mit ihnen sprechen, sie sind da sehr eigen. Sie fremdeln stark, ihr versteht das sicher, oder?«

»Ich bin Künstler, euch ist ja wohl klar, dass man darauf Rücksicht nehmen muss.« Kandidat Nummer neunzehn strich sich die langen, fettigen Haare aus der Stirn. »Wenn die Inspiration kommt, dann kommt sie. Die Muse kennt keine Tageszeiten. Meistens arbeite ich nachts. Wenn alles um mich herum still ist, kann meine Kreativität frei fließen.« – »Was für eine Art Künstler bist du denn?« – »Bildhauer.«

»Zucht und Ordnung, sage ich, müssen in einem solchen Haus herrschen.« Kandidatin Nummer einundzwanzig war so alt, dass sie unser aller Mutter hätte sein können, und hatte offenbar Ansichten, wie sie höchstens von unseren Ururgroßeltern vertreten worden waren. »Ich bringe den Saustall hier schon auf Vordermann, das könnt ihr mir glauben. Feste Essenszeiten, Putzplan und Nachtruhe um halb zehn. Damit fangen wir direkt morgen an. Meine Kinder haben mich Drill Sergeant genannt. Und diese Bezeichnung habe ich mir redlich verdient. Yes, Ma'am! Das sind die einzigen zwei Wörter, die ich von euch hören will. Also, wollt ihr, dass ich bei euch einziehe?«

»Puh«, machten wir alle wie aus einem Mund, als auch der weibliche Drill Sergeant das Haus verlassen hatte. Es war spät und wir waren erschöpft. Nein, wir waren absolut fix und fertig nach diesem Bewerbungsmarathon der Gruselgestalten. Aber das Schlimmste war, wir hatten immer noch keinen neuen Mitbewohner gefunden. Als das Telefon im Flur schrillte, drehten wir alle bloß matt den Kopf in Richtung des Klingelns, aber niemand konnte sich aufraffen, den Anruf entgegenzunehmen. Erst beim zehnten Läuten erbarmte Pamela sich.

»Das war noch ein Interessent«, erklärte sie, als sie in die Küche zurückkehrte, wo wir alle in derselben Haltung am Tisch saßen, zu platt, um uns nur einen Millimeter zu bewegen. »Und er klang richtig nett. Ziemlich normal, soweit man das am Telefon beurteilen kann.«

»Das ist doch gut.« Ich versuchte, wenigstens ein bisschen Begeisterung zu verbreiten. »Wann kann er kommen?«

»Da liegt das Problem.« Pamela ließ sich wieder auf ihren Stuhl fallen. »Er schafft es heute nicht mehr und würde gerne morgen Vormittag vorbeischauen.«

»Das ist ja blöd.« Ich seufzte. »Da muss ich leider arbeiten. Aber wisst ihr was: Ihr schaut ihn euch einfach ohne mich an. Wenn er der Richtige ist, könnt ihr das genauso gut allein beurteilen.« Leider lag ich damit zum dritten Mal an diesem Tag absolut falsch.

Kapitel 4

»Er ist perfekt!« Pam klang absolut überzeugt. »Wir sind uns alle einig: Der Typ passt super zu uns.«

»Und sag ihr auch, wie gut er aussieht, ja?«, hörte ich Abby aufgeregt aus dem Hintergrund rufen. Es knisterte heftig in der Leitung, dann quietschte Abby direkt in mein Ohr. »Er ist supisüß. Natürlich nicht so umwerfend wie William« – sie meinte Prinz William, den britischen Thronfolger, für den sie (un)heimlich schwärmte –, »aber er hat etwas, ich kann es gar nicht richtig beschreiben, etwas Geheimnisvolles ...«

»Schluss mit dem Gequatsche, Abby.« Das war Ricks genervte Stimme, dann wieder Knistern, dann mein Mitbewohner am Telefon. »Der Kerl ist cool. Ziemlich sportlich. Der kann hier garantiert mit anpacken.«

Ich war gespannt, was Saida zu dem Bewerber zu sagen hatte – ob er wohl die richtigen Klamotten trug? –, aber sie meldete sich nicht zu Wort, vermutlich war ihr Schweigen die größtmögliche Zustimmung. Stattdessen hatte ich plötzlich wieder Pam am Apparat.

»Weißt du, was das Verrückteste ist? Er kommt tatsächlich aus reichem Hause. Ein Millionärssohn, der keinen Bock mehr auf Upper East Side hat. Vielleicht angele ich ihn mir ja am Ende und dann ...« Sie stimmte mit ihrer geschulten Stimme den Hochzeitsmarsch an, brach aber sogleich wieder ab und lachte. »Nee, das war ein Scherz. Aber was sagst du denn nun, Maxi? Ist es okay, wenn wir ihm zusagen? Nicht dass er noch ein anderes Zimmer nimmt?«

Ich schluckte. Gestern hatte ich noch behauptet, dass meine Mitbewohner ja auch ohne mich entscheiden könnten, ob der Bewerber der richtige für uns war. Doch jetzt verunsicherte es mich, meine Zustimmung zu geben, ohne dass ich ihn selbst kennengelernt hatte. Andererseits: Wenn alle vier so überzeugt von dem Typen waren, dann konnte es eigentlich nur die richtige Wahl sein.

»Okay«, stimmte ich deshalb bemüht unbeschwert zu. »Dann ruft ihn mal lieber schnell an, bevor uns noch eine andere WG diesen Traumtyp wegschnappt.« Ich legte auf und verscheuchte das mulmige Gefühl, das mich schnell beschlich, wenn ich den Eindruck hatte, über etwas nicht die Kontrolle zu haben. Ich vertraute meinen Mitbewohnern doch eigentlich, sie hatten sicher die richtige Entscheidung getroffen.

Während des restlichen Arbeitstages kam ich zum Glück kaum dazu, mir weitere Gedanken zu machen, weil mein Chef Leo mich mit Aufgaben zuschüttete. Erst als ich abends im L-Train nach Williamsburg saß, fing ich wieder an zu überlegen, wie der neue Mitbewohner wohl sein würde. Ob er zu uns passte? Wie er aussah (Abby schwärmte zwar schnell von einem Mann, aber auch Pam schien angetan zu sein)? Was er so machte? Und ob er da sein würde, wenn ich gleich nach Hause kam? War er womöglich schon eingezogen?

Ein bisschen nervös, aber vor allem sehr neugierig, schloss ich die schwere Holztür von Pinkstone auf und hörte bereits im Flur meine Mitbewohner aus der Küche, die über irgendetwas lauthals lachten. Ich warf meinen Mantel und mein Beuteltier auf das antike Telefontischchen und näherte mich dem fröhlichen Lärm. Als dann jedoch eine männliche Stimme etwas sagte und wieder alle lachten, blieb ich wie angewurzelt stehen.

Diese Stimme war mir nicht fremd. Im Gegenteil. Diese Stimme hätte ich unter tausend anderen erkannt. Ich hatte nur nicht damit gerechnet, sie in diesem Leben noch mal zu hören. Und ganz bestimmt nicht in unserer Küche.

Was wollte *er hier?*

Mit dieser Frage kehrte die Kraft in meinen Körper zurück, und ich stieß die Küchentür so schwungvoll auf, dass sie gegen die Wand krachte. Das Gelächter verstummte und fünf Gesichter wandten sich mir überrascht zu. Pamela, Saida, Abby, Rick und – ich hatte mich nicht getäuscht – Alex!

»Howdy, Maxi!«, begrüßte Pam mich fröhlich. »Das ist Alex. Er ist heute Nachmittag direkt eingezogen.« Sie wies auf den jungen Mann neben sich, den mit dem blonden Wuschelkopf, den blauesten Augen der Welt und dem winzigen Muttermal im Mundwinkel, das ich von hier aus zwar nicht sehen konnte, von dem ich aber genau wusste, dass es da war. Den Kerl, der mir immer wieder Hoffnungen gemacht hatte, bloß um mein Herz dann eiskalt im Schneematsch zu zertrampeln. Den, der mir jetzt ein etwas schiefes, aber durchaus freudiges Lächeln schenkte, so als wollte er als Nächstes sagen: Schön, dich zu sehen. Wie geht's denn so? Als wäre rein gar nichts zwischen uns vorgefallen. Beim bloßen Gedanken daran platzte mir der Kragen!

»Was willst du hier?«, blaffte ich Alex an, bevor überhaupt irgendjemand noch irgendetwas sagen konnte.

»Hi, Maxi«, grüßte Alex. Sein schiefes Lächeln wirkte nun ziemlich schuldbewusst.

»Ihr kennt euch?«, fragte Abby überflüssigerweise.

»Allerdings«, brauste ich erneut auf. »Wie konntet ihr zulassen, dass ausgerechnet er hier einzieht?« Ich hatte es ja geahnt! Das ungute Gefühl, als sie mich am Telefon mit ihrer Entscheidung überfallen hatten, hatte mich nicht getrogen. Ich hätte drauf bestehen müssen, mir den Bewerber erst selbst anzuschauen, bevor ich mein Okay gegeben hatte. Aber jetzt war es dafür zu spät. Er war ja schon eingezogen!

»Wieso?«, fragte Abby verunsichert, ihre Lippe bebte, als müsste sie gleich losheulen, bloß, weil ich ein bisschen lauter geworden war.

»Hey, bleib cool.« Rick wollte mir beschwichtigend die Hand auf den Arm legen, aber ich schüttelte sie ab.

»Was genau ist dein Problem?«, mischte Saida sich spitz ein.

»Was mein Problem ist?«, echote ich wütend. »Er ist mein Problem. Und das hier. Alles.« Ich machte eine unbestimmte Geste in die Runde. Ich war so was von sauer. Auf meine Mitbewohner, obwohl ich wusste, dass sie eigentlich nichts dafürkonnten. Sie hatten Alex nur ein einziges Mal getroffen und da war er weiß geschminkt und als Vampir verkleidet gewesen. Davon abgesehen hatte ich ihnen nie erzählt, was zwischen ihm und mir eigentlich vorgefallen war, und folglich hätten sie auch nicht ahnen können, dass es mir gar nicht passte, wenn er bei uns einzog. Also war ich noch wütender auf Alex, weil er die Unverfrorenheit besaß, nach Monaten des Schweigens und einem mehr als geheimnisvollen Geschenk, auf das wieder nichts als Schweigen gefolgt war, einfach so hier aufzutauchen, noch dazu mit der Absicht zu bleiben. Aber in erster Linie war ich stinksauer auf mich selbst, weil ich das nicht verhindert hatte – und weil es mich so traf, Alex wiederzusehen.

»Können wir miteinander reden?« Alex hatte sich schon halb von seinem Stuhl erhoben. »Irgendwo, wo wir allein sind?«

»Warum?«, erwiderte ich patzig. »Ich wüsste nicht, worüber.« Aber ich beging den blöden Fehler, ihm dabei direkt in die Augen zu schauen. Was eine ganz dumme Idee war, denn mit seinen tiefblauen Augen und seinem intensiven Blick hatte er mich schon bei unserem allerersten Treffen – und seither immer wieder – völlig aus der Fassung gebracht.

»Bitte, Maxi«, fügte er nun eindringlich hinzu. »Gib mir noch diese eine Chance.« Wieder lächelte er ein winziges Lächeln, und er sah beinahe ein bisschen ängstlich aus, so als würde von meiner Antwort wirklich etwas für ihn abhängen.

»Okay.« Ich seufzte. »Gehen wir hoch in mein Zimmer.«

»Interessante Raumgestaltung.« Alex begutachtete die dunkelgrüne Plastikplane, mit der Rick notdürftig das Loch in der Decke gestopft hatte und die nicht nur schäbig aussah, sondern auch überhaupt nicht zu der pinken Einrichtung passte. Kalt war es natürlich auch, aber da ich zurzeit nur zum Schlafen hierherkam, hatte mich das bisher nicht sonderlich gestört. Zumindest redete ich mir das ein. Denn wir würden einen Dachdecker engagieren müssen, hatte Rick erklärt, und ich war mir nicht sicher, ob ich bereit war, dafür das Geld auf meinem Konto anzufassen.

»Bist du hergekommen, um dich mit mir über Dekorationsfragen zu unterhalten?«, blaffte ich, ließ mich in den pinken Ohrensessel mitten im Raum fallen und verschränkte die Arme vor der Brust.

Alex antwortete nicht, sondern sah sich nach einer weiteren Sitzmöglichkeit um, außer dem Sessel gab es jedoch nur mein Bett. Erst als sein und mein Blick gleichzeitig dorthin wanderten, fiel mir auf, wie dumm es von mir gewesen war, Alex in mein Zimmer mit hochzunehmen. Denn direkt über dem Bett an der Wand hing der unübersehbare Beweis, dass Alex mir keineswegs so egal war, wie ich es ihn gerne glauben lassen wollte. Das Bild, besser gesagt die komplett weiße Leinwand war sein mysteriöses Valentinsgeschenk an mich gewesen.

Als ich es ausgepackt hatte, war ich zunächst davon ausgegangen, es handele sich um ein Original des bekannten Künstlers Andy White. Bei der Vernissage dieses Malers waren Alex und ich uns zum ersten Mal begegnet, fast ein halbes Jahr war das jetzt her. Und die vermeintlich weißen Gemälde, die erst unter Schwarzlicht die eindringlichen

Porträts enthüllten, die White mit Spezialfarbe auf die Leinwände gebracht hatte, hatten mich fast ebenso in ihren Bann gezogen wie der geheimnisvolle Alex. Doch das Bild, das ich am Valentinstag von ihm bekommen hatte, hatte unter Schwarzlicht rein gar nichts enthüllt. Genau wie Alex selbst gab es nichts von sich preis – wenn es denn ein Geheimnis barg, was ich mittlerweile angefangen hatte zu bezweifeln. Trotzdem – oder gerade deswegen – brachte ich es nicht fertig, die Leinwand einfach in die Tonne zu werfen.

Nun hing sie also über meinem Bett, und ich wartete nervös darauf, dass Alex eine Bemerkung dazu fallen ließ. Aber er tat nichts dergleichen. Er setzte sich vorsichtig auf die Bettkante, zog eine Rolle mit Minzbonbons aus seiner hinteren Jeanstasche, wickelte umständlich eines davon aus und steckte es sich in den Mund. Okay, er war also nervös. Das war ja immerhin etwas! Denn hinter meiner wütenden Fassade war ich das natürlich auch. Nervös. Und unsicher. Und schrecklich verletzt.

»Maxi.« Er schob das Bonbon im Mund hin und her und zerbiss es dann krachend. »Es tut mir wirklich sehr leid, das musst du mir bitte glauben.«

»Das hast du schon mal gesagt. Dreimal.« Ich verschränkte die Arme noch ein bisschen fester. So einfach würde ich ihn nicht wieder an mich heranlassen. Ich erinnerte mich noch zu gut an die erste Entschuldigung, weil er sich zwei Monate lang nicht bei mir gemeldet hatte. Ich hatte sie akzeptiert, wir hatten einen wunderschönen Tag miteinander verbracht, und keine vierundzwanzig Stunden später hatte er erklärt, er könne nicht mit mir zusammen sein, es täte ihm leid. Das war dann Entschuldigung Nummer zwei gewesen, nachdem er mir mal eben das Herz gebrochen hatte. Daran konnte auch seine Valentinskarte mit Entschuldigung Nummer drei nichts ändern. Du gehst mir einfach nicht mehr aus dem Kopf. Was passiert ist, tut mir unendlich leid. Ich hoffe, dass ich eines Tages die Chance bekomme, dir alles zu erklären. Ja, ich gebe zu, ich kannte sie auswendig. Und jetzt also Nummer vier.

»Was soll das alles, Alex? Macht es dir Spaß, mit mir zu spielen?«, fragte ich, darum bemüht, meine Stimme fest klingen zu lassen und nicht so zittrig, wie ich mich plötzlich fühlte. Aus meiner Wut war die Luft raus und hatte Platz gemacht für etwas, das mir gar nicht gefiel. Ich hatte geglaubt, ich hätte meine Gefühle für Alex halbwegs unter Kontrolle. Aber jetzt, als alle Erinnerungen unvermittelt wieder hochkamen, wurde mir klar, dass ich überhaupt nichts unter Kontrolle hatte. Und das war keine angenehme Erkenntnis.

»Ich will nicht mit dir spielen, Maxi. Wirklich nicht.« Alex blickte mich traurig an. Meine Güte, diese Augen! »Es ist eine Menge schiefgelaufen, seit wir uns zum ersten Mal begegnet sind, ich weiß. Und ich habe dich verletzt, das ist mir klar. Aber das Einzige, was ich die ganze Zeit wollte, war, mit dir zusammen zu sein, das musst du mir glauben.«

»Wie soll ich dir das bitte glauben?« Ich spürte, dass mir ein paar lästige Tränen die Kehle zusammenschnürten. Mist, wo war die Wut, wenn man sie am dringendsten brauchte? »Erinnerst du dich denn nicht mehr? Das mit uns funktioniert nicht! Deine Worte! Du hast mich nicht mal erklären lassen, warum ich dieses blöde Brautkleid in der Hand hielt. Hast einfach mit mir Schluss gemacht nach einem einzigen Tag. Und sagst jetzt, du wolltest die ganze Zeit bloß mit mir zusammen sein? Wie passt das? Überhaupt nicht, das musst du doch selbst zugeben!«

»Welches Brautkleid?« Alex sah verwirrt aus.

»Das blöde Brautkleid, das ich mit Ricks Mutter und seinen Schwestern gekauft habe, weil sie doch dachten, ich würde Rick heiraten, dabei war alles bloß erfunden, damit sie nicht rauskriegen, dass er schwul ist. Und ich habe geglaubt, du hättest mich abserviert, weil du mich vor dem Brautmodenladen mit Ricks Familie erwischt hast und mit dem Brautkleid ... ach, vergiss es, hast du offenbar nicht. Aber warum denn dann?« Jetzt war ich auch verwirrt.

»Weil, tja«, druckste Alex herum und senkte den Blick auf seine Hände. »Das ist nicht so einfach.«

Na toll, eine solche Pseudoerklärung hörte ich von ihm auch nicht zum ersten Mal. Eigentlich hatte Alex mir schon bei der ersten großen Entschuldigung nicht so richtig erklärt, warum er sich zwei komplette Monate nicht gemeldet hatte – zwei Monate, die ich mit schrecklichen Selbstzweifeln zu kämpfen hatte. Er hatte nur gesagt, dass sein Vater ihn ins Ausland geschickt hatte, warum auch immer, und dass er keine Gelegenheit gehabt hätte, sich bei mir zu melden. Ziemlich schwach! Aber ich hatte ihm ja unbedingt verzeihen wollen. Nur: Dieses Mal würde ich es ihm nicht so leicht machen!

»Versuch es.«

»Weißt du, ich hatte zu der Zeit familiäre Probleme. Und damit musste ich erst mal klarkommen.«

»Was für Probleme?«, hakte ich nach. Mich interessierte wirklich, welche Familienprobleme jemanden davon abhalten konnten, mit dem Menschen zusammen zu sein, mit dem er angeblich unbedingt zusammen sein wollte.

»Stress mit meinem Vater. Ich kann das nicht so richtig erklären. Aber jetzt reicht es mir. Ich musste endlich da raus. In seinem Luxusappartement bin ich mir vorgekommen wie ein Vogel im goldenen Käfig. Ständig wollte er mir vorschreiben, was ich zu tun und zu lassen habe. Irgendwann hatte ich die Nase absolut voll. Deshalb hab ich angefangen, mir was Eigenes zu suchen. Und als ich auf deinem Blog gelesen habe, dass bei euch ein Zimmer frei ist, dachte ich: Das ist meine Chance.«

»Deine Chance?«

»Na ja, in deiner Nähe zu sein. Zeit mit dir zu verbringen. Viel Zeit. Dich endlich wirklich kennenzulernen. Und dich dazu zu bringen, dass du mir noch ein Mal verzeihst.« Wieder lächelte er, es war das schiefste Lächeln von allen. Dabei sah er mich fragend an und ich – ich gestehe es – schmolz dahin.

»Du willst also in meiner Nähe sein?«

Er nickte.

»Und du willst Zeit mit mir verbringen?«

Er nickte.

»Und mich besser kennenlernen?«

Er nickte wieder.

»Und was, wenn du dann ganz plötzlich feststellst, dass du das doch nicht willst? Verschwindest du dann wieder von jetzt auf gleich? Und lässt mich wieder im Stich? Lässt uns alle hier im Stich?«

Statt zu antworten, stand er unvermittelt auf, drehte sich um und nahm das weiße Bild von der Wand. Natürlich war es ihm aufgefallen, war ja klar. Aber was hatte er jetzt damit vor?

»Ich würde dir gerne etwas zeigen«, erklärte er und kam mit der Leinwand in den Händen zu mir.

»Du darfst nicht immer alles glauben, was du auf den ersten Blick siehst, weißt du noch? Das habe ich damals auf der Vernissage zu dir gesagt. Und das ist auch bei diesem Bild so. Willst du wissen, welches Geheimnis dahintersteckt?«

Ich nickte stumm und lehnte mich ein Stück vor. Jetzt hatte er es geschafft, mich richtig neugierig zu machen. Alex stellte sich direkt vor mich und streckte mir die Leinwand entgegen.

»Zieh es ab«, forderte er.

Erst begriff ich nicht, was er von mir wollte, aber dann entdeckte ich ein Stückchen weiße Folie, das sich an einer Ecke der Leinwand gelöst hatte. Mit spitzen Fingern griff ich danach und schaute Alex unsicher an. Er nickte wieder. Da zog ich. Vorsichtig zuerst, dann kräftiger und plötzlich löste sich die gesamte weiße Folie, die Alex anscheinend über der Leinwand festgeklebt hatte, und darunter kam ein Bild zum Vorschein. Und was für ein Bild!

Ungläubig betrachtete ich die Collage aus einzelnen Skizzen, die alle Szenen darstellten, die Alex und ich gemeinsam erlebt hatten, großartig gezeichnet und so lebendig, dass mir jede einzelne sofort wieder vor Augen stand. Und über alldem mein Gesicht, mit knalligen Farben und kräftigen Strichen über die Tuschezeichnungen geworfen und dabei doch so einfühlsam eingefangen, dass es sich in dem Moment, als ich es betrachtete, anfühlte, als würde mir der Pinsel sanft über die Wange streichen.

»Wer hat das gemalt?«, fragte ich, dieses Mal konnte ich nicht verhindern, dass meine Stimme zitterte. Dabei kannte ich die Antwort eigentlich schon. Ich wusste, dass Alex malte, und obwohl ich noch nie eines seiner Bilder gesehen hatte, war ich mir fast sicher, dass dieses von ihm sein musste.

»Was denkst du?« Er nahm mir die Leinwand aus der Hand und kniete sich so dicht vor mich, dass ich seinen Minzeatem auf meinem Gesicht spürte.

»Ich kriege dich nicht mehr aus meinem Kopf, Maxi. Seit wir uns zum ersten Mal getroffen haben, muss ich ständig an dich denken. Und dieses Mal will ich es richtig machen, okay? Bitte, vertrau mir noch ein einziges Mal.«

Man kann sich vermutlich vorstellen, dass mein Herz längst auf Hochtouren hämmerte, mein Atem gewisse Probleme mit der Regelmäßigkeit entwickelt hatte und meine Hände so feucht waren, dass ich sie verstohlen am Sessel abwischte. Miese Verräter allesamt.

»Gut«, murmelte ich. »Ich vertraue dir. Noch dieses eine Mal.« Dann schloss ich die Augen, in der Erwartung, dass Alex mich küssen würde. Aber das tat er nicht. Er streichelte nur ganz sanft mit den Fingern über meine Wange und spielte für eine Sekunde mit meinen Haaren, und als ich verwundert die Augen wieder öffnete, weil ich merkte, dass sein Minzeduft sich entfernte, hatte er sich tatsächlich aufgerichtet und trat einen Schritt zurück.

»Danke«, sagte er leise. Dabei meinte ich, in seinem

Blick einen Ausdruck wahrzunehmen, den ich nicht einordnen konnte, weil er so gar nicht zu dieser Situation zu passen schien. Doch bevor ich mir richtig darüber klar wurde, was es war, das mich irritierte, hatte er sich bereits zur Tür gewandt und erklärte fröhlich: »Dann lass uns mal den anderen mitteilen, dass ich nicht sofort wieder meine Koffer packen muss.« Er hielt mir seine Hand hin und gemeinsam gingen wir zurück nach unten.

Es gibt gute Neuigkeiten: Wir haben einen Mitbewohner gefunden, der zu uns passt. Allerdings muss ich euch eins direkt vorwegsagen: Er hat mir das Versprechen abgenommen, nicht in diesem Blog über ihn zu berichten. Und ich habe es ihm gegeben. Ich weiß, das ist enttäuschend für euch, aber ich verstehe seine Gründe. Er kommt aus einer ziemlich reichen Familie und hat bisher immer gemacht, was sein Vater von ihm verlangt hat. Aber jetzt ist er aus dem Upper-East-Side-Luxus ausgebrochen und will versuchen, sein eigenes Leben zu leben. Sicher könnt ihr euch vorstellen, dass sein Dad davon wenig begeistert ist. Und deshalb will er verhindern, dass sein Vater rausbekommt, wo er steckt, damit er ihm keinen Stress wegen seiner Entscheidung machen kann. Ich persönlich kann das gut verstehen und ich hoffe, ihr auch.

Trotzdem gibt es wie immer eine Menge von uns zu erzählen, denn es wird Zeit, dass ich euch mal wieder auf den neuesten Stand bringe.

Saida ernährt sich seit drei Tagen nur von Selleriestangen und Zigaretten. Auch wenn sie es nie zugeben würde: Sie ist höllisch nervös, weil sie heute ihren ersten Job als Fotomodel hat. Durch die Kontakte meiner Mutter Sandy – ihr erinnert euch sicher, dass Sandy als Fotografin arbeitet – ist Saida in der Kartei einer Modelagentur gelandet, und es hat keine Woche gedauert, bis sie ihr erstes Engagement hatte. Kein Wunder! Wenn man sich die schwarzen Kartoffelsäcke wegdenkt, die sie in der Regel trägt, bringt meine Mitbewohnerin alle Voraussetzungen für ein Topmodel mit. Das einzige Problem dürfte sein, dass sie es hasst, fotografiert zu werden.

Pamela ist so ausgeglichen wie noch nie, seit sie die Stelle bei *Ellen's Stardust Diner* angetreten hat. Sie singt nicht nur auf der Arbeit, sondern auch die ganze Zeit zu Hause. Das könnte uns nerven, tut es aber nicht, weil sie eine so fantastische Stimme hat. Wenn sie das Bad putzt und dabei Songs aus »Beauty and the Beast« schmettert, komme ich mir vor wie bei einer Broadway-Show.

Abby langweilt sich. Sowohl bei ihrem Job im Gemeindesekretariat als auch zu Hause bei ihren Eltern. Deshalb hängt sie ständig in Pinkstone herum – ihr müsst also auch künftig nicht auf sie verzichten.

Rick leidet unter der Funkstille, die noch immer zwischen ihm und seiner Familie herrscht – auch wenn er das nie zugeben würde, merken wir es alle. Aber er hat spannende berufliche Pläne entwickelt. Er will ein knallhartes Bootcamp für Fitness-Fans anbieten. Top in Form in wenigen Wochen. Nur zu empfehlen für die Knallharten unter euch. Ich habe gestern eine Trainingseinheit absolviert und musste anschließend beinahe wiederbelebt werden. Das Besondere: Das Ganze findet im Freien statt, und zwar auf der Williamsburg Bridge. Interessenten können sich gerne bei mir melden, ich leite ihre Anfrage dann weiter.

Mich selbst beschäftigt zurzeit vor allem eine Frage: Wie beschaffen wir in möglichst kurzer Zeit möglichst viel Geld? Denn sicher erinnert ihr euch, dass der Besitzer von Pinkstone uns angeboten hat, das Haus selbst zu kaufen, wenn in gut zwei Monaten das Bieterverfahren ansteht. Nur: Dafür fehlen uns ein paar Millionen Dollar. Falls also jemand von euch eine brillante Idee hat, wie wir ganz schnell an ganz viel Geld kommen können, dann immer her damit!

Kapitel 5

Hast du schon mal von »Fuck for Forest« gehört? Vielleicht wäre das ja was für euch! »Poppen für Pinkstone« oder so ähnlich ...

Irritiert las ich mir den Kommentar unter meinem letzten Blog-Beitrag ein zweites Mal durch. Was bitte war »Fuck for Forest«? Google lieferte mir in Sekundenschnelle eine Flut von Ergebnissen, die ich mit immer größer werdendem Staunen durchlas. Offenbar handelte es sich bei dieser sogenannten Charity-Initiative um eine WG in Berlin, die hausgemachte Pornos im Internet anbot, um mit dem Erlös den Regenwald zu retten. Wie völlig verrückt war das denn? Immerhin: Fast eine halbe Million Euro hatten sie auf diese bizarre Weise bereits gesammelt. Selbst seriöse Zeitungen widmeten der Story seitenlange Artikel. Und es gab sogar einen Dokumentarfilm, der die Neo-Hippies an den Amazonas begleitete, wo sie versuchten, ihr Geld an die Ureinwohner loszuwerden. Vergeblich übrigens. Die Dorfbewohner beschimpften sie, weil sie halb nackt herumliefen.

Entsetzt schüttelte ich den Kopf. Schnell schrieb ich einen entsprechenden Kommentar, damit gar keine weiteren Diskussionen zu dem Thema aufkamen. Aber der grundsätzliche Gedanke, Geld für den Erhalt von Pinkstone zu sammeln, war gar nicht so schlecht. Immerhin hatten wir schon einmal von einem anonymen Spender eine ordentliche Summe bekommen, als uns allen die Mittel für die erhöhte Miete ausgegangen waren. Blieb bloß die Frage: Wie?

Weil mir spontan keine gute Antwort einfiel, klickte ich mich durch die weiteren Kommentare. Es war ein unterhaltsames Sammelsurium mehr oder minder verrückter Vorschläge, wie wir ein paar Millionen in kurzer Zeit zusammenkriegen könnten.

Kauft Aktien. Nur damit kann man so viel Geld in so kurzer Zeit machen. Na, wenn das mal kein Trugschluss war. Ich hatte zwar keine Ahnung von Aktien, aber man musste ja bloß die Überschriften in den Zeitungen lesen, um zu wissen, dass es um den Aktienmarkt nicht gut bestellt war. Außerdem war ein Startkapital vonnöten, und ich würde mich nie trauen, mit dem Geschenk meiner Omama an der Börse zu spekulieren.

Ich sage nur: Atlantic City! Noch so ein Schlaumeier! Als ob ich mein Geld in das Spielerparadies in New Jersey tragen würde, um es dort bei Roulette und Black Jack zu verlieren. Glücksspiel war nämlich ebenfalls etwas, wovon ich keinerlei Ahnung hatte. Allein schon der Begriff verursachte mir ein mulmiges Gefühl. Nein, ich würde mich nicht auf eine Sache einlassen, deren Ausgang nicht von einem guten Plan, sondern allein vom Glück abhing!

Aber es ging so weiter. Nach kurzer Zeit hatte ich eine Hit-Liste der skurrilsten Vorschläge zusammengestellt. Auf Platz eins natürlich »Poppen für Pinkstone«, dicht gefolgt von Aktienspekulationen und Atlantic City. Auf Platz vier bis zehn drängten sich:

4. Kauf dir ein Los für Mega Millions.
   Google sagt: Der Jackpot bei dieser Lotterie liegt im neunstelligen Bereich!
   Aber: Die Chancen auf den Hauptgewinn ebenfalls!

5. Setz aufs richtige Pferd: Schließ eine Wette ab!
   Google sagt: Bei bestimmten Arten von Pferdewetten können die Gewinner mit einer Million rechnen.
   Aber: Sport- und Pferdewetten schienen in den USA eine heikle Sache und vielerorts illegal zu sein! Besser nicht!

6. Werde Kandidat bei »Wer wird Millionär«.
   Google sagt: Bei der Quizshow können die Kandidaten bis zu eine Million Dollar gewinnen – logisch!
   Aber: Pro Audition werden bis zu 2500 Personen gecastet – wie soll man es da vor die Kamera schaffen?

7. Veranstaltet eine Kunstauktion.
   Google sagt: Das aktuell teuerste Kunstwerk der Welt kam bei Christies für 142,4 Millionen Dollar unter den Hammer.
   Aber: Das Gemälde stammt von Francis Bacon – bis heute hatte ich nicht mal den Namen gehört!

8. Schreib einen Mega-Bestseller.
   Google sagt: J.K. Rowling hatte in Spitzenzeiten ein Jahresgehalt von 300 Millionen Dollar, E.L. James immerhin 95 Millionen.
   Aber: Weltweit erscheinen jährlich rund 2,2 Millionen neue Bücher. Da muss man erst mal einen Bestseller schreiben!

9. Gewinn das Hotdog-Wettessen auf Coney Island.
   Google sagt: Zwanzigtausend Dollar Preisgeld winken dem Sieger.
   Aber: Der aktuelle Rekord liegt bei 68 Hotdogs in zehn Minuten! Brr, mir wird schon beim Gedanken daran übel.

10. Mach es wie der Naked Cowboy! Zieh dich aus!

Der nackte Cowboy? Spontan dachte ich an den durchgeknallten Nudisten bei unserem WG-Casting. Doch es handelte sich um eine geniale Geschäftsidee. *The naked Cowboy,* mit bürgerlichem Namen Robert John Burck, war eine Broadway-Legende. Allerdings trat er nicht auf einer Musical-Bühne auf, sondern auf dem Times Square. Ausschließlich mit einer Unterhose und einem Cowboyhut sowie seiner Gitarre bekleidet – und das bei jedem Wetter. Der Mann ließ sich mit Touristen fotografieren, verlangte zwei Dollar pro Bild und hatte es mit seiner Masche zum Multimillionär gebracht.

Ich lachte laut los, was mir einen verärgerten Seitenblick von Nathan dem Weisen einbrachte, einem meiner

Kollegen, der viel Kaffee trank, viel rauchte und selten zu arbeiten schien, dann aber auf absolute Ruhe im Großraumbüro bestand. Genervt streifte er sich eine zerschlissene Lederjacke über und schlurfte aus dem Büro. Jetzt war ich allein. Unsere andere Kollegin Vivian, die ich wegen ihres Aussehens und ihrer spitzen Art Rita Skeeter getauft hatte, befand sich wie meistens auf einem immens wichtigen Termin mit irgendwelchen immens wichtigen Leuten der New Yorker Society. Ich widmete mich wieder meinem Computer.

Der nackte Cowboy – irgendwie erinnerte mich das an den ersten Bewerber unseres WG-Castings und wieder lachte ich bei der Erinnerung los. Aber es war zugegebenermaßen eine geniale Geschäftsidee. Nur leider keine, die man einfach kopieren durfte, obwohl ich mir durchaus vorstellen konnte, dass Rick nur in Tanga und Cowboyhut eine gute Figur abgeben würde. Doch Mr Burck hatte sich sein Konzept markenrechtlich schützen lassen. Tja, wir brauchten wohl irgendeine andere geniale Idee. Nur leider war ich damit bisher keinen Schritt weitergekommen.

Schuld daran war vor allem einer: Alex. Denn immer, wenn ich versuchte, meine Gedanken zu ordnen und konzentriert über eine Lösung unseres Geldproblems nachzudenken, funkte mein neuer Mitbewohner dazwischen und brachte alles wieder durcheinander. Seit er vor drei Tagen bei uns eingezogen war, befand ich mich in einem Zustand geistiger Auflösung. In meinem Kopf lief das etwa so ab: Fuck for Forest ... auf gar keinen Fall ... was Alex wohl dazu sagen würde ... Atlantic City ... ob Alex schon mal dort war ... Kunstauktion ... auf einer Kunstausstellung habe ich Alex zum ersten Mal getroffen ... Naked Cowboy ... wie würde Alex mit diesem Kostüm aussehen ... Und so weiter. Es war kaum zum Aushalten!

Ständig war mir übel, und das lag nicht daran, dass ich mein Glas mit roten Gummibärchen komplett leer gefuttert hatte, sondern bloß an seiner Gegenwart, die ich sogar dann spürte, wenn er gar nicht da war. So wie jetzt. Und das brachte mich völlig durcheinander. Was er wohl gerade machte?

»Ich hab eine Aufgabe für dich.« Ich schreckte zusammen, als plötzlich mein Chef Leo neben meinem Schreibtisch auftauchte. Obwohl er ziemlich breit gebaut war, hatte er eine so katzenhafte Art, sich anzuschleichen, dass er seinem Namen damit alle Ehre machte.

»Hier.« Er knallte mir eine Mappe voller Zettel auf den Tisch. »Wir müssen endlich diesen Artikel über Miller bringen, den Chris so vergeigt hat. Und ich möchte, dass du das übernimmst.«

»Ich?« Das konnte nicht Leos Ernst sein. Ich hatte mich schon geärgert, als ich mitbekommen hatte, dass Leo einen Hintergrundbericht über Miller Investment plante, weil ich fand, dass er damit meinen Blog torpedierte. Immerhin war Larry Miller der Mann, der Pinkstone kaufen und abreißen lassen wollte. Aber Leo hatte darauf bestanden, dass wir nicht einseitig berichten dürften und auch Mr Miller die Chance bekommen müsse, seine Vision in Brooklyn vorzustellen. Eine davon waren die Luxusappartements, die er genau da hochziehen wollte, wo jetzt noch unser schönes Häuschen stand.

Allerdings war Leos Plan ziemlich nach hinten losgegangen, weil er meinen Ex-Kollegen Chris mit der Story betraut hatte und Chris sich von Miller hatte kaufen lassen. Geendet hatte das Ganze damit, dass Chris einen Shitstorm gegen Pinkstone losgetreten und mich und meine Mitbewohner öffentlich bloßgestellt hatte. Und als alles aufgeflogen war, hatte Chris gekündigt und war in die PR-Abteilung von Miller Investment gewechselt. Allein diese Geschichte hätte meinem Chef reichen sollen, um zu kapieren, dass wir es bei Larry Miller mit einem völlig skrupellosen Menschen zu tun hatten, dem wir in unserem Magazin auf keinen Fall eine Plattform bieten durften, fand ich.

»Du willst doch nicht immer noch etwas über Miller schreiben?«, fragte ich mehr erstaunt als erbost. Aber Leo beurteilte die Lage offensichtlich nach wie vor anders als ich.

»Natürlich schreiben wir über ihn. Gerade jetzt. Das ist doch auch eine gute Werbung für deinen Blog. Crossmediale Vernetzung nennt sich das. Schon mal gehört? Also, leg los. In der Mappe sind die Infos, die Chris zusammengestellt hat, die kannst du ja eventuell verwerten. Das Interview, das er geführt hat, werfen wir raus. Versuch, eine Stellungnahme von Miller zu bekommen, sonst schreibst du was aus den Artikeln zusammen, die uns vorliegen. Und versuch, neutral an die Geschichte heranzugehen. Das zeichnet guten Journalismus aus.«

»Kann das nicht einer von den Freien machen?« Ich war wirklich nicht gewillt, mich intensiver als unbedingt nötig mit meinem größten Gegner in New York auseinanderzusetzen. Und ich konnte nicht dafür garantieren, dass ich professionell bleiben würde, wenn ich ihn tatsächlich persönlich ans Telefon bekam. Ich wusste, dass Leo eine große Anzahl freier Mitarbeiter beschäftigte, ansonsten wäre das Arbeitspensum bei *Zeitgeist* mit der kleinen Anzahl von Angestellten überhaupt nicht zu bewältigen. Sollte doch einer von denen den Job übernehmen. Aber Leo schüttelte den Kopf, dass seine Löwenmähne flog.

»Die sind alle schon ausgelastet«, erklärte er. »Außerdem möchte ich, dass das jemand macht, der journalistisch ein bisschen mehr draufhat.«

Widerwillig spürte ich, wie mich Leos letzte Bemerkung mit Stolz erfüllte. Mein Chef war normalerweise nicht sehr freigiebig mit Lob. Und obwohl ich vermutete, dass er es jetzt nur einsetzte, damit ich die unliebsame Aufgabe übernahm, verfehlte es seine Wirkung nicht.

»Na gut, bis wann brauchst du den Artikel?« Ich zog die Mappe mit spitzen Fingern zu mir heran, so als könnte ich mich daran verbrennen, wenn ich nicht vorsichtig war.

»Ach, lass dir Zeit.« Leo schenkte mir ein zufriedenes Raubtiergrinsen. »Es reicht, wenn du es für die übernächste Ausgabe ablieferst.«

Er machte Anstalten, in sein Büro zurückzugehen, doch auf halbem Weg drehte er sich noch einmal zu mir um, als hätte er etwas vergessen.

»Sag mal, hast du in letzter Zeit was von Sandy gehört?«

Huch, das war aber mal ein abrupter Themenwechsel! Und ein überraschender noch dazu. Wobei ... so ganz überraschend kam Leos Interesse an meiner Mutter natürlich nicht. Immerhin war mein Chef derjenige gewesen, bei dem Sandy untergeschlüpft war, als sie vor achtzehn

Jahren, kurz nach meiner Geburt, von zu Hause abgehauen war. Meine Mutter war damals selbst kaum volljährig gewesen und die Affäre der beiden hatte eine ebenso kurze Haltbarkeitsdauer gehabt wie die meisten von Sandys Männergeschichten.

Aber ich hatte schon länger den Verdacht, dass Leo Sandy nie richtig hatte vergessen können. Und auf unserer Valentinsparty hatte ich beobachtet, wie er sich längere Zeit anscheinend gut mit ihr unterhalten hatte. Armer Leo, schoss es mir durch den Kopf, du hast dein Herz an die flatterhafteste Frau auf diesem Planeten verloren. Denn leider musste ich ihn enttäuschen: Auch ich hatte seit dem Fest nichts mehr von meiner Mutter gehört. Ehrlich gesagt, war mir das ganz recht, denn obwohl sie mittlerweile dauerhaft in New York zu wohnen schien und wir uns in den letzten Monaten ein wenig angenähert hatten, war ich fest entschlossen, Sandy nie wieder so nah an mich herankommen zu lassen, dass sie mich noch einmal verletzen konnte. Deshalb wollte ich auch lieber nicht zu viel über sie nachdenken.

Also schüttelte ich auf Leos Frage bloß den Kopf und klappte demonstrativ die Mappe vor mir auf dem Schreibtisch auf, um ihm zu signalisieren, dass ich mich jetzt der Arbeit widmen musste, die er mir aufgedrückt hatte.

Der erste fotokopierte Artikel in der Mappe war alt, schon fast zwanzig Jahre. Erstaunt stellte ich fest, dass es sich um die Gesellschaftskolumne einer großen New Yorker Zeitung handelte. »Larry Miller – der Mann, der Traumschlösser Wirklichkeit werden lässt« lautete die Überschrift.

In dem Text ging es darum, dass der noch junge Investor sich bereits einen Namen – und eine Menge Geld – auf dem New Yorker Immobilienmarkt gemacht hatte, indem er heruntergekommene Häuser zu günstigen Preisen in Stadtvierteln erworben hatte, die groß im Kommen gewesen waren. Diese hatte er dann zu luxuriösen Appartements und Geschäftsgebäuden umbauen lassen. So weit war ich im Bilde. Neu für mich war hingegen, dass Miller einen nicht geringen Teil seines Geldes auch in Sozialprojekte investiert hatte, um den Wohnungsmarkt für die weniger Betuchten zu fördern.

Das klang ja richtig sympathisch. Aber, nein, ich würde meine Meinung über Larry Miller nicht so einfach ändern, bloß weil er sich als Wohltäter für sozial Benachteiligte feiern ließ. Ich rückte meine Brille auf der Nase zurecht, bevor ich das kleine Foto inspizierte, das unter dem Artikel abgedruckt war. Es war bloß ein nervöser Tick von mir, wenn ich angespannt war, denn eigentlich brauchte ich die Fensterglas-Brille nicht, um besser zu sehen, sondern nur, um meine Maxi-Nase damit zu kaschieren.

»Larry Miller mit Ehefrau und Sohn bei einer Charity-Gala der Immobilienwirtschaft« stand unter dem Bild. Leider war es nicht nur sehr klein, sondern auch sehr pixelig und auf der Fotokopie ließ sich kaum etwas erkennen. Ich blätterte weiter.

Die nächsten Artikel behandelten verschiedene Bauprojekte von Miller Investment, darunter nicht nur Appartementhäuser, sondern auch einige Villenparks für Superreiche und eine riesige Luxus-Shopping-Mall, die die Firma irgendwo im Grünen hochgezogen hatte. Während anfangs noch häufig Lobeshymnen auf Millers karitatives Engagement verfasst worden waren, verstummten diese von einem auf den anderen Tag. Ich hatte es ja schon geahnt: Besonders ausgeprägt war seine wohltätige Ader offensichtlich nie gewesen.

Energisch klappte ich die Mappe wieder zu. Es war Zeit, nach Hause zu fahren und mir zusammen mit meinen Mitbewohnern einen Plan zurechtzulegen, wie wir genug Geld sammeln konnten, um Investor Miller wenigstens dieses eine Mal einen Strich durch seine Pläne Pinkstone betreffend zu machen. Doch als ich dort ankam, war keiner der anderen da, sodass ich wohl oder übel allein über einem Schlachtplan brüten musste, während meine Mitbewohner sich mit ihren eigenen Problemen herumschlugen.

Kapitel 6

Pams Probleme

»Zwei Be Bop a Lula Burger, einmal die Spaghetti à la Dean Martin und ein Jerry Lee Lewis Wrap.« Pamela jonglierte mit den riesigen Tellern und platzierte sie vor vier osteuropäischen Touristen auf dem schmalen Tisch. Puh! Verstohlen wischte sie sich mit dem Arm den Schweiß von der Stirn.

Der Laden brummte, wie eigentlich meistens war es gerammelt voll, und der Lautstärkepegel stieg noch an, als ihr Kollege Eric gerade seine Interpretation von »Food, glorious Food« aus dem Musical »Oliver« zum Besten gab. Gleich war sie dran, sie freute sich schon auf ihren Auftritt. Die fünf Minuten mit dem Mikro in der Hand machten die ganze Schufterei wett, fand Pamela, dafür schleppte sie auch bereitwillig kiloweise Pommes und Burger. Und noch etwas Gutes hatte der Job: Sie konnte den Geruch von Frittierfett kaum noch ertragen, was sich positiv auf ihre Diätversuche auswirkte.

»Hey, Miss, wo bleiben unsere Getränke?« Ein rotköpfiger Familienvater mit schwerem deutschem Akzent quatschte sie von der Seite an. Mist. Eric kletterte gerade von dem Tisch, der ihm als Bühne gedient hatte, und hielt bereits nach Pamela Ausschau. Trotzdem lächelte sie den Kunden breit an. Service war oberste Priorität, die Musik stand an zweiter Stelle.

»Kommen sofort, sorry.« Sie würde die Bestellung an Natalie weitergeben. Eilig schob sie sich durch die eng beieinanderstehenden Tische zur Bar vor, wo ihre Kollegin zum Glück gerade eine Ladung Getränke entgegennahm und nickte, als Pam sie um diesen Gefallen bat. Dann drückte Eric ihr das Mikro in die Hand, Pam stieg auf einen freien Tisch und begrüßte die Gäste, bevor sie ihr Lieblingslied anstimmte: »The time of my life«. Schon bei den ersten Tönen vergaß sie alles um sich herum und tauchte erst beim Applaus, den die Gäste zwischen zwei Bissen von ihren Burgern spendeten, wieder aus ihrer Trance auf.

In dem Moment, als sie die Augen öffnete und eine Verbeugung andeutete, entdeckte sie ihn. Er saß mit seiner Ehefrau und zwei Jungen im Teenageralter, vermutlich seinen beiden Söhnen, an einem Tisch ganz in ihrer Nähe und starrte sie an, als hätte er eine Erscheinung. Was wollte er hier? Niemals hätte Pam vermutet, dass ausgerechnet Professor James Gibson sich mit seiner Familie in Ellen's Stardust Diner verirren würde. War der Laden für jemanden wie ihn nicht vollkommen unter seiner Würde?

Mit zitternden Knien stieg Pamela von ihrer improvisierten Bühne, nicht sicher, wohin sie sich wenden sollte. Sie konnte bloß hoffen, dass James' Frau sie nicht ebenfalls erkannt hatte, denn auf eine zweite Konfrontation mit dieser Furie konnte sie gut verzichten. Als »Luder« hatte sie Pamela beschimpft, als die Affäre zwischen James und ihr öffentlich aufgeflogen war, und ihr Gewalt angedroht, falls sie es wagen würde, James jemals wiederzutreffen. Erneut brach Pamela der Schweiß aus und sie wischte sich hastig über die Stirn. Zum Glück lag der Tisch von James' Familie nicht in ihrem Servicebereich, sondern in dem von Natalie. Sie würde einfach versuchen, die Gibsons zu ignorieren. Um ihr gebrochenes Herz, weil James sie kommentarlos hatte fallen lassen, würde sie sich später kümmern.

Doch als Pamela eine halbe Stunde später dringend zur Toilette musste, passte ihr ehemaliger Professor und Lover sie vor der Tür ab.

»Das tust du jetzt also?«, sagte er gedehnt und lehnte sich lässig gegen die Wand, sodass sie nicht an ihm vorbeikam. »Kellnern?« Er ließ es so klingen, als wäre das der anstößigste Beruf der Welt.

»Ja. Und singen. Was dagegen?«, erwiderte Pam trotzig. Sie wusste genau, dass James das Singen von Musicals mindestens ebenso verachtete wie ihren Job als Kellnerin. Er war es ja gewesen, der sie damals überzeugt hatte, die geplante Broadway-Karriere an den Nagel zu hängen, um bei ihm Unterricht zu nehmen und eine Charakterdarstellerin zu werden.

»Meine Güte, Pamela, ich hätte nicht gedacht, dass du so tief sinken würdest.« Er schüttelte scheinbar fassungslos den Kopf.

»Ich wüsste nicht, warum dich das interessieren sollte«, gab Pam durch zusammengebissene Zähne zurück. »Immerhin ist es deine Schuld, dass ich meinen Studienplatz an deinem Institut verloren habe.«

»Ja, ich weiß.« Jetzt wirkte er plötzlich zerknirscht. »Und ich möchte mich dafür bei dir entschuldigen. Es war ein Fehler, dich gehen zu lassen, in jeder Hinsicht. Das wollte ich dir eigentlich sagen.« Er lächelte sie entschuldigend an.

Oho! Was waren das denn plötzlich für Töne? Pam betrachtete ihren Ex-Lover mit gerunzelter Stirn. Ach, warum sah er bloß so gut aus? Dabei war er mehr als doppelt so alt wie sie, aber er gehörte definitiv zu den Männern, die jede Falte noch attraktiver machte.

»Hör zu«, fuhr James fort. »Ich probe als Nächstes ‚Die Katze auf dem heißen Blechdach' und ich könnte mir niemanden besser in der Rolle der Maggie vorstellen als dich. Was sagst du?«

Was sie dazu sagen sollte? Pamela wusste es nicht. Da stand James Gibson, angesehener Schauspiellehrer und der Mann, den sie noch immer liebte trotz allem, was vorgefallen war. Und er bat sie nicht nur um Entschuldigung, nein, er bot ihr auch eine neue Rolle an. Und damit die Chance, weiter an ihrer Theaterkarriere zu arbeiten, die sie bereits schweren Herzens abgeschrieben hatte.

»Du willst also, dass ich zurückkomme?« Sie lehnte sich mit verschränkten Armen gegen die Wand, und natürlich entging ihr nicht, dass James' Blick zu ihrem Busen wanderte, über dem die Uniform prall spannte. Ihr Herz hämmerte so heftig, dass man es vermutlich ebenfalls sehen konnte.

»Ja«, bestätigte er und sah ihr wieder in die Augen. »Ich

will, dass du zurückkommst. Und damit meine ich nicht nur in meine Klasse.«

»Okay, ich komme zurück.« Pam spitzte die Lippen, damit James sie küssen konnte. Schade, dachte sie, als er seinen Mund auf ihren drückte. Ich werde meinen Job hier vermissen.

Saidas Probleme

»Ist die Schminke vegan?«

»Wie bitte?« Holly, die Visagistin, verharrte mit der Puderquaste nur wenige Millimeter vor Saidas Gesicht.

»Ich habe gefragt, ob diese Schminke ohne Tierversuche und tierische Produkte hergestellt wurde«, präzisierte Saida genervt.

»Keine Ahnung, wen interessiert's.« Holly fuchtelte mit der Quaste vor Saidas Nase herum. »Das Zeug deckt gut ab und verpasst deiner Haut einen goldenen Schimmer, Schätzchen.«

Die Quaste landete mitten auf Saidas Stirn, doch Saida drehte abrupt den Kopf weg. »Lass das. Und nenn mich nicht Schätzchen.«

»Hey.« Auch Holly, die schon viele Models mit Allüren gebändigt hatte, wirkte jetzt genervt. »Ist das heute nicht dein erster Job? Dann solltest du gut aufpassen, sonst wird es auch dein letzter sein. Verstanden?«

Wieder näherte sich die Puderquaste Saidas Gesicht, doch dieses Mal beugte Saida sich schnell nach unten und kramte in ihrem Beutel, bis sie ihre eigene Schminke gefunden hatte.

»Nimm die hier.«

Holly seufzte, griff aber zu Saidas Puder. Sie hatte einen langen Tag hinter sich, sie wollte nach Hause, und im Grunde war es egal, was sie dieser Zicke ins Gesicht schmierte, die sie vermutlich ohnehin nie wiedersehen würde.

»Wo bleibt sie denn?« Geneva, die Assistentin des Fotografen, steckte ihren Kopf in die enge Umkleide.

»Schon unterwegs.« Holly verpasste Saida noch einen erdigen Lippenstift, dann schob sie sie auf Geneva zu. »Viel Spaß mit ihr.«

»Hier entlang, hier entlang.« Geneva bugsierte Saida durch einen engen Gang, an dem links und rechts vollbehangene Kleiderständer aufgereiht waren. Saida atmete tief durch. Was hätte sie jetzt für eine Zigarette gegeben! Sie versuchte, an das Geld zu denken. Genug, um die Hälfte der Schulden bei ihrer Mutter abzubezahlen. Trotzdem wäre sie am liebsten davongelaufen. Doch Geneva drängte sie bereits in einen von riesigen Scheinwerfern erhellten Raum, in dem lauter vielbeschäftigte Menschen durcheinanderliefen.

»Hier, das ist dein Outfit.« Geneva drückte Saida einen Kleiderbügel in die Hand. »Zieh das dort über, du bist gleich dran.« Sie wies auf eine Behelfskabine hinter einem dünnen Vorhang.

»Das soll ich anziehen?« Saida musterte den Fummel auf dem Bügel, der aus einem fast durchsichtigen Stoff und einigen Fetzen von etwas, das verdächtig nach Pelz aussah, bestand. »Niemals!«

»Gibt es ein Problem?« Ein Mann, nein, eher ein Männlein, das Saida kaum bis zum Kinn reichte, in einem glänzenden grünen Anzug und mit einer Handtasche über dem Arm baute sich vor ihr auf. Aus der Tasche lugte ein wuscheliger Hundekopf.

»Dieses Teil ist grauenhaft«, giftete Saida ihn an und ignorierte, dass Geneva heftig gestikulierte, damit sie die Klappe hielt. Der Typ war eine Lachnummer und dieses Kleid ebenso. Was hatte sie sich bloß dabei gedacht, diesen Job anzunehmen?

»Soso«, erwiderte das Männlein süffisant. »Und woraus schöpfst du deine Expertise in Sachen Haute Couture?«

Hä? Der Typ redete ja genauso aufgeblasen, wie er aussah. Dieses hochgestochene Gelaber erinnerte Saida an ihre Mutter und das machte sie erst so richtig wütend.

»Man muss kein bisschen von Mode verstehen, um zu erkennen, dass das Ding hier geschmacklos ist. Der Stoff ist so dünn, dass ich mich ebenso gut nackt vor die Kamera stellen könnte. Und das würde ich auch eher tun, als etwas anzuziehen, an dem tote Tiere hängen!« Der kleine Hund in der Handtasche ließ ein bekräftigendes Bellen hören und Geneva fing an zu hyperventilieren.

»Schon gut, Coco.« Das Männlein wuschelte dem Hündchen durch das vermutlich chlorgebleichte weiße Fell.

»Und einen Hund in der Handtasche herumzutragen, ist auch Tierquälerei«, fügte Saida kämpferisch hinzu, doch der froschgrüne Anzug ließ sich nicht aus der Ruhe bringen.

»Erfrischende Ansichten vertreten Sie da, junge Dame. Sehr erfrischend. Es kommt nicht mehr häufig in der Branche vor, dass mir jemand so en détail seine Meinung kundtut. Jetzt würde ich es aber begrüßen, wenn Sie einfach ihren Job machen und dieses Kleid anziehen.« Er fixierte sie aus schmalen Augen, die ebenfalls froschgrün leuchteten.

»Es tut mir schrecklich leid, wirklich schrecklich leid«, schaltete Geneva sich dazwischen. Sie klang, als hätte sie einen lebenden Frosch verschluckt. »Beim Booking muss ein Fehler unterlaufen sein. Ich weiß nicht, wie das passieren konnte!« Dabei deutete sie mit spitzem Finger auf Saida, doch das Männlein winkte gelangweilt mit einer vielberingten Hand ab.

»Wie gesagt, ich finde sie erfrischend. Und jetzt bestehe ich darauf, dass sie endlich mein Kleid anzieht.«

Mein Kleid! Plötzlich kapierte Saida, wen sie da vor sich hatte. Niemand Geringeren als Marcelo Atwood, den Designer selbst. Dieser arrogante Schnösel war also für den Fummel mit dem Pelzbehang verantwortlich. Und jetzt wollte er sie zwingen, das Teil zu tragen. Aber da hatte er sich geschnitten!

»Wie gesagt«, äffte sie ihn nach und schleuderte ihm das Kleid vor die Füße. »Ich würde eher nackt herumlaufen, als so etwas anzuziehen.« Sie überlegte kurz, ob sie ihm noch die Handtasche mit dem Hund vom Arm reißen sollte, um das arme Tier in eine bessere Zukunft zu entführen, stürmte dann aber einfach aus dem Raum. Diesen Job anzunehmen, war die blödeste Idee aller Zeiten gewesen, und sie war bloß froh, ihn los zu sein. Auch wenn das womöglich bedeutete, dass sie wirklich bald nackt herumlaufen musste, weil ihr das Geld endgültig ausgegangen war.

»Hast du schon von dem neuen Club auf der Grand Street gehört? Lovegun. Ist ein super Laden für Schwule.« Victor presste immer drei Wörter zwischen jedem stehenden Liegestütz heraus. Dafür, dass er kaum noch Luft bekam, redete er eine ganze Menge. Rick zählte unbarmherzig weiter mit. Obwohl er zusammengezuckt war, als Victor das Wort »schwul« so selbstverständlich ausgesprochen hatte, wollte er sich nichts anmerken lassen. Es war okay, darüber zu reden, schärfte er sich ein. Es war Zeit, zu seinen Gefühlen zu stehen.

»Sechsundvierzig. Siebenundvierzig. Achtundvierzig. Na, komm schon, noch zwei, dann hast du's geschafft.« Er boxte seinem Kunden – seinem ersten Kunden – spielerisch in die Seite, bevor er selbst mit Leichtigkeit die letzten beiden Liegestütze absolvierte.

»Cool. Und jetzt andersherum.« Rick drehte sich mit dem Rücken zum Gitterzaun, wobei ihm das belustigte Grinsen des anderen nicht entging. Verdammt, warum grinste der so? Wollte er ihn etwa angraben? Erst die Geschichte mit dem Schwulenclub und jetzt das Grinsen ...

»Nicht schlappmachen.« Rick pikte seinem Gegenüber in den Bauch, um zu testen, ob er die Muskeln anspannte, und beschloss spontan, die Trainingseinheit etwas zu verkürzen. Der Typ tat zwar cool, aber er war nicht besonders gut in Form. Rick wollte seinen ersten Kunden ja nicht direkt umbringen.

»Durch wen bist du eigentlich auf mich gekommen?«, fragte er, vor allem, um zu testen, ob der andere noch genug Luft zum Sprechen hatte. Er hatte sich zwar gefreut, als er am Tag zuvor eine Nachricht auf sein Handy erhalten hatte, in der ein völlig Fremder um einen möglichst kurzfristigen Termin bat. Aber er hatte noch nicht kapiert, woher der Typ eigentlich seine Nummer hatte. Offenbar war er nicht durch Maxis Blog auf Rick aufmerksam geworden und auch nicht durch die Flyer, mit denen Rick halb Williamsburg tapeziert hatte, sondern durch einen gemeinsamen Bekannten.

»An… tho… ny…«, stieß Victor keuchend hervor. Die Liegestütze schienen ihm echt zuzusetzen, aber auch Rick geriet bei der Erwähnung des Namens kurzzeitig aus dem Takt. Anthony? Ausgerechnet? Er hätte nicht geglaubt, dass sein Ex-Freund noch irgendwas von ihm wissen wollte, nachdem Rick nicht auf seine Valentinskarte reagiert hatte.

Meld dich bei mir, wenn du willst. Das hatte auf der Karte gestanden. Und Rick hatte einfach nicht gewusst, was er nun unternehmen sollte. Sie waren im größtmöglichen Streit auseinandergegangen, nachdem Tony versucht hatte, Rick vor dessen Eltern zu outen. Klar, Rick war sauer auf ihn gewesen. Und Tony war garantiert auch sauer auf ihn gewesen, weil er, statt sich zu ihm zu bekennen, behauptet hatte, mit Maxi verlobt zu sein, womit er eine Lawine aus Lügen losgetreten hatte.

Aber die Sache war nun zum Glück vorbei. Und der Kontakt zu seiner Familie zerbrochen. Rick hätte sich also bei Anthony melden können. Und er wollte es. Denn wenn er ehrlich war, vermisste er ihn. Aber er wartete seit fast vier Wochen immer noch auf den richtigen Zeitpunkt …

»He, das waren schon mindestens fünfzig«, keuchte Victor. Schuldbewusst kehrte Rick in die Gegenwart zurück.

»Äh, ja, sorry, ich war abgelenkt. Lass uns zum Schluss noch eine Runde locker laufen, okay?«

»Du kennst also Anthony«, nahm Rick das Gespräch wieder auf, während sie die Brücke verließen. Der Gedanke, dass Victor womöglich wusste, ob Anthony noch immer auf ein Lebenszeichen von ihm wartete, ließ ihn nicht mehr los.

»Ja, wir haben uns im Lovegun kennengelernt.« Da Rick ein eher gemächliches Tempo angeschlagen hatte, kam Victor langsam wieder zu Atem. »Deshalb steh ich, glaub ich, so auf den Laden.« Wieder grinste Victor, doch Rick spürte, wie ihm das Blut in die Füße sackte.

»Wir sind zwar erst seit einer Woche zusammen, aber ich hab ein echt gutes Gefühl dabei.« Victor erzählte unbekümmert weiter, er schien gar nicht zu bemerken, dass Rick immer langsamer wurde. »Glaubst du an Liebe auf den ersten Blick? Also, ich hab das bisher nicht. Aber ich schätze, ich muss meine Meinung ändern. Ich glaube, Anthony und ich sind füreinander bestimmt. Hey, ist alles okay? Wieso hängst du denn plötzlich so hinterher?«

»Ja, klar, alles cool.« Rick versuchte, seine Stimme in den Griff zu kriegen. »Hör zu, Mann, ich glaube, du solltest dir besser einen anderen Fitnesstrainer suchen.« Und damit rannte Rick aus dem Stand los, so schnell, dass Victor keine Chance hatte, ihm zu folgen. Noch einen Block entfernt, hörte er ihn schimpfen. Aber Rick lief einfach weiter, immer härter knallten seine Schuhe auf den Asphalt, bis seine Lunge brannte.

Gute Mundpropaganda hatte er von Victor sicher nicht zu erwarten. Aber das Schlimmste war, dass er Anthony garantiert erzählen würde, dass Rick vollkommen durchgedreht war, als sein Name gefallen war.

Abbys Probleme

»Tschüss, Mom und Dad, ich bin weg!« Abby schnappte sich ihre Handtasche von der gedrechselten Garderobe und schlüpfte schnell in ihren Mantel. Falls ihre Mutter noch in den Flur schaute, sollte sie nicht wieder über Abbys zu kurzen Rock mäkeln müssen. Abby war sich durchaus bewusst, dass der Mini nicht das passendste Kleidungsstück für ein Treffen der Gruppe »Wahre Liebe wartet« war, aber wann sonst sollte sie ihn anziehen? Seit sie wieder bei ihren Eltern wohnte, kam sie abends kaum noch raus, ein Date hatte sie schon seit Wochen nicht mehr gehabt, und der Rock war supischön, viel zu schön, um im Schrank herumzuliegen. Zum Glück fand das WLW-Treffen neuerdings abends und nicht mehr nach dem sonntäglichen Gottesdienst statt. In einem solchen Outfit hätten ihre Eltern ihr niemals erlaubt, erst in die Kirche zu gehen.

Abby freute sich über die bewundernden Blicke, die ihr einige Jungs in der Gruppe zuwarfen. Die giftige Bemerkung ihrer Gruppenleiterin Grace, ob ihr nicht ein bisschen kühl sei, quittierte sie mit einem breiten Lächeln. Zusammen mit den anderen setzte sie sich in den Stuhlkreis, schlug die Beine übereinander und kramte ein Notizblöckchen aus ihrer Tasche.

»Willkommen«, begrüßte Grace die Runde, die aus fünf

Jungs und sieben Mädchen bestand, allesamt jünger als Abby. »Lasst uns zu Beginn gemeinsam unser Bekenntnis sprechen.«

»In dem Glauben, dass wahre Liebe wartet, verpflichte ich mich vor Gott, gegenüber mir selbst, meiner Familie, meinen Freunden, meinem zukünftigen Ehepartner und meinen künftigen Kindern, sexuell enthaltsam zu leben bis zum Tag meiner kirchlichen Heirat.« Abby murmelte die Worte mit wie ein Gebet, das sie schon unzählige Male gesprochen hatte. Sie selbst hatte diesen Text bei ihrem ersten Gruppentreffen auf der Verpflichtungskarte unterschrieben. Und obwohl ihr Vater sie quasi gezwungen hatte, die Treffen von »Wahre Liebe wartet« zu besuchen, war sie durchaus bereit, dieses Versprechen ernst zu nehmen und mit dem ersten Sex bis zu ihrer Hochzeit zu warten. Nur wann bitte tauchte endlich ihr Traumprinz auf, um sie vor den Altar zu führen?

In diesem Moment flog die Tür auf, und während ein junger Mann in den Gruppenraum stolperte, erklärte Grace: »Ach ja, wir haben einen Neuzugang. Darf ich vorstellen? Das ist William.«

Der Neue nickte mit dem Kopf, als wollte er eine Verbeugung andeuten, und die anderen Gruppenmitglieder hoben die Hand oder nickten ebenfalls zum Gruß. Nur Abby saß wie versteinert da. Will zog sich einen Stuhl heran, platzierte ihn direkt neben Abby und zwinkerte ihr zu, als er sich hinsetzte.

Das durfte doch wohl nicht wahr sein! Schlimm genug, dass ihr Ex-Kollege von Lola Productions durch einen schrecklichen Zufall zur gleichen Gemeinde gehörte, in der Abbys Vater Pfarrer war. Jedes Mal wenn sie zur Kirche gingen, betete Abby, dass sie ihm nicht wieder über den Weg laufen würde, damit ihre Eltern durch das Treffen nicht an ihre kurze Karriere als Sekretärin bei einer Porno-Produktionsfirma erinnert wurden. Und jetzt hockte er hier neben ihr und besaß die Dreistigkeit, bei einem Treffen von WLW mit ihr zu flirten.

Es war ja nicht so, dass Abby Will nicht mochte. Eher im Gegenteil. Sie sah in ihm einen Freund. Nur von einem Traumprinzen war er weit entfernt. Kein Heiratsmaterial, wie es so schön hieß! Und es war besser, sich von ihm fernzuhalten, weil sie ansonsten höllischen Ärger mit ihren Eltern riskierte. Was wollte er überhaupt hier? War es tatsächlich sein Wunsch, keusch in die Ehe zu gehen? Abby konnte sich das bei Will schlecht vorstellen. Aber welchen anderen Grund konnte er haben, bei einem Gruppentreffen aufzutauchen?

»Abby?«, unterbrach Grace ihre Gedanken. Ertappt riss sie ihren Blick von Will los, der in diesem Moment ohnehin aufstand. »Möchtest du diese Übung mit William machen?«, wiederholte Grace bemüht geduldig eine Frage, die sie offenbar bereits gestellt hatte.

»Äh, ja klar«, beeilte Abby sich zu sagen, obwohl sie keine Ahnung hatte, um was für eine Übung es sich handelte. Dann stand sie Will gegenüber, und er betrachtete sie mit einem Blick, der ihr ganz unverhofft die Knie weich werden ließ. Er trug keine dicke Brille heute, sondern vermutlich Kontaktlinsen, das dünne Haar hatte er zurückgebürstet, sodass Abby wie magisch angezogen auf seine Ohren starren musste. Es waren genau die gleichen Ohren wie die von Prinz William! Ja, definitiv. Warum hatte sie das früher nie bemerkt?

»Hey, Süße, du siehst heute richtig heiß aus«, sagte Will und seine Augen blitzten.

»Äh, danke.« Abby bemerkte die Hitze in den Wangen und wusste, dass ihr blasses Gesicht vermutlich knallrot wurde. Das ist ein Rollenspiel, versuchte sie sich in Erinnerung zu rufen, aber es nützte nichts.

»Dieser Rock ist der Hammer«, fuhr Will unbarmherzig fort und sein Blick wanderte ihre Beine hinauf, Abby konnte es genau spüren. »Aber weißt du, was mir noch besser gefallen würde?« Er legte eine verheißungsvolle Pause ein. »Wenn du ihn ausziehen würdest.«

Ein warmer Schauer lief Abbys Wirbelsäule herunter. »Ja, äh, nein«, stotterte sie. Oh Gott, war das peinlich. »Nein. Natürlich nicht«, fügte sie eilig hinzu und hoffte, dass ihre Stimme nicht zittrig klang. »Ich habe dich wirklich gern, aber du weißt doch, was wir uns versprochen haben.« Zum Glück fiel ihr der eingeübte Text rechtzeitig wieder ein. »Wir wollen gemeinsam warten, bis wir in der Ehe miteinander verbunden sind.« Abby ratterte die letzten Worte runter und flüchtete zurück auf ihren Stuhl. Sie beugte sich tief über den Block auf ihrem Schoß und tat, als würde sie sich etwas notieren, damit niemand ihr garantiert noch immer glühendes Gesicht sehen konnte.

»Ich fand, wir waren richtig gut«, raunte Will ihr zu, als er sich ebenfalls setzte, aber Abby schenkte ihm keine Beachtung. Sie war beschäftigt. Wie ferngesteuert raste der Stift in ihrer Hand über den kleinen Block und kritzelte jedes Wort darauf, das gerade zwischen ihr und Will gefallen war. So etwas hatte noch nie jemand zu ihr gesagt. Zumindest nicht auf diese Weise. Sie musste es einfach festhalten. Und dann, als sie alles aufgeschrieben hatte, hörte sie nicht auf. Stattdessen notierte sie all das, was nicht gesagt worden war und was sie liebend gern gehört hätte.

Als Grace die Sitzung schließlich beendete, war der Block vollgekritzelt. Und als Will sich von Abby verabschiedete, konnte sie ihm nicht mehr in die Augen sehen. Sonst wäre sie garantiert zum zweiten Mal feuerrot geworden.

Kapitel 7

Mich allein an den Küchentisch zu setzen, um einen Schlachtplan zu entwerfen, erwies sich als wenig effektiv. Nach circa dreißig Minuten mehr oder weniger konzentrierten Grübelns sowie der Vernichtung meines Gesamtvorrats an gelben Gummibärchen (angeblich förderlich für die Kreativität) sah meine Liste so aus:

Gute Ideen, um Geld für Pinkstone zu beschaffen:

1.
2.
3.

Ich hatte gerade beschlossen, das ganze Vorhaben vorläufig aufzugeben, mich in mein Zimmer zu verkriechen, mir die Bettdecke über den Kopf zu ziehen, weil es dort sonst viel zu kalt war, und früh zu schlafen, als Alex in die Küche kam.

Wir machten beide gleichzeitig »Huch«, als wäre es eine Riesenüberraschung, den jeweils anderen zu sehen.

Vermutlich hatte Alex sich noch genauso wenig wie ich daran gewöhnt, dass wir jetzt unter einem Dach lebten. Und wie jedes Mal versetzte sein Erscheinen mich in einen körperlichen Ausnahmezustand: Herzrasen, feuchte Hände, zunehmende Übelkeit. Ich musste mich endlich an seine Anwesenheit gewöhnen, sonst würde mein neuer Mitbewohner mich vermutlich über kurz oder lang ins Krankenhaus bringen.

»Hi, wie geht's?«, fragte Alex.

»Gut.« Mal vom Herzrasen, der Übelkeit und den Schweißausbrüchen abgesehen. »Und selbst?«

»Alles okay.«

»Gut.«

Tolles Gespräch! In den wenigen Tagen seit Alex' Einzug hatten wir kaum mehr als zehn belanglose Sätze gewechselt. Vielleicht lag es daran, dass wir uns seither kein einziges Mal getroffen hatten, ohne dass wenigstens einer der anderen Pinkstoner dabei gewesen war. Aber vielleicht hatten wir uns ja auch plötzlich nichts mehr zu sagen ...

Alex verschwand jedenfalls ohne ein weiteres Wort in unserer Abstellkammer und kurz darauf hörte ich Glas gegen Glas klirren. Was machte er denn da? Wollte er um diese Zeit (es war immerhin schon dunkel draußen) noch das Altglas rausbringen?

»Hast du Lust auszugehen?« Alex kehrte tatsächlich mit einem Karton voll leerer Flaschen zurück.

»Mit den Flaschen?«, fragte ich perplex. Nicht nur wegen des Kartons mit Altglas, sondern vor allem weil ich nicht damit gerechnet hatte, dass er mich so spontan um ein Date bitten würde.

»Ja, die Flaschen nehmen wir mit.« Er lächelte amüsiert, wobei – ich muss es vermutlich nicht extra erwähnen, aber ich kam nicht drumherum, es zu bemerken – das Muttermal im Mundwinkel nach oben hüpfte.

»Okay.« Ich schob mein ohnehin leeres Blatt zur Seite und stand auf. »Kann ich so mitkommen?« Verstohlen schaute ich an mir herab: blickdichte Strumpfhosen, dazu Schnürstiefeletten und ein Minikleid mit bunten Blockstreifen. Das Outfit war zwar ziemlich knallig – wie die meisten meiner Klamotten –, aber okay, um darin auszugehen, fand ich. Alex sah das offenbar genauso.

»Du siehst super aus.« Mein Herzrasen wurde noch ein bisschen heftiger. Ach, verflixt! Alex hatte vermutlich bloß keine Lust, allein zum Altglascontainer zu gehen. Wobei – Glascontainer gab es in New York ja gar nicht, man stellte die Flaschen und Gläser einfach vor die Tür. Umso größer war meine Neugier, was Alex damit vorhatte.

»Sag schon, wo gehen wir hin?«, fragte ich zum x-ten Mal, als wir eine längere U-Bahn-Fahrt später durch ein Industriegebiet wanderten. Aber Alex lutschte bloß auf einem Minzbonbon herum, grinste mich geheimnisvoll an und schwieg, während er mit seinem Altglas-Karton unter dem Arm neben mir herlief.

»Wo sind wir hier überhaupt?«

Wieder nur das geheimnisvolle Grinsen. Argh!

Ich fand die Gegend ehrlich gesagt ziemlich unheimlich, zumal außer uns kein Mensch unterwegs zu sein schien, aber ich versuchte, mir einzureden, dass wir mit einem ganzen Karton voll alter Flaschen gegen eventuelle Überfälle gut gerüstet sein müssten. Hoffentlich.

Dann hörte ich den Lärm. Zunächst nur ein entferntes Scheppern und Klirren, in das sich nach kurzer Zeit wummernde Beats und laute Stimmen mischten, die grölten, kreischten und gelegentlich jubelten. Über einer Mauer flackerten bunte Lichter. Was war da los? Wir bogen um die alte Backsteinmauer, und vor uns öffnete sich eine weite Industriebrache voller Menschen, die alle einen rechteckigen Glaskubus umringten.

Wummernde Elektro-Beats und eine zuckende Lichtershow verliehen dem Platz Partyatmosphäre. Doch im Zentrum, dem gläsernen Kasten, wurde nicht getanzt. Dort passierte etwas ausgesprochen Erstaunliches!

Von einer etwa zehn Meter hohen Hebebühne aus warfen Menschen Flaschen und Weckgläser auf andere Menschen, die ebenfalls auf einer Hebebühne auf der anderen Seite des Kastens standen. Auf der Außenseite allerdings, sodass die Wurfgeschosse an der bruchsicheren Glaswand zerschellten, ohne die Beworfenen zu verletzen. Trotzdem brüllten die Werfer bei jedem Treffer laut auf und die Zielpersonen kreischten, was das Zeug hielt.

»Was? Soll? Das?« Ich musste mich ganz nah neben Alex stellen, damit er mich verstand – diese skurrile Sache hatte also immerhin etwas Gutes.

»Das ist Kunst.« Er grinste schon wieder.

Aha. Das war also Kunst! Zugegebenermaßen hatte ich wenig Ahnung von Kunst. Eigentlich gar keine. Auf der Vernissage von Andy White, auf der wir uns zum ersten Mal begegnet waren, hatte ich die zunächst weißen Leinwände so unsicher gemustert, als müsste es einen tieferen Sinn dahinter geben, den bloß ich nicht verstand. Das war

Alex unter Garantie aufgefallen. Zumal er selbst einiges von Kunst zu verstehen schien, zumindest konnte er fantastisch malen. Mir wurde noch immer ganz anders, wenn ich an das Bild dachte, das über meinem Bett hing.

»Es ist eine Art Installation«, klärte Alex mich auf. »Es geht ums Thema Recycling. Aber auch darum, dass die Besucher sich ihren Aggressionen stellen.«

Puh, das klang ziemlich gebildet. Und abgehoben. Ich war mir nicht sicher, ob ich das Ganze mochte.

»Aber eigentlich geht es vor allem um den Spaß«, fügte Alex hinzu und griff nach meiner Hand. »Komm mit.« Okay, nun fing es doch an, mir zu gefallen ...

Wir mussten eine Weile anstehen, bis wir endlich an der Reihe waren, auf die Hebebühne zu klettern. Ruckelnd brachte sie uns nach oben, und ich klammerte mich noch immer an Alex' Hand, während die Leute auf dem Platz unter uns immer kleiner wurden.

»Okay, Schutzbrillen auf«, ordnete der Hebebühnenführer an. Brav verstaute ich meine eigene Brille in meinem Beuteltier und schob mir die klobige Plastikbrille auf die Nase. Wahrscheinlich sah ich mit dem Teil unmöglich aus. Alex zumindest war definitiv kein Brillentyp.

»Dann viel Spaß!«, rief uns unser Aufpasser zu. Und schon flogen die ersten Flaschen.

»Hier.« Alex hielt mir den Karton mit dem mitgebrachten Altglas hin und zögerlich suchte ich mir eine kleine grüne Bierflasche heraus. Alex nahm eine Weinflasche. »Auf drei?«

»Okay.«

Er zählte, dann schleuderte er die Flasche mit voller

Wucht in den Kubus hinein, wo sie an der gegenüberliegenden Wand in Hunderte Scherben zerschellte. Ich bekam das deshalb so genau mit, weil ich zögerte und meine eigene Flasche in der Hand behielt. Fragend blickte Alex mich an.

»Schon gut, ich werfe sie ja«, beeilte ich mich zu versichern. Und warf. Mit so viel Kraft, wie ich konnte, ich wollte mich ja nicht vor Alex blamieren. Mit einem Knall prallte meine Flasche an die Scheibe, hinter der eine schemenhafte Gestalt zurückzuckte, zerbarst aber nicht, sondern fiel auf den Scherbenhaufen mehrere Meter uns. Trotzdem war das Gefühl, das mich plötzlich überkam, völlig unerwartet und unbeschreiblich. Ich fühlte mich stark und mutig und von einer auf die andere Sekunde unglaublich ... befreit. Befreit von meinen Sorgen um Pinkstone, meinen Grübeleien über das Geld und sogar von all der Unsicherheit, die ich Alex gegenüber empfand.

»Gib mir noch so eine Flasche. Auf der Stelle.« Als ich an Alex vorbei in den Karton langte, lachte er laut.

»Auf drei?«, fragte er wieder.

Dieses Mal warfen wir gleichzeitig. Unsere beiden Flaschen zerplatzten an der Scheibe und in den fliegenden Scherben fing sich das Licht der Diskostrahler. Ein funkelndes Feuerwerk aus Glassplittern!

Meine eigenartige Hochstimmung hielt auch dann noch an, als uns die Hebebühne längst wieder auf dem Boden abgesetzt hatte. Dass Alex nach meiner Hand griff, um mich durch die feiernden, schattenhaften Gestalten zu führen, verstärkte sie zusätzlich. Fest umschloss seine Hand meine Finger, und die vibrierende Atmosphäre, die überall auf dem Platz herrschte, übertrug sich auch auf meinen Körper.

»Woher wusstest du eigentlich von dieser Party?«, fragte ich, als wir am Rande des Getümmels eine kurze Pause einlegten. Ich hatte nicht den Eindruck, dass es sich um eine öffentliche Veranstaltung handelte, dafür war es zu speziell.

»Ein Freund hat mich eingeladen«, bestätigte Alex meine Vermutung. Er schien interessante Freunde zu haben. Aber hatte ich etwas anderes erwartet? Er kannte offensichtlich eine Menge Leute aus der Kunstszene, warum sonst hätte er sich auf der angesagten Vernissage von Andy White herumtreiben sollen? Und bei unserer zweiten Begegnung waren wir uns auf dem Brooklyn Flea über den Weg gelaufen, wo er am Stand eines Freundes ausgeholfen hatte, der detailverliebte Skizzen auf Post-it-Zetteln anfertigte und verkaufte.

»Was für ein Freund?«, fragte ich, ich wollte endlich mehr über Alex erfahren.

»Komm, ich stell ihn dir vor.« Wieder führte er mich durch die Menge, bis wir zu einem Areal gelangten, das von flackerndem Feuerschein erhellt wurde. Mehrere junge Leute hielten Stäbe in die Flammen, auf denen ich bei genauerem Hinsehen filigrane Gebilde erkannte, die sich aus einer Ansammlung bunter Glasscherben zusammensetzten.

»Was machen die da?«, fragte ich Alex erstaunt.

»Was denkst du, was sie machen?«, gab Alex die Frage an mich zurück.

Erst in diesem Moment begriff ich, was es mit dieser

ganzen Party auf sich hatte. Es ging nicht um das Zerdeppern von alten Flaschen und den Spaß dabei. Zumindest nicht nur. Diese Leute hier benutzten die Glasscherben, um daraus etwas Neues und – wie ich schon auf den ersten Blick feststellen konnte – faszinierend Schönes zu kreieren.

»Kunst aus altem Glas«, schloss ich. Alex nickte anerkennend, dabei war es eigentlich offensichtlich, nur ich hatte etwas länger gebraucht, um es zu begreifen.

»Hi, Mann, super, dass du es geschafft hast.« Einer der Glaskünstler hatte sich aus der Gruppe um das Feuer gelöst und begrüßte Alex mit einem Schlag auf die Schulter. Er war sehr breitschultrig, trug einen verwaschenen Norwegerpullover und hatte die langen Locken zu einem straffen Knoten oben auf dem Kopf zusammengezurrt.

»Hi, Chap, wie geht's?« Auch Alex drosch dem anderen auf die Schulter. »Das ist hier ist übrigens Maxi.« Er zog mich ein Stück nach vorn, ohne dabei meine Hand loszulassen, was bei mir einen neuen Schub des Hochgefühls bewirkte. Hand in Hand mit Alex über den Platz zwischen lauter Unbekannten herumzuschlendern, war eine Sache gewesen, einem Freund von ihm auf diese Weise vorgestellt zu werden, eine ganz andere, fand ich. Und das war noch nicht alles.

»Hi, Maxi, schön dich endlich kennenzulernen.« Auch ich bekam einen Schlag auf die Schulter, zum Glück einen sanften. Endlich ... Hieß das, dass Alex ihm von mir erzählt hatte? Und wenn ja, was hatte er ihm erzählt?

»Ich habe Chap über das Pinkstone-Problem informiert«, erklärte Alex. Ein Glasbaustein fiel mir vom Herzen: Alex hatte keine persönlichen Informationen ausgeplaudert. Es ging um Pinkstone!

»Und er war sofort bereit zu helfen«, fuhr Alex fort.

»Oh, wie nett«, versuchte ich, Begeisterung zu heucheln. Ehrlich gesagt, konnte ich mir nicht vorstellen, wie Chap uns bei unserem Problem helfen sollte.

»Du hast keine Ahnung, wer vor dir steht, oder?«, zog Alex mich auf und drückte meine Hand, um seinen spöttischen Unterton zu entschärfen. »Das ist Nicolas Chapman-Wright, einer der zurzeit am steilsten aufsteigenden Sterne am Kunsthimmel.«

»Na, na, übertreib mal nicht«, sagte Chap in einem Tonfall, der klarmachte, dass Alex keineswegs übertrieb. Dabei zwinkerte er mir verschwörerisch zu, als wollte er sagen: Kein Problem, dass du keine Ahnung hast, wer ich bin. Trotzdem war mir die Situation ein bisschen peinlich.

»Und wie möchtest du helfen?«, fragte ich Chap.

»Nun, die Sachen, die wir hier machen, bekommen eine gute Publicity«, erklärte Chap mit einer Handbewegung zu den anderen Künstlern. »Wir haben uns überlegt, dass wir mit dem Kram eine Auktion für einen guten Zweck veranstalten wollen. Und ich dachte mir, ich könnte meine Sachen zugunsten eures Häuschens versteigern.«

»Wie ... nett«, sagte ich wieder bemüht enthusiastisch, woraufhin die beiden Jungs lachten.

»Chaps Sachen erzielen gut und gerne Gebote im fünfstelligen Bereich«, klärte Alex mich auf. Wie bitte? War es wirklich möglich, dass man für ein einziges Glasgebilde derart viel Geld bekam? Dann sollte ich mich dringend näher mit der Kunstszene befassen!

»Das ist ja Wahnsinn!« Dieses Mal musste ich mich nicht verstellen, meine Begeisterung war mindestens ebenso groß wie meine Verblüffung. »Danke. Danke. Danke!« Impulsiv schlang ich Chap meine Arme um den Hals, obwohl das gar nicht meine Art ist. Erst verzögert fiel mir ein, ihn zu fragen, was wir im Gegenzug für ihn tun könnten. Doch Chap winkte ab.

»Nichts, schon okay«, sagte er. »Ich bin ihm eh noch einen Gefallen schuldig.« Er ruckte mit dem Kopf in Alex' Richtung, zwinkerte mir zu und verabschiedete sich dann, bevor ich nachhaken konnte, was es damit auf sich hatte.

Auch aus Alex war auf dem ganzen Heimweg nichts rauszubekommen außer einem abwehrenden: »Ich hab ihm ein bisschen geholfen. Hab ihn den richtigen Leuten vorgestellt.« Das stachelte meine chronische Neugier natürlich nur umso mehr an. Was mochten das für Leute sein? Und woher kannte Alex sie?

Ich hatte gehofft, mehr über Alex zu erfahren, wenn ich einen seiner Freunde kennenlernte, aber das genaue Gegenteil war der Fall. Stattdessen war ein weiteres ungelöstes Geheimnis hinzugekommen. Immerhin: Eines wusste ich nach diesem Abend. Das Schicksal von Pinkstone war Alex nicht egal. Und ich schien ihm auch etwas zu bedeuten, zumindest signalisierte das seine Hand, die meine auf dem gesamten Heimweg nicht losließ. Aber alles in allem blieb mir dieser Junge an meiner Seite ein großes Rätsel!

Es ist UNGLAUBLICH! Aber wahr: Auf dem (neu eröffneten) Konto zur Rettung von Pinkstone sind soeben 22.390 Dollar eingegangen! Die Spende kommt von Nicolas Chapman-Wright. Der angesagte junge Künstler hat eine seiner Glas-Skulpturen zugunsten unseres Hauses versteigert.

Als unter euren vielen, teils eher skurrilen, teils ziemlich genialen Ideen zur Geldbeschaffung auch eine Kunstauktion vorgeschlagen wurde, habe ich ja zunächst nur müde gelächelt. Denn ich kenne mich mit Kunst leider überhaupt nicht aus – und soweit ich weiß, hat auch keiner der anderen Pinkstoner davon Ahnung. Deshalb hatte bislang natürlich auch keiner von uns Verbindungen in die Kunstszene.

Doch das hat sich nun überraschend geändert. Zu verdanken haben wir diese unerwartete Unterstützung unserem neuen Mitbewohner (der leider noch immer ungenannt bleiben möchte), der mit Chap – wie seine Freunde Nicolas Chapman-White nennen – bestens bekannt ist und ihm unsere Geschichte erzählt hat.

Chaps spontane Spende hat auf jeden Fall bewirkt, dass meine Mitbewohner einverstanden waren, das Pinkstone-Konto einzurichten – auch wenn sie noch immer nicht daran glauben, dass wir es schaffen können, Pinkstone selbst zu kaufen. Zusammen mit der Finanzspritze, die mir meine Omama aus dem Verkauf ihres Hauses in Deutschland hat zukommen lassen, kann sich der Kontostand bereits sehen lassen. Okay, noch sind wir weit von einem Millionenbetrag entfernt, aber wer weiß ... Immerhin bleiben uns knapp zwei Monate, um eine entsprechende Summe zusammenzubringen. Und wir brüten weiterhin fleißig über Ideen, wie uns das gelingen könnte.

Aktueller Pinkstone-Kontostand: 82.390 Dollar!

Kapitel 8

Also, was willst du?«, blaffte Saida. Meine Mitbewohnerin hatte an diesem Morgen noch schlechtere Laune als normalerweise. Wahrscheinlich war daran der grüne Smoothie schuld, den sie soeben aus dem Kühlschrank geholt hatte und jetzt im Stehen trank. Ich hatte diesen Saft aus Gurke, Sellerie und Grünkohl mal aus purer Neugier probiert – und meine Neugier den restlichen Tag verflucht. Vielleicht hatte Saidas gereizter Gemütszustand aber auch einfach damit etwas zu tun, dass es erst zehn Uhr vormittags war. Für sie war es also im Prinzip noch mitten in der Nacht.

Alle anderen Pinkstoner inklusive Abby und Alex saßen erwartungsvoll um unseren ausladenden Küchentisch, weil ich einen Pinkstone-Kriegsrat einberufen hatte. Denn obwohl sie mir ihr Okay gegeben hatten, ein Pinkstone-Rettungs-Konto einzurichten, waren sie noch immer alle weit davon entfernt, daran zu glauben, dass es uns gelingen könnte, das Haus selbst zu kaufen. Und ich war fest entschlossen, sie endlich davon zu überzeugen.

Rick hatte eine große Kanne von seinem unvergleichlichen Espresso spendiert, was die allgemeine Stimmung – mal abgesehen von der von Saida, die keinen Kaffee trank – deutlich hob. Und ich war gerade dabei, meinen – wie ich fand – ziemlich genialen Vorschlag zur Rettung von Pinkstone vorzustellen.

»Diese Kunstauktion hat mich auf eine Idee gebracht«, begann ich zu referieren, unbeeindruckt von Saidas giftigen Blicken, und bemühte mich um einen überzeugenden Tonfall. »Wir haben zwar vielleicht alle keine Ahnung von Kunst, na ja, von Alex mal abgesehen …« Ich warf ihm quer über den Tisch einen vorsichtigen Blick zu. Es fühlte sich immer noch mehr als komisch an, ihn hier in dieser Runde zu sehen. »Aber jeder von uns kann irgendetwas. Und das sogar ganz passabel.«

»Ach, und was soll das sein?«, ätzte Saida aus dem Hintergrund.

»Na ja, Rick kann zum Beispiel fantastischen Kaffee kochen.« Ich hob meine Espressotasse, als wollte ich ihm zuprosten, und erhielt als Belohnung ein Mundwinkel-Augenbraue-Lächeln. »Aber er ist auch supersportlich. Ich bin mir sicher, dass er mit seinem Bootcamp richtig großen Erfolg haben wird.« Ricks Lächeln erstarb auf der Stelle wieder. Hatte ich etwas Falsches gesagt? Schnell fuhr ich fort: »Und Pamela kann großartig singen. Mir hat noch nie ein Burger so gut geschmeckt wie bei Ellen's Stardust Diner, und das lag garantiert bloß daran, dass Pam beim Essen so toll gesungen hat.« Bei meinen Worten verfinsterte sich auch Pams Miene. Was war denn los? Konnte ich es heute niemandem recht machen? Dabei hatte ich gerade erst damit angefangen, die Komplimente mit der Gießkanne auszuschütten. Und zu meinem Plan gehörte eigentlich, dass alle sich geschmeichelt fühlen würden. Eilig argumentierte ich weiter. »Saida, du bist fotogen. Ich meine, du hast schon nach kürzester Zeit deinen ersten Model-Job an Land gezogen, auf diese Chance warten viele andere jahrelang vergeblich …«

»Scheiß aufs Modeln«, brauste Saida auf und knallte ihre Smoothie-Flasche so heftig auf den Tisch, dass etwas von der grünen Flüssigkeit überschwappte, obwohl die Flasche bereits halb leer war. »Das war eine total bescheuerte Idee. Ich hätte mich nie darauf einlassen sollen.«

»Äh, okay«, machte ich. Mein schöner Plan ging gerade in einer Sturzflut den Bach runter. Der Plan hatte eigentlich gelautet:

1. Meine Mitbewohner überzeugen, dass sie alle Fähigkeiten besaßen, die man zu Geld machen konnte.
2. Meine Mitbewohner überzeugen, diese Fähigkeiten zu nutzen, um damit Geld zu machen.
3. Meine Mitbewohner überzeugen, dieses Geld in die Rettung von Pinkstone zu stecken.

Dummerweise scheiterte ich offensichtlich bereits an Punkt eins. Und das verunsicherte mich nicht nur. Es machte mich gleichzeitig auch wütend, weil ich es langsam satthatte, die Einzige zu sein, die sich dafür zu interessieren schien, was aus unserem Häuschen wurde.

Pamela, Rick und Saida starrten alle drei mit verschlossenen Gesichtern Löcher in die Luft. Aus irgendeinem

Grund hatte ich mit meinen Komplimenten anscheinend genau das Gegenteil von dem bewirkt, was ich erreichen wollte. Alex betrachtete mich mit über der Brust verschränkten Armen abwartend, was mich ganz durcheinanderbrachte, weil ein unausgesprochenes »Und was jetzt?« über seinem Kopf in der Luft zu hängen schien. Und Abby kritzelte hektisch auf einem Notizblöckchen herum. Ausgerechnet Abby, die sich bisher begeistert auf alle Vorschläge zur Rettung von Pinkstone gestürzt hatte, schien heute zumindest geistig gar nicht anwesend zu sein. Das brachte mich endgültig aus der Fassung.

»Kannst du den Block nicht mal für ein paar Minuten wegpacken?«, fuhr ich sie an. Und als sie nicht reagierte, schob ich noch etwas schärfer hinterher: »Erde an Abby. Wenn du schon die ganze Zeit hier herumhängst, wäre es schön, wenn du dich auch mal ein bisschen einbringst. Ansonsten kannst du direkt zu deinen Eltern verschwinden.«

»Was?« Abby starrte mich mit weit aufgerissenen Augen an wie ein verletztes Reh und innerhalb von Sekunden bildeten sich darin Tränen. Mist! Plötzlich wurde mir bewusst, dass ich schon genauso giftig geklungen hatte wie Saida. Ich war definitiv mal wieder über das Ziel hinausgeschossen. Doch bevor ich zu einer Entschuldigung ansetzen konnte, ergriff Alex überraschend das Wort.

»So wie ich das sehe, gibt es hier im Moment ein sehr viel drängenderes Problem als die Frage, wie man an weiteres Geld gelangen könnte«, sagte er ruhig.

Wie bitte? Fiel er mir jetzt etwa auch noch in den Rücken? Ausgerechnet Alex! Dabei hatte er selbst den Kontakt zu Chap hergestellt. Und ich hatte deshalb geglaubt, ihm sei auch an der Rettung von Pinkstone gelegen ... Was bildete er sich überhaupt ein? Er wohnte hier jetzt wie lange? Eine gute Woche! Woher nahm er das Recht, sich in diese Diskussion einzumischen? Aber Alex fuhr scheinbar unbeeindruckt von dem bösen Blick, den ich ihm zuwarf, fort.

»Wenn ich es richtig verstanden habe, dürfen wir nur unter der Auflage hier wohnen, dass wir dieses alte Haus etwas auf Vordermann bringen. Richtig, oder?«

Die anderen nickten.

»Ja, ganz richtig«, brummte Rick.

»Und das ist eigentlich schon mehr, als wir schaffen können«, stimmte Pamela zu.

»Das ist doch gar nicht der Punkt«, mischte ich mich aufgebracht ein, aber niemand beachtete meinen Einwand. Das war ja wohl die Höhe! Nicht nur, dass diese Krisenbesprechung eine völlig andere Richtung nahm, als ich es geplant hatte. Noch dazu hatte Alex mir soeben das Ruder aus der Hand gerissen. »Eigentlich geht es doch um die Frage ...«, versuchte ich, mir wieder Gehör zu verschaffen, aber Alex ging darüber hinweg, als hätte er mich gar nicht gehört.

»Das dachte ich mir schon«, fügte er besonnen hinzu, wobei er sich nachdenklich mit der Hand durch die Haare fuhr. Seine Frisur sah wie immer aus, als wäre er gerade aus dem Bett gekrochen, was ich normalerweise unwiderstehlich fand. Aber jetzt konnten weder seine charmante Wuschelmähne noch sein bezauberndes Lächeln (das er freigiebig in der Runde verteilte) darüber hinwegtäuschen, dass er ganz offensichtlich versuchte, meine Ausführungen ins Absurde zu führen und meinen Plan zur Mobilmachung meiner Mitbewohner zu sabotieren. Als mir diese Erkenntnis kam, war ich so empört, dass mir kurzzeitig die Worte fehlten – ein für mich äußerst untypischer Zustand. Und Alex nutzte ihn schamlos aus.

»Diese ganze Renovierungsaktion ist viel zu zeitraubend«, fuhr er fort. Wieder nickten alle außer mir. Ich rang noch immer nach Worten, um Alex' Monolog zu stoppen.

»Seht ihr, und deshalb habe ich mich mal umgehört. Sagt euch die Firma Home Solutions etwas? Nein?« Alle schüttelten gleichzeitig die Köpfe. Abbys Blöckchen ruhte vergessen in ihrem Schoß, Rick trommelte gespannt mit den Fingern auf der Tischplatte herum, Pam spitzte die Lippen, was vermutlich nachdenklich wirken sollte, aber eher aussah, als wollte sie Luftküsschen verteilen, und selbst Saida hatte den Meckermodus ausgeschaltet und eine Miene interessierter Erwartung aufgesetzt.

»Ja, so ging es mir auch, bis ich einen Tipp von einem Freund bekam. Aber Jack und sein Kumpel sind genau die Richtigen für uns. Ich habe schon mit ihnen telefoniert. Die zwei wollen sich gerade mit ihrer neuen Renovierungsfirma einen Namen machen. Komplettsanierung, alles aus einer Hand. Also, aus vier, wenn man es genau nimmt. Und Jack hofft auf gute kostenlose Werbung, wenn er und sein Kumpel sich um Pinkstone kümmern. Dafür machen sie alles umsonst, wir müssen nur das Material bezahlen. Wie klingt das für euch?« Wieder verschränkte Alex die Arme vor der Brust und sah dabei ziemlich selbstzufrieden aus.

»Das ist ja der Hammer«, platzte Pamela als Erste heraus.

»Supi«, quietschte Abby sofort hinterher.

»Klingt fair«, bestätigte auch Saida.

Nur Rick zog skeptisch die Augenbrauen zusammen.

»Hab ich das richtig verstanden, dass dieser Jack und sein Kollege uns das gesamte Haus auf Vordermann bringen wollen, ohne einen Cent dafür zu kassieren? Ich meine: Hier geht's nicht darum, ein paar Wände zu streichen. Das würde ich auch selbst hinkriegen. Hier geht es um marode Leitungen, eine uralte Heizung, eine schrottreife Klimaanlage und ein zerlöchertes Dach!«

»Ja, schon klar.« Alex lehnte sich entspannt zurück. »Genau deshalb ist Home Solutions die Lösung. Das sind Spezialisten, die kriegen das problemlos hin, während wir uns abrackern müssten, um ein wesentlich schlechteres Ergebnis zu erzielen.«

»Cool.« Auch Rick schien nun restlos überzeugt zu sein.

»Moment mal!« Endlich hatte ich meine Sprachfähigkeit wiedergefunden, auch wenn meine Empörung nicht nachgelassen hatte. Im Gegenteil. »Du hast uns eine Handwerker-Gang organisiert, die das ganze Haus renovieren soll, ohne uns zu fragen?«

»Ich frage euch doch gerade.« Alex schien von meinem Ausbruch wenig beeindruckt zu sein. Und ein schlechtes Gewissen hatte er ganz offensichtlich nicht. »Ich dachte, ich tue euch einen Gefallen damit.«

»Ja, aber hallo!«, bestätigte Pamela sofort.

»Und was versprechen die sich davon?«, fragte ich patzig. Ich würde mich nicht so leicht besänftigen lassen, auch wenn mir in einer hinteren Ecke meines Verstandes längst klar war, dass Alex uns tatsächlich einen Riesengefallen getan hatte. »Kostenlose Werbung? Auf meinem Blog, oder wie? Ganz schön dreist! Und die Materialkosten sollen wir trotzdem tragen ... das wird doch allein schon irre teuer.«

»Bleib mal cool, Maxi«, unterbrach Rick mich vorsichtig. »Wenn die uns helfen, ist es doch nur fair, wenn du auf dem Blog darüber schreibst, oder?«

»Das hast du doch bei diesem Künstler, diesem Chap auch gemacht«, mischte Abby sich beflissentlich ein.

»Und was die Kosten angeht ...« Alex lief in seiner Argumentation jetzt zu Hochform auf. »Wenn wir selbst hier nichts tun müssen, bleibt allen mehr Zeit, um jede Menge Geld zu verdienen. Womit wir dann bei deinem Plan wären, Maxi. Ich habe es doch richtig verstanden, dass du uns erklären wolltest, wie wir an mehr Geld gelangen könnten, um Pinkstone zu retten.« Er lächelte mich an – wobei ich meinen ganzen Willen aufbieten musste, um nicht an das kleine Muttermal zu denken – und plötzlich wandten sich mir meine Mitbewohner wieder interessiert zu.

»Ich, tja, also ich dachte mir, wir sollten uns selbst versteigern. So wie das Kunstwerk«, stotterte ich. Mist! Meine tolle Argumentationskette war dahin. Alex hatte mich völlig aus dem Konzept gebracht. »Jeder bietet etwas an, was er oder sie gut kann, und dann schauen wir mal, wie viel wir dafür bekommen ...«

»Was für eine supiwitzige Idee.« Abby strahlte mich breit an.

»Wieso nicht«, stimmte Pamela zu.

»Echt cool«, bestätigte Rick.

»Gar nicht so blöd«, räumte selbst Saida ein.

»Na, dann wäre das beschlossene Sache!« Alex zwinkerte mir zu. Frechheit! Jetzt tat er so, als hätte er das alles eingefädelt. Dabei war es meine Idee gewesen. Ich hatte sie vielleicht nicht so geschickt verkauft wie er, aber es hatte halt nicht jeder einen Freund an der Hand, der einen Freund hatte, der alte Häuser sanieren konnte!

»Freust du dich denn gar nicht?«, fragte Alex mich wenig später, als wir allein in der Küche waren.

»Doch, klar. Danke schön.« Die Ironie war wohl kaum zu überhören.

»Ich wollte dir nur helfen.« Wieder fuhr er sich durch seine Strubbelhaare. Auf einmal wirkte er gar nicht mehr so selbstsicher.

»Ja, wie gesagt, vielen Dank.« Abwehrend zuckte ich mit den Schultern. »Aber eigentlich bin ich bisher ganz gut allein klargekommen.« Ich schnappte mir die Espressotassen und fing an, sie in der Spüle auszuwaschen. »Und dann tauchst du hier auf und reißt alles an dich mit deinen tollen Ideen und deinen tollen Freunden, die Künstler sind und Handwerker und was weiß ich noch alles ...«

»Okay, sorry, ich wollte dir natürlich nicht in die Quere kommen.« Alex trat neben mich, sehr dicht neben mich, griff nach einem Geschirrhandtuch und trocknete die erste Tasse ab. Seine Nähe machte mich ganz kribbelig. »Weißt du, ich bin für dich, nicht gegen dich. Ich würde mir wünschen, dass du mir ein bisschen mehr vertraust«, sagte er leise.

Ich stoppte mitten in der Bewegung, das Spülwasser

strömte mir über die Hände, die unbeweglich Tasse und Schwamm hielten. Plötzlich fühlte ich mich total bescheuert. Alex hatte garantiert nur helfen wollen. Er konnte ja nichts dafür, dass ich es nicht ertrug, wenn ich die Kontrolle über eine Situation verlor und nicht alles nach meinem Plan lief – etwas, das mir in seiner Gegenwart für meinen Geschmack viel zu häufig passierte.

»Wie soll ich dir vertrauen?«, fragte ich und starrte auf meine Hände und das Wasser, das unaufhörlich darüberfloss. »Ich weiß fast nichts über dich.«

»Dann sollten wir das endlich ändern.« Seine Hand berührte meine, als er in die Spüle griff, um die Tasse, die längst blitzblank war, herauszuholen und abzutrocknen.

»Okay. Erzähl mir etwas über dich.« Ich drehte das Wasser ab und schaute ihn an.

»Was willst du wissen?« Er lächelte wieder, und dieses Mal gestattete ich mir, das Muttermal zu beobachten.

»Alles«, antwortete ich ehrlich. »Ich will alles wissen.«

Er lachte auf. »Gut, also ich hasse Abtrocknen.« Mit einer lässigen Bewegung warf er das Geschirrhandtuch über eine Stuhllehne.

»Na, wenn ich das gewusst hätte, dann hätte ich auch noch das saubere Geschirr gespült.« Ich grinste ihn boshaft an. Auf einmal fühlte sich unser Gespräch gut an. Es erinnerte mich an unser allererstes Treffen, als wir uns die Sätze so leicht wie Ping-Pong-Bälle zugespielt hatten. Deshalb riskierte ich es, ein bisschen tiefer zu bohren. »Aber jetzt mal im Ernst. Wer trocknet schon gerne ab? Erzähl mir etwas, worauf man nicht sofort kommen würde. Etwas, das keiner über dich weiß.«

»Hmm«, machte er, und ich fürchtete einen Moment lang, dass ich es übertrieben hatte mit meiner Fragerei und dass Alex doch nicht bereit wäre, mir eins seiner Geheimnisse zu verraten. Er fasste nach einer meiner Haarsträhnen, fing an, damit zu spielen, und sah mich so konzentriert an, als müsste er eine Entscheidung treffen.

»Ich bin nicht gut darin, etwas über mich zu erzählen«, erklärte er schließlich ernst. »Aber wenn du willst, dann mach morgen einen Ausflug mit mir. Ich zeige dir einen Ort, wo ich bisher noch mit niemandem war. Ist das ein Angebot?« Zärtlich strich er mir die Haarsträhne hinters Ohr.

»Ja«, sagte ich bloß. Das war definitiv ein Angebot! Meine Hochstimmung wurde höchstens dadurch ein bisschen getrübt, dass er schon wieder nicht einmal den Versuch unternahm, mich zu küssen.

Kapitel 9

Ich war neugierig. Sehr neugierig. Und entsetzlich aufgeregt. Aber wie immer machte Alex ein großes Geheimnis daraus, wo unser Ausflug hingehen sollte. Da halfen auch alle mehr oder minder offensichtlichen Versuche nicht, ihm einen Hinweis auf unser Ziel zu entlocken.

»Was soll ich anziehen?« – »Nichts Besonderes.« – »Soll ich irgendwas mitnehmen?« – »Nichts Besonderes.« – »Ist es weit?« – »Nicht besonders.«

Argh! Mr Supergeheimnisvoll machte mir das Leben extrem schwer. Dabei hatte ich die wirklich wichtigen Fragen gar nicht gestellt. Zum Beispiel: War das jetzt ein echtes Date? Und wenn ja, das wievielte? Ich versuchte, mich an die komplizierten Dating-Regeln zu erinnern, die Abby mir erklärt hatte: Küsse nie einen Mann beim ersten Date, geküsst wird beim zweiten Date, beim dritten geht man dann zusammen ins Bett. Und achte darauf, dass er dich einlädt. Erst Drinks, dann Dinner, sonst meint er es nicht ernst. Ziemlich skurril, aber ich wollte ja nichts falsch machen.

Allerdings schienen mir diese Regeln auf Alex und mich überhaupt nicht anwendbar, denn mal abgesehen von unserer einzigen richtigen Verabredung, die sehr schnell geendet hatte, weil Alex mir erklärt hatte, er könne nicht mit mir zusammen sein, waren wir uns ansonsten immer eher zufällig über den Weg gelaufen. Und die Glas-Party zählte meines Erachtens auch nicht so richtig, weil wir dort nur hingegangen waren, damit ich Chap kennenlernen konnte. Wie sollte ich mich bloß richtig verhalten? Noch mal: Argh!

»Fertig?« Alex streckte den Kopf zur Tür herein. Klopfen hielt er offenbar für überflüssig. Zum Glück hatte ich gerade mein Lieblings-Minikleid übergestreift, das ich schon bei der Glas-Party getragen hatte, nachdem ich vorher zehn andere Outfits anprobiert hatte. Der Klamottenberg auf meinem Bett machte dem Mount Everest Konkurrenz, und ich war mittlerweile zu dem Schluss gekommen, dass ich definitiv nicht genug zum Anziehen besaß.

»Ja, fertig.« Was soll's, dachte ich. Da ich ohnehin nicht den leisesten Schimmer hatte, was mich erwartete, war dieses Kleid so gut wie jedes andere!

Wir nahmen den L-Train nach Manhattan und stiegen dort in eine U-Bahn Richtung Downtown um. Auf der Fahrt beantworteten wir uns gegenseitig all die üblichen Fragen (Lieblingsbuch, Lieblingsfilm, Lieblingsmusik und so weiter), die man sich normalerweise stellt, wenn man sich gerade kennengelernt hat – bei Alex und mir schien das alles ein bisschen durcheinanderzulaufen.

Und obwohl ich wirklich gerne mehr über den Jungen an meiner Seite erfahren wollte, war ich ein bisschen abgelenkt, weil ich mich bei jeder Station, die unsere U-Bahn hinter sich ließ, fragte, wohin unsere Reise ging. Die Endstation der Bahn lag im Financial District, mit seinen gewaltigen Bürogebäuden meiner Meinung nach einer der unattraktivsten Stadtteile von ganz New York. Wollte Alex mit mir etwa über die Wall Street schlendern? Noch dazu an einem Sonntag, wenn dort nichts los war. Eine wenig verlockende Vorstellung!

»Nächster Halt: World Trade Center«, schepperte es aus dem Lautsprecher und Alex ergriff meine Hand.

»Dann los.« Bildete ich mir das bloß ein oder wirkte er jetzt auch ein klein wenig angespannt?

»Wir gehen zum Memorial?«, fragte ich erstaunt, während wir die Treppenstufen hochstiegen. Ich hatte mir das Mahnmal am Ground Zero vor einiger Zeit angeschaut. Riesige Brunnen, dort, wo vor den Terroranschlägen des elften Septembers die beiden Türme des World Trade Centers gestanden hatten, umrahmt von Gedenktafeln mit den Namen der Opfer. Es war gewaltig und extrem überlaufen. Aber ich konnte mir beim besten Willen nicht vorstellen, warum Alex mit mir dorthin wollte. Ehrlich gesagt, fand ich es sogar ein wenig enttäuschend, dass das das Ziel unseres geheimnisvollen Ausflugs sein sollte.

»Nein, nicht zum Memorial«, zerstreute Alex jedoch sofort meine Vermutung. Er lotste mich vorbei an den gelben Gitterzäunen der Großbaustelle, hinter denen sich die gewaltige Glasfassade des neuen One World Trade Centers in den Himmel drehte, auf die andere Straßenseite und durch ein verschnörkeltes Tor. Überrascht blieb ich stehen. Es war der Eingang zu einer anderen Welt.

Linker Hand duckte sich eine steinerne Kirche zwischen die sie weit überragenden Hochhäuser, die Spitze ihres filigranen Turms reichte nicht einmal bis zur Hälfte der umliegenden Gebäude. Doch die eigentliche Magie dieses Ortes ging von dem kleinen Kirchhof aus, der fest umschlossen von dem schmiedeeisernen Zaun hinter der Kirche lag. Knorrige Bäume streckten ihre Äste beschützend über eine grüne Rasenfläche, auf der wie zufällig hingesetzt verwitterte Grabsteine aus dem Boden wuchsen.

»Ist es hier?«, fragte ich ehrfürchtig. Alex nickte.

»Und, was machen wir nun?« Bei aller Ehrfurcht war ich auch ganz schön verwirrt. Was in aller Welt brachte Alex dazu, mich auf einen kleinen Friedhof mit uralten Gräbern zu schleppen, so faszinierend der Ort auch sein mochte?

»Wir besuchen jemanden«, erklärte Alex. »Komm.«

Über einen schmalen Pfad führte er mich zwischen den Grabsteinen hindurch. Manche von ihnen waren aus leuchtend weißem Stein, andere dunkler, beinahe schwarz und mit Moos bewachsen. Die Zeit hatte die Schrift auf den meisten ausgewaschen, doch auf dem Grabstein, vor dem Alex schließlich stehen blieb, ließen sich die altertümlichen Buchstaben noch gut entziffern.

»In memory of Mary Cumings«, las ich halblaut die Inschrift vor – in Erinnerung an Mary Cumings, gestorben 1814 mit nur neunundzwanzig Jahren. Direkt daneben lag ihr Mann John. Er war im selben Jahr gestorben und neununddreißig geworden.

»Wer ist das?« Ich musterte Alex von der Seite, aber er ging gar nicht darauf ein.

»Als die Türme des World Trade Centers einstürzten«, begann er leise zu erzählen, »bedeckten Asche und Trümmer diesen ganzen Kirchhof. Einige der Grabsteine gingen dabei zu Bruch. Es hat fast zwei Jahre gedauert, alles wieder instand zu setzen.«

Obwohl seine Erklärung meine Frage nicht beantwortete, hörte ich Alex fasziniert zu. Ich war damals gerade erst in die Schule gekommen und wusste fast nichts über die Anschläge vom elften September. Deshalb wunderte ich mich, dass Alex sich so gut damit auskannte, er war ja zu diesem Zeitpunkt auch noch ein Kind gewesen.

»Die St. Paul's Chapel wurde nicht beschädigt, nicht einen Kratzer hat sie abbekommen. Verrückt, oder? Man sagt, die Bäume hätten sie vermutlich geschützt. Auf jeden Fall wurde sie kurz nach den Anschlägen zu einem Zufluchtsort für all jene, die auf Ground Zero arbeiteten, und für Angehörige, die ihre Vermissten suchten. Wenn du magst, können wir gleich mal reingehen. Es gibt eine Ausstellung. Und man kann noch die alten Kirchenbänke sehen, auf denen die Feuerwehrleute geschlafen haben. Sie sind ganz zerschrammt von ihren schweren Stiefeln und Arbeitsgürteln.«

»Alex«, sagte ich vorsichtig, als er nach dieser langen Erklärung – die nichts mit meiner ursprünglichen Frage zu tun hatte – wieder in Schweigen verfiel. »Was machen wir hier? Wer war John Cumings? Und wer war diese Mary?«

Alex sagte lange nichts, sodass ich schon überzeugt war, er würde mir die Antwort auch dieses Mal schuldig bleiben, doch dann brachte er beinahe tonlos hervor: »Mary war der Name meiner Mutter.«

Kalter Schreck durchfuhr mich. Seine Mutter war tot? Und er hatte mich an ihr Grab gebracht? Wie makaber war das denn? Aber im nächsten Moment wurde mir klar, dass das natürlich Quatsch war. Diese Frau, vor deren letzter Ruhestätte wir standen, war vor zweihundert Jahren gestorben.

»Sie war mal mit mir hier«, fuhr Alex fort, den Blick auf das Grab gerichtet, als würde er gar nicht mit mir sprechen, sondern mit der toten Frau. »Ich erinnere mich noch genau daran, weil es selten vorkam, dass sie die Wohnung verließ. Warum sie damals mit mir ausgerechnet zu diesem Friedhof fuhr, weiß ich nicht. Vielleicht suchte sie bereits die Nähe zum Tod ... Dann standen wir vor diesem Stein und ich habe die Buchstaben entziffert, ich hatte gerade lesen gelernt und war total stolz darauf und habe zu ihr gesagt: ›Guck mal, Mom, die Frau heißt wie du.‹ Sie ist nur neunundzwanzig geworden, genau wie meine Mutter.«

Also doch. Seine Mutter war tot. Und ich fühlte mich mies und traurig und total hilflos, als ich das begriff. Wie sollte ich bloß reagieren? Ich war nicht gut in solchen Dingen, Trösten gehörte definitiv nicht zu meinen Stärken. Doch während ich noch darüber nachgrübelte, was ich sagen sollte, griff meine Hand wie von selbst nach Alex' Hand, ich drückte sie, und dann kamen auch die Worte: »Ist sie bei den Terroranschlägen ums Leben gekommen?« Das wäre eine Erklärung dafür, dass Alex regelmäßig hierherkam, anstatt das Grab seiner Mutter zu besuchen. Viele der Opfer waren nicht gefunden worden, hatte ich auf einer Infotafel am Memorial gelesen.

»Nein.« Er lächelte freudlos.

»Wie dann?«

»Tabletten.« Er atmete tief durch. »Es war im selben Jahr, aber ein paar Monate davor. Im März, um genau zu sein. Heute ist ihr Todestag.«

Wieder überlief mich ein Schauer und ich drückte Alex' Finger noch ein bisschen fester.

»Ich komme jedes Jahr hierher. Und als du gestern unbedingt etwas über mich wissen wolltest, habe ich gedacht, ich könnte dich einfach mitnehmen.« Er riss den Blick von dem Grabstein los und schaute mich mit seinen intensiven Meeraugen an. »Aber vielleicht war das doch keine so gute Idee. Wahrscheinlich denkst du jetzt, ich bin bescheuert, oder?«

»Nein, nein«, versicherte ich schnell. Das dachte ich ganz bestimmt nicht. Im Gegenteil. Ich fühlte mich höchstens selbst ziemlich bescheuert, weil ich mir Gedanken über mein Outfit und die Frage gemacht hatte, ob wir nun ein echtes Date hatten oder nicht. »Ich fühle mich ...« Tja, wie eigentlich? Geehrt. Aber das klang so großspurig. Beschenkt. Auch ein blöder Begriff, der es trotzdem traf. Dass er mich mitgenommen und mir eine so persönliche Geschichte verraten hatte, war doch der Beweis dafür, dass er mir sein Vertrauen schenkte.

»Und warum kommst du immer hierher?«, hakte ich nach und hoffte, dass er mir meine Neugier nicht übel nahm. »Sorry, aber wäre es nicht irgendwie ... passender, zu ihrem Grab zu gehen?«

»Ihr Grab ist auf Long Island. Ihre Familie stammt von dort. Alter Geldadel. Sie liegt in der Familiengruft. Ich war seit der Beerdigung nicht mehr dort.«

»Ach okay.« So ganz verstand ich die Erklärung zwar nicht, und ich hätte gern mehr über Alex' Familie erfahren, aber ich traute mich nicht, noch weiter nachzubohren. Alles, was er mir bisher anvertraut hatte, klang nach einem schrecklichen Familiengeheimnis, und er wirkte so traurig deswegen. Es wäre mir falsch und gefühllos vorgekommen, weiter in ihn zu dringen, bloß um meine Neugier zu befriedigen.

»Gehen wir.« Alex umfasste meine Hand fester. Gemeinsam schlenderten wir zwischen den alten Grabsteinen hindurch und verließen den Friedhof. Kaum waren wir durch das Tor getreten, umspülte uns wieder der New Yorker Alltag. Ein gelbes Taxi brauste an uns vorbei, Touristen knipsten Selfies vor dem Baustellenzaun und ein paar Anzugträger rannten selbst am Sonntag mit ihren Smartphones an den Ohren über die Straße. Trotzdem hatte ich das Gefühl, dass sich etwas verändert hatte. Etwas zwischen Alex und mir.

Wie selbstverständlich legte er mir einen Arm um die Schultern, während wir weiterliefen, und fing ganz von selbst an zu erzählen.

»Als ich klein war, waren wir oft auf Long Island. Wir haben im Haus meiner Urgroßmutter gewohnt. Sie hatte es meiner Mutter vererbt und es stand leer. Alles war irgendwie staubig und geheimnisvoll. Und es hatte einen riesigen Garten, eher einen Park, wo ich mich stundenlang verstecken konnte. Mein Vater fand es unsinnig, den alten Kasten instand zu halten, aber meine Mutter hat das Haus geliebt. Ich auch. Nach ihrem Tod sind wir natürlich nicht mehr hingefahren. Und mit meinen Großeltern, also den Eltern meiner Mom, hat mein Vater sich völlig überworfen. Sie haben ihn für den Tod meiner Mutter verantwortlich gemacht, glaube ich. Wahrscheinlich hatten sie damit sogar recht. Also, nicht dass er sie umgebracht hätte oder so. Aber mein Vater ist so ein verdammter Egoist. Ich kann mir vorstellen, dass es für sie schwer war mit ihm. Heute vermute ich, dass sie depressiv war, warum sonst hätte sie sich das Leben nehmen sollen?«

Wir bogen in den Battery Park ein. Ich mochte den kleinen Grünstreifen an der Südspitze Manhattans, weil er einen so starken Kontrast zu den Hochhausschluchten bot. Besonders mochte ich es, von der Promenade auf das graue Wasser von Hudson River und East River zu schauen, die hier zusammenflossen und die Freiheitsstatue in der Ferne wild umspülten, als wären sie bereits das weite Meer. Ein guter Platz, um den Kopf wieder freizubekommen.

»So.« Alex stützte sich mit einer Hand auf das Geländer, sein anderer Arm lag noch immer um meine Schultern, und ich konnte gar nicht anders, als mich eng an ihn zu kuscheln. Es war aber auch kalt hier! Der Wind blies uns scharf ins Gesicht und verwandelte Alex' Wuschelkopf in eine wahre Sturmfrisur. Zum Glück hatte ich dran gedacht, mir eine Strickmütze anzuziehen.

»Und jetzt will ich etwas von dir wissen. Hast du auch eine so dramatische Familiengeschichte anzubieten?« Es sollte wohl locker klingen, aber Alex war anzuhören, wie sehr ihn all das noch immer beschäftigte. Meine eigenen Dramen kamen mir gegenüber dieser Story eher unbedeutend vor. Viel zu unbedeutend eigentlich, um ihm davon zu erzählen.

»Nur eine Mutter, die abgehauen ist, als ich ein Baby war, und einen Vater, von dem ich nicht mal den Namen kenne«, versuchte ich, flapsig zu klingen. Aber es misslang ebenso wie bei Alex.

»Lass hören.« Er zog mich noch etwas fester an sich. Da gab ich mir einen Ruck. Nach allem, was er von sich preisgegeben hatte, hatte Alex es verdient, dass ich ihm meine verworrene Familiengeschichte anvertraute. Also erzählte ich von Sandy, die durch die Welt gereist war, während ich bei meiner Omama aufgewachsen war, und davon, dass meine Mutter mir nie verraten hatte, wer mein Vater war. Und auch, dass ich nach New York gekommen war, in der Hoffnung, ihn hier womöglich aufzustöbern, dass diese Hoffnung sich aber als falsch erwiesen hatte.

»Hm.« Alex hatte mir schweigend und aufmerksam zugehört. Jetzt nahm er seinen Arm von meinen Schultern – brr, war das plötzlich kalt –, drehte mich zu sich und blickte mich eindringlich an. »Du musst sie noch mal fragen«, sagte er. »Frag deine Mutter nach deinem Vater. Es ist wichtig, seine Familie zu kennen.«

»Okay«, antwortete ich perplex. »Ich denk drüber nach.«

Dann starrten wir noch eine Weile hinaus auf die Wellen, jeder hing seinen eigenen Gedanken nach. Und obwohl wir uns nicht mehr berührten, fühlte Alex sich für mich so nah an wie noch kein einziges Mal zuvor.

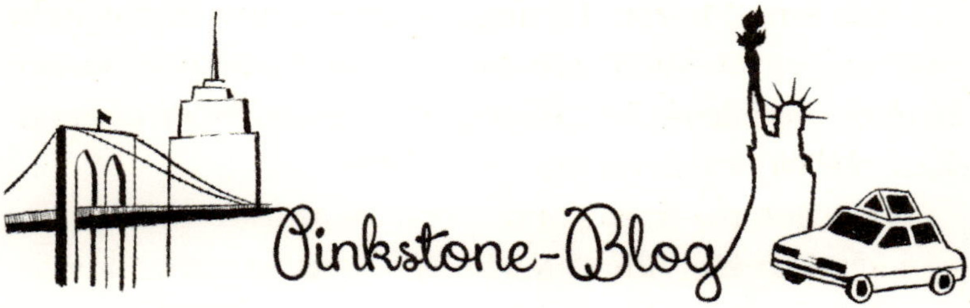

Dank unserem geheimnisvollen Mitbewohner haben wir eine Sorge weniger: Die Sanierung von Pinkstone übernimmt ab sofort das Team *Home Solutions*! Alles aus einer Hand ist das Motto dieser zwei Ausnahme-Handwerker. Wir sind begeistert und gespannt. Und haben nun die Zeit, uns unserem zweiten Problem mit voller Energie zu widmen: Wir sammeln Spenden für den Kauf und Erhalt von Pinkstone.

Versteigerung die Zweite! Der Erfolg der Kunstauktion hat uns Mut gemacht, das Schicksal von Pinkstone bei einer Auktion ein weiteres Mal in eure Hände zu legen. Da keiner von uns ein begnadeter Künstler ist, haben wir entschieden, uns selbst zu versteigern. Besser gesagt: Jeder Pinkstoner bietet etwas an, das er oder sie gut beherrscht. Die Regeln sind einfach. Schickt mir eine Mail mit eurem Gebot, ich werde die Höchstgebote täglich auf dem Pinkstone-Blog veröffentlichen, sodass ihr die Möglichkeit habt, euer Angebot zu erhöhen. Am Ende dieser Woche bekommen dann die letzten Höchstgebote den Zuschlag. Folgende Angebote stehen zur Versteigerung:

Pamela wird für euch singen. Wenn ihr für Pamela bietet, wird sie mit ihrer umwerfenden Stimme für euch auftreten, zum Beispiel bei einer Hochzeit oder einem anderen Anlass eurer Wahl.
Rick wird mit euch trainieren. Wer für Rick bietet, erhält einen Monat lang ein persönlich auf sich abgestelltes Training, knallhart und supereffektiv bringt Rick eure Pfunde zum Schmelzen.
Saida wird für euch nähen. Wer für Saida bietet, wird erleben, dass in ihr ein verstecktes Designertalent schlummert. Nach euren Wünschen wird sie ein Kleidungsstück entwerfen und dieses eigenhändig für euch schneidern.
Abby schreibt für euch einen Liebesbrief. Wenn ihr für Abby bietet, werdet ihr feststellen, dass sie dank der jahrelangen Lektüre von Liebesromanen genau die richtigen Worte findet, um eure Gefühle auf Papier zu bringen.

Jetzt seid ihr dran: Schickt mir eure Gebote! Und helft uns, Pinkstone zu retten!

Und was werde ich tun, um Geld für Pinkstone zu sammeln? Leider verfüge ich über keine besonderen Fähigkeiten, die ich zur Versteigerung anbieten könnte. Deshalb habe ich mir die Hitliste eurer schrägsten Vorschläge vorgenommen, um etwas davon zu tun! Einige davon sind allerdings aus moralischen, rechtlichen oder rein praktischen Gründen nicht umsetzbar: Ich werde mich zum Beispiel nicht ausziehen, um wie der Naked Cowboy auf dem Times Square zu posieren. Und ich habe auch keine Chance, in Atlantic City beim Roulette oder Black Jack zu gewinnen, weil ich noch zu jung bin, um überhaupt eingelassen zu werden. Was das Hotdog-Wettessen angeht: Es findet erst am 4. Juli statt – zu meinem Glück, denn beim Probeessen habe ich kläglich versagt. Für drei Hotdogs habe ich 2 Minuten und 14 Sekunden benötigt und danach war mir bereits übel.

Deshalb werde ich mir nach reiflicher Überlegung ein Lotterie-Los kaufen! Und ihr dürft mir die Zahlen schicken, auf die ich eurer Meinung nach setzen sollte.

Kapitel 10

Die Gelegenheit, mit meiner Mutter zu reden, kam schneller als erwartet. Und natürlich weitaus schneller, als mir lieb war. Ehrlich gesagt, hatte ich nach dem Gespräch mit Alex gar nicht weiter über seine Worte bezüglich meiner Familie nachgedacht. Ich war viel zu aufgewühlt von unserem außergewöhnlichen Ausflug gewesen und von dem, was er mir über sich verraten hatte. Seit er mich im Arm gehalten hatte, flatterten die viel bemühten Schmetterlinge in meinem Bauch umher, eine Metapher, die ich mich niemals getraut hätte, in einem meiner Artikel zu verwenden, weil sie viel zu abgedroschen war. Aber genau so fühlte es sich an!

Gut drauf war ich auch noch aus einem anderen Grund. Denn Alex' geschickte Argumentation gegenüber meinen Mitbewohnern hatte dazu geführt, dass sie sich schließlich doch bereit erklärt hatten, sich für Pinkstone versteigern zu lassen. Und so hatten wir den ganzen Abend in der Küche gehockt und darüber diskutiert, welche Aktionen wir zur Versteigerung anbieten könnten.

Doch als ich am Montagmorgen gerade meinen neuesten Blog-Beitrag ins WWW geschickt hatte, hörte ich plötzlich eine Stimme, die mir überaus bekannt vorkam, auch wenn sie in der Redaktion von *Zeitgeist* meiner Meinung nach nicht das Geringste zu suchen hatte.

»Ich bin zufällig vorbeigekommen«, drang Sandys Stimme aus dem Büro meines Chefs. »Und da dachte ich mir, ich bringe dir mal einen Kaffee.«

An diesen Zufall mochte ich nicht so recht glauben! Zumal Sandy im East Village wohnte, was nicht gerade fußläufig zur Upper West Side liegt, wo sich die Redaktion befindet. Leo schien sich an dieser offensichtlichen Unlogik allerdings nicht zu stören.

»Das ist aber nett. Danke«, sagte er so zuckersüß, dass ich kurz überlegte, ob es sich bei diesem Mann, der mit Leos Stimme sprach, überhaupt um meinen Chef handelte. Normalerweise waren wir von ihm eher Kommandoton und Löwengebrüll gewöhnt. Gespannt ließ ich meine Finger bewegungslos über der Tastatur schweben, um kein Wort dieser Unterhaltung zu verpassen, doch leider fing genau in diesem Moment meine Kollegin Vivian, besser bekannt als Doppelgängerin von Rita Skeeter, an zu telefonieren. Vivian lächelte nicht nur wie ein gespitzter Bleistift, sie klang auch so, und sie führte jedes Telefonat, egal, wie belanglos es war, in einer raumfüllenden Lautstärke.

Ich hatte also keine Chance zu belauschen, was meine Mutter mit ihrem Ex-Lover zu besprechen hatte. Allerdings ging es mich ja auch nichts an, musste ich mir eingestehen. Und es gab eigentlich auch keinen Grund, mich darüber zu ärgern, dass Sandy hierherkam, um dann mit

Leo zu quatschen, anstatt mich zu besuchen. Überhaupt keinen Grund! Also nahm ich mir lustlos ein paar unbeantwortete Mails vor und staunte, dass bereits die ersten – wenn auch noch recht geringen Gebote – für unsere Versteigerungsaktion eingingen.

Und dann stand plötzlich wie aus dem Erdboden erwachsen mein Chef neben mir, wie immer hatte er sich fast lautlos angepirscht. Und direkt hinter ihm, von seiner massigen Gestalt gut verborgen, entdeckte ich meine Mutter oder zumindest ihre grellgrünen Lammfellboots.

»Hier ist Besuch für dich«, erklärte Leo mit einem leicht debilen Grinsen, das ebenso wenig zu ihm passen wollte wie die zuckersüße Stimme.

»Hi, Maximaus.« Sandy trat hinter meinem Chef hervor und stellte mir einen Becher auf den Tisch. »Ich hab dir einen Kaffee mitgebracht.« Na, immerhin, ich bekam auch einen. Und dafür war ich, ehrlich gesagt, sogar dankbar, denn die schwarze Brühe, die den ganzen Tag auf der Maschine in der Redaktion vor sich hin köchelte, konnte man beim besten Willen nicht trinken.

»Was machst du denn hier?«, fragte ich Sandy wenig geistreich und ärgerte mich sowohl über den blöden Spitznamen als auch über mich selbst. Es sollte ja nicht so aussehen, als ob mich Sandys überraschender Besuch irgendwie durcheinanderbrachte.

»Ich war zufällig in der Nähe«, wiederholte sie ihre lahme Erklärung. »Da wollte ich euch mal besuchen. Ist ja schon ewig her, dass ich das letzte Mal hier in der Redaktion war.« Sie warf Leo ein beinahe scheues Lächeln zu und er strahlte breit zurück. Meine Güte, den hatte es ganz offensichtlich schwer erwischt! Ich fragte mich, ob da wieder etwas zwischen meiner Mutter und Leo lief. Aber auch das ging mich im Grunde nichts an, rief ich mir in Erinnerung.

»Tja, dann danke.« Ich nahm den Kaffeebecher und nippte daran, weil mir nichts weiter einfiel. Café Latte mit einem leichten Zimtaroma, lecker! Energisch stellte ich den Becher zurück auf die Tischplatte.

Alex' Worte gingen mir wieder durch den Kopf. Aber der Zeitpunkt konnte wohl kaum ungünstiger sein, um meine Mutter nach meinem Erzeuger zu fragen. Zumal ich anfangs ausgerechnet meinen Chef im Verdacht gehabt hatte, mein Vater zu sein, was sich als Irrglaube erwiesen hatte. Überhaupt war ich mir nicht sicher, ob es einen Sinn hatte, meine Mutter noch einmal mit dieser Frage zu konfrontieren. Bisher hatte sie sich zumindest immer herausgewunden und behauptet, es selbst nicht zu wissen. Was für mich inzwischen genauso lahm klang wie die Behauptung, zufällig hier vorbeigekommen zu sein.

»Und, hat dir dein Kaffee auch geschmeckt?«, wandte ich mich ein bisschen zu spitz an meinen Chef. Er sollte bloß nicht glauben, mir wäre nicht aufgefallen, dass Sandy ihn zuerst besucht hatte.

»Äh, ja, sehr lecker«, bestätigte er peinlich berührt. Und die Wangen meiner Mutter färbten sich dabei sogar ein wenig rosa. Wie zwei Teenager, die beiden! Warum standen die eigentlich so blöd neben meinem Schreibtisch herum? Wollten sie meine Erlaubnis, sich zu einem Date zu verabreden?

»Na, ich muss dann mal wieder«, durchbrach Leo schließlich die peinliche Stille, die sich umso mehr bemerkbar machte, weil Rita Vivian Skeeter ihr Telefonat beendet hatte und nun ausgiebig ihren Bleistift spitzte.

»War schön, dich zu sehen. Ich ruf dich an«, versprach er meiner Mutter so zuckersüß, dass man vom Zuhören Zahnschmerzen bekam. Dann fragte er in dem Befehlston, den ich von ihm gewöhnt war, in meine Richtung: »Maxi, wie weit bist du mit der Miller-Sache?«

Äh, tja, die Miller-Sache ... Die hatte ich mir nicht mehr angeschaut seit dem Tag, als Leo mir die Mappe mit den gesammelten Zeitungsausschnitten auf den Tisch geknallt hatte. Eilig zog ich sie unter einem Stapel Papier hervor und blätterte sie auf, während ich Leo versicherte: »Ich bin dran.« Meine Mutter war definitiv nicht die Einzige, die sich bisweilen mit lahmen Ausreden behalf. Aber mein Chef war ohnehin schon wieder auf dem Weg in sein Büro und rief mir bloß noch über die Schulter zu, dass ich ihm bis Ende der Woche einen ersten Entwurf für meinen Artikel abliefern sollte. Na toll! Das war ja gar nicht kurzfristig.

»Das ist eine witzige Idee.« Sandy beugte sich neben mir über den Schreibtisch und las meinen Blog-Eintrag, der, nachdem ich das Mailprogramm geschlossen hatte, wieder auf dem Bildschirm prangte.

»Danke«, hörte ich mich schon wieder sagen. Mein Wortschatz war heute wohl etwas eingeschränkt. Aber meine Mutter schien das nicht zu stören.

»Ich finde es wirklich toll, dass ihr euch so für dieses alte Haus einsetzt«, redete sie munter weiter. »Als ich in deinem Alter war, wäre es mir nie eingefallen, mich derart für eine Sache zu engagieren.«

Nein, als du in meinem Alter warst, hast du mich in die

Welt gesetzt und bist dann verschwunden, dachte ich. Der bittere Beigeschmack, den diese Erkenntnis jedes Mal wieder hatte, breitete sich in meinem Mund aus. Dabei hatte ich mir doch so fest vorgenommen, mich von meiner Mutter nicht mehr verletzen zu lassen.

»Es ist wichtig, solche alten Häuser mit ihrer Geschichte zu bewahren! Aber darauf bin ich erst später gekommen. Mit Mitte zwanzig, da war ich sogar eine Zeit lang in der Hausbesetzerszene aktiv. Aber das sind alte Geschichten ...« Sandy fand gar kein Ende mehr. »Du weißt ja, dass ich ein Faible für Häuser habe. Ich finde, nichts verrät so viel über einen Menschen wie das Haus, in dem er lebt.« Ja, das wusste ich. Ich hatte die beeindruckenden Fotografien gesehen, die meine Mutter von Häusern in aller Welt angefertigt hatte. Und ich hatte auch nicht vergessen, dass sie uns mit ihren liebevollen Aufnahmen von Pinkstone und unseren Renovierungsmaßnahmen sehr geholfen hatte.

»Na ja, ich komme ins Schwärmen. Was ich eigentlich sagen will, ist, dass du auf meine Hilfe zählen kannst. Wenn ich noch mal irgendwas für euch tun kann, dann lass es mich wissen.«

»Danke«, sagte ich – schon wieder! »Ich denke darüber nach. Aber jetzt muss ich erst mal diesen Artikel für Leo fertig machen.« Ich zog die aufgeschlagene Mappe zu mir heran und tat, als würde ich mich darin vertiefen.

»Okay.« Sandy legte mir für einen flüchtigen Augenblick ihre schmale Hand auf die Schulter. »Dann mach's mal gut. Ich würde mich jedenfalls freuen, bald von dir zu hören.« Und damit verschwand sie. Eins musste man meiner Mutter lassen: Sie ließ sich nie davon abschrecken, wenn ich sie abblitzen ließ.

Ich schob die Gedanken an die Begegnung mit meiner Mutter ebenso wie die widerstreitenden Gefühle beiseite, die sie mal wieder bei mir ausgelöst hatte. Darin hatte ich inzwischen eine regelrechte Perfektion entwickelt. Und die Schmetterlinge namens Alex in meinem Bauch taten ihr Übriges, da sie kaum Platz für andere Emotionen ließen. Dann steckte ich mir eine Handvoll gelber Gummibären in den Mund – auch auf meinem Schreibtisch in der Redaktion standen fünf Schraubgläschen mit farblich sortierten Bärchen – und widmete mich mit mäßiger Begeisterung wieder der Aktenmappe vor mir. Doch auch beim erneuten Durchblättern enthüllte sie keine Überraschungen.

Was sollte ich bloß mit dieser langweiligen Sammlung von Artikeln über Larry Millers steile Karriere anfangen? Ganz am Ende fand ich ein paar handbeschriebene Zettel, auf die mein Ex-Kollege Chris offenbar Notizen während des Interviews mit Miller gekritzelt hatte. Ich versuchte, seine krakelige Schrift zu entziffern, war mir aber bereits im Vorhinein darüber klar, dass das ganze Gespräch vermutlich nur aus belanglosem Geplauder bestanden hatte. Und so war es dann auch. Was ist Ihr größtes Hobby? – Ob Sie es glauben oder nicht, ich interessiere mich sehr für Lepidopterologie. Lepi... was? Meine Güte, Miller war wirklich ein aufgeblasener Angeber. Wen interessierte bitte seine Kenntnis komplizierter Fremdwörter? Genervt schrieb ich mir eine rote Erinnerung an den Rand des Blattes, dass ich den Begriff nachschauen musste.

Darüber, dass Chris sich von Investor Miller hatte kaufen lassen, um gegen Pinkstone mit einem Shitstorm vorzugehen, stand natürlich nichts in den Notizen. Und die einzige Frage, auf die ich gern eine Antwort gehabt hätte, hatte Chris auch nicht gestellt, nämlich ob es einen Grund dafür gegeben hatte, sein soziales Engagement nach wenigen Jahren abrupt zu beenden. Ich fand es schon seltsam, dass Miller sich anfangs so wohltätig gezeigt hatte und dann offensichtlich von heute auf morgen keinen Cent mehr in Sozialprojekte investiert hatte. Aber vermutlich war das einfach der Moment gewesen, als sein mieser Charakter endgültig die Oberhand gewonnen und die karitative Fassade des Investors zum Einsturz gebracht hatte, überlegte ich und machte mir eine Randnotiz, weil mir das Bild gut gefiel.

Vielleicht war das ein genialer Aufhänger für meine Geschichte. Vom Wohltäter zum Wohnungstäter. Nein, das war eine bescheuerte Überschrift. Außerdem hatte ich noch viel zu wenige Anhaltspunkte für eine knallharte Enthüllungsstory. Dabei war ich mir inzwischen ziemlich sicher, dass es da etwas zu enthüllen gab. Ich musste unbedingt mehr über Investor Miller herausfinden, so gern ich das auch vermieden hätte. Gegen meinen Willen regte sich meine chronische Neugier, und ich beschloss, ein bisschen in der Vergangenheit von Larry Miller zu wühlen.

»Du tust nicht das, was ich von dir erwarte.«

»Verdammt noch mal, hab ein bisschen Geduld.«

»Ich will Ergebnisse sehen.«

»Ja, natürlich, das willst du immer. Jeder hat zu funktionieren, so wie es dir passt.«

»Genau. Und ich begreife nicht, was daran falsch sein soll.«

»Ach, vergiss es.«

»Also, wie kommst du voran?«

»Besser, als mir lieb ist.«

»Und was soll das heißen?«

»Du kannst zufrieden mit mir sein.«

»Das will ich hoffen. Warum ziehst du dann so ein Gesicht?«

»Was denn für ein Gesicht?«

»Als wärest du nicht zufrieden.«

»Bin ich ja auch nicht. Überhaupt nicht. Aber das ist dir vermutlich wie immer völlig egal.«

Kapitel 11

Die Schmetterlinge flatterten noch, als ich mich am Abend auf den Heimweg machte. Und flatterten umso heftiger, weil ich mir überlegte, wie es sein würde, Alex wiederzusehen, wobei ich mir ausmalte, dass er mich endlich küssen würde. Dass es dazu im Battery Park oder gar auf dem St. Paul's Friedhof nicht gekommen war, war klar. Doch so langsam wartete ich immer sehnsüchtiger auf einen Kuss von Alex, zumal er mir ja unmissverständlich zu verstehen gegeben hatte, wie viel ich ihm bedeutete, als er mir die Geschichte über seine Mutter anvertraut hatte. Meiner Meinung nach stand einem Kuss also nichts mehr im Wege, und meine Knie wurden ganz wackelig – noch so ein Klischee, aber genauso real wie die Sache mit den Schmetterlingen –, wenn ich mir die einzigen beiden Male ins Gedächtnis rief, an denen wir uns geküsst hatten.

Die Schmetterlinge wurden auch dann nicht müde von dem ganzen Geflatter, als ich an diesem Abend an Alex' Zimmertür klopfte und keine Antwort erhielt. Alex war also unterwegs. Schade. Aber das war wohl sein gutes

Recht. Immerhin schien er einen ziemlich großen Freundeskreis zu haben. Es wäre nur nett gewesen, wenn er mir Bescheid gegeben hätte. Andererseits musste er das natürlich nicht ...

Erst als es am zweiten Abend ebenfalls hinter seiner Tür stumm blieb – und dunkel, ich gestehe, dass ich sie einen Spaltbreit öffnete –, wurden die Schmetterlinge allmählich ein bisschen flügellahm. Warum meldete er sich nicht wenigstens mit einer kurzen SMS bei mir? Oder legte mir einfach einen Zettel hin? Immerhin wohnten wir im selben Haus und der Weg zwischen unseren beiden Zimmern betrug exakt fünfzehn Stufen.

Und dann, als er am dritten Abend schon wieder nicht zu Hause war und sich kein einziges Mal bei mir gemeldet hatte, traten die Schmetterlinge in Generalstreik. Sie legten sich alle auf den Grund meines Magens und verursachten mir mit ihrer geballten Frustration solche Übelkeit, dass das Einzige, was ich herunterbekam, fast das gesamte Glas roter Gummibärchen war (gut gegen Herzschmerz). Aber die sorgten auch nicht dafür, dass es mir besser ging. Eher im Gegenteil: Der Herzschmerz blieb gleich groß und die Übelkeit wurde schlimmer.

Den darauffolgenden Tag im Büro verbrachte ich in einem tranceartigen Zustand. Während ich beobachtete, wie die Gebote für unsere Pinkstone-Versteigerungsaktion immer weiter anstiegen, bemühte ich mich halbherzig, im Internet etwas über Larry Millers Vergangenheit herauszufinden. Mit sehr mäßigem Erfolg.

Unter Tausenden von Einträgen fand ich genau einen, der es schaffte, meine Neugier zu wecken. »Miller hetzt

Schläger auf Hausbesetzer«, lautete die Überschrift. Interessant! Das erinnerte mich an irgendetwas, was ich in letzter Zeit gehört hatte, aber ich kam nicht drauf. Und als ich auf den Link klickte, öffnete sich bloß eine Fehlermeldung. »Diese Seite ist nicht mehr verfügbar.« Alles, was ich ansonsten zutage förderte, waren der Hochglanzauftritt seiner Firma auf der eigenen Homepage sowie eine lange Reihe langweiliger Berichte über seine Bauprojekte.

Einen Stich versetzte es mir allerdings, als ich beim Klicken das Foto meines Ex-Kollegen und Kontrahenten Chris mit Powerlockenfrisur und Siegergrinsen auf der Teamseite entdeckte. Nach seinem Rauswurf bei *Zeitgeist* war Chris in der PR-Abteilung von Miller Investment untergekommen und der Investor hatte ihn offensichtlich mit offenen Armen empfangen. Auf dem Teamfoto legte Miller jedenfalls seinen Arm um Chris. Brr, die beiden schienen sich ja blendend zu verstehen. Man konnte bloß hoffen, dass sie nicht gemeinsam eine weitere Gemeinheit gegen Pinkstone ausheckten!

Schnell schloss ich die Homepage und meine Gedanken kehrten auf der Stelle wie ein Bumerang zurück zu Alex. Meine hyperaktive Fantasie lieferte mir eine Menge unerwünschter Erklärungen für sein mysteriöses Verschwinden, wovon mir ein tödlicher Unfall noch als die logischste erschien. Mindestens tausend Mal checkte ich mein Handy, in der Hoffnung, dass er mir endlich eine Nachricht geschickt hatte. Aber vergeblich. Natürlich hätte ich ihm ebenso gut ein paar Zeilen senden können. Aber Abbys verfluchte Dating-Regeln hielten mich jedes Mal in letzter Sekunde davon ab. Niemals durfte sich eine Frau nach dem Date als Erstes beim Mann melden. Warum, das hatte Abby mir damals schon nicht erklären können, aber es schien eine unumstößliche Tatsache zu sein.

Da es mir nicht gelang, mein Handy zu hypnotisieren, damit es endlich eine Nachricht von Alex anzeigte, gab es nur eine einzige Möglichkeit: Ich musste meine Mitbewohner befragen, ob sie etwas über seinen Verbleib wussten.

Bislang hatte ich genau dieses Gespräch vermieden, weil ich mir vorstellen konnte, dass es eine Menge unangenehmer Fragen nach sich ziehen würde. Ich war selbst erstaunt gewesen, wie untypisch taktvoll sie alle über meinen Wutausbruch bei Alex' Einzug hinweggegangen waren. Keiner von ihnen hatte je nachgehakt, was es damit auf sich gehabt hatte. Und so kannte bislang auch keiner die komplizierte Geschichte, die Alex und mich verband. Dabei hätte ich es gern belassen, denn obwohl ich die Pinkstoner meine Freunde nannte, war ich noch nie gut darin gewesen, anderen Menschen meine Probleme und Sorgen anzuvertrauen. Allerdings war genau das vielleicht die einzige Chance, um herauszufinden, wo Alex sich herumtrieb.

Die Gelegenheit zu einer Befragung ergab sich, kaum war ich nach der Arbeit zu Hause angekommen. Da in meinem Zimmer die beiden Handwerker zugange waren, die Alex uns organisiert hatte und die seit zwei Tagen das Loch im Dach eher zu vergrößern als zu flicken schienen, flüchtete ich in unsere gemeinsame Küche. Es war ein bisschen lästig, dass Jack und sein Kumpel, der einen unaussprechlichen südamerikanischen Namen hatte, immer erst am Nachmittag anfingen zu arbeiten, dafür aber meist bis in die späten Abendstunden im Haus herumhämmerten, bohrten und jede Menge anderen Krach und Dreck verursachten. Aber andererseits konnte man ihnen keinen Vorwurf machen, denn immerhin arbeiteten sie ja ohne Lohn und kamen vermutlich erst nachmittags von anderen Baustellen, auf denen sie ordentliches Geld verdienten.

Auch Pamela und Abby hatten sich bereits in der Küche verschanzt. Obwohl wir im Zuge der ersten Renovierungsaktion das Wohnzimmer komplett entrümpelt und extrem aufgehübscht hatten, war die Küche immer noch unser aller Treffpunkt, das Herz von Pinkstone und einfach der gemütlichste Ort im ganzen Haus. Zu diesem Eindruck trugen auch meine beiden Mitbewohnerinnen bei, die sich einträchtig am Tisch gegenübersaßen – Abby mit einer dampfenden Tasse Tee neben und einem aufgeklappten Notebook vor sich, auf dessen Tastatur sie in einem beängstigenden Tempo mit allen zehn Fingern einschlug, und Pamela mit einer Schüssel voll Chips (garantiert die fettfreien) und einem abgegriffenen Theaterskript voller neonfarbener Markierungen. Mit vollem Mund murmelte Pam halblaut vor sich hin, woran Abby sich nicht zu stören schien.

»Probst du jetzt doch wieder?« Ich ließ mich auf den Stuhl neben Pamela fallen und bediente mich an ihren Chips. Sie hatte mir schon so viele Gummibärchen weggefuttert, da musste das okay sein.

Pamela nickte abwesend, ohne den Blick von ihrem Skript zu heben, aber ihre Wangen überzog dabei eine unübersehbare Röte. Oh nein, ich konnte bloß hoffen, dass dieses neue Stück nichts mit ihrem früheren Professor und Liebhaber zu tun hatte! Der alte Sack, der erst seine Frau mit Pam betrogen und diese dann auf fieseste Art abserviert hatte, tat meiner Mitbewohnerin ganz sicher nicht gut. Aber ich war ja eigentlich nicht hier, um mich mit Pam und ihren Problemen zu beschäftigen, auch wenn das eine willkommene Ablenkung gewesen wäre. Nein, dieses Mal ging es um mich. Ich atmete tief durch und sammelte meine ganze Entschlossenheit.

»Sagt mal«, fragte ich dann laut und wartete eine Weile ab, bis beide ihre Köpfe hoben. »Habt ihr zufällig in letzter Zeit Alex gesehen?«

»Alex?«, echote Abby sofort und zog verwirrt die Nase kraus, sodass ihre unzähligen Sommersprossen in Unordnung gerieten.

»Wieso?« Pam stopfte sich eine Handvoll Chips in den Mund. Tja, wieso? Das war genau die Frage, die ich befürchtet hatte, und sie kam logischerweise als Allerserstes.

»Na ja ...« Ich versuchte, unbeteiligt zu klingen. »Ich habe mich nur gewundert, weil ich ihn die ganze Woche noch nicht zu Gesicht bekommen habe.« War das unbeteiligt genug gewesen?

»Ja und?« Pam schluckte und zuckte mit den Schultern. »Saida habe ich auch die ganze Woche nicht gesehen. Und ich habe sie keine Sekunde vermisst.« Sie lachte schallend. »Und Rick war auch nicht viel zu Hause. Wahrscheinlich flüchten alle vor den Handwerkern und ihren Folterinstrumenten.«

»Hm«, machte ich wenig überzeugt. Die Erklärung war

nicht das, was ich mir erhofft hatte, aber ich wollte lieber nicht weiter nachbohren und damit womöglich noch mehr Fragen provozieren. Allerdings war es dafür ohnehin zu spät.

»Ist da was? Zwischen Alex und dir?« Abbys Augen glänzten und ihr Ton klang beinahe verschwörerisch. Klar, sie wurde sofort hellhörig, wenn sie auch nur den Hauch einer romantischen Story spürte.

»Hm«, machte ich erneut ausweichend. Der Schmetterlings-Kloß in meinem Magen brummelte schon wieder, vermutlich hatten Pams Chips die blöden Flatterviecher aufgeweckt.

»Na los, uns kannst du es doch erzählen.« Abby streckte ihre Hand über den Tisch und legte sie auf meine. Da gab ich mir einen Ruck. Sie hatte ja recht, wem sollte ich von meinem Herzschmerz erzählen, wenn nicht meinen Freunden? Und hatte ich nicht ohnehin in Kauf genommen, dass sie mich ausfragen würden? Also los.

»Ja, da ist was«, antwortete ich. »Aber ich weiß absolut nicht, was es genau ist.« Ich erzählte von unserem ersten Treffen bis hin zu unserem letzten gemeinsamen Ausflug, während Pam und Abby immer abwechselnd an den entsprechenden Stellen nickten oder den Kopf schüttelten. Und während die ganze verworrene, komplizierte Geschichte aus mir herausströmte, spürte ich, wie es mir mit jedem Wort ein kleines bisschen besser ging. Bislang war ich immer davon ausgegangen, dass es keinen Sinn machte, anderen Leuten all meine Probleme zu erzählen, weil sie sich davon nicht in Luft auflösten. Aber ich hatte mir nie vorstellen können, wie gut es tat, einfach nur darüber zu reden! Ein paar Mal hätte ich fast losgeheult, aber das war dann doch nicht meine Art.

»Und seit Sonntag geht er mir aus dem Weg«, schloss ich mit einem Seufzen. »Zumindest sieht es so aus, oder? Wenn er nicht einen tödlichen Unfall hatte, halte ich es jedenfalls für die einzige logische Erklärung.«

»Das ist ja so supiromantisch«, quiekte Abby, kaum hatte ich meine Geschichte zu Ende erzählt. Nicht ganz die Reaktion, die ich erwartet hätte, aber na gut. Typisch Abby halt.

»Besonders romantisch finde ich es aber nicht, drei Tage lang einfach abzutauchen«, verpasste Pam ihr auch sofort einen Dämpfer. »Immerhin erklärt dieses ganze Schlamassel deinen Wutausbruch, als Alex hier eingezogen ist«, fuhr sie an mich gewandt fort. »Hättest du mal früher was davon gesagt, hätten wir ihn sofort wieder vor die Tür gesetzt.«

»Ja, ich weiß«, räumte ich kleinlaut ein. Mittlerweile fragte ich mich ja selbst, warum ich mein emotionales Auf und Ab die ganze Zeit vor meinen Mitbewohnern geheim gehalten hatte. Andererseits: Wäre Alex nicht hier eingezogen, hätten wir uns womöglich überhaupt nicht wiedergesehen. Und das war eine noch viel schrecklichere Vorstellung, als mir nun überlegen zu müssen, warum er sich schon wieder so komisch verhielt.

»Also, ich finde das romantisch«, beharrte Abby und pustete sich eine ihrer roten Locken aus dem Gesicht. »Diese Kette, die er dir geschenkt hat – darf ich die mal sehen? Und dann das Bild, das er extra für dich gemalt hat. Und dass er dich sogar zu diesem Grab mitgenommen hat. Na ja, das ist ein bisschen schräg, aber irgendwie doch auch romantisch, oder?«

»Hat er denn irgendwas darüber gesagt, dass er für ein paar Tage wegmuss?« Pam ignorierte Abbys Geplapper einfach. »Ich meine, vielleicht hat er ja beruflich zu tun, oder so?«

»Nein.« Ich schüttelte energisch den Kopf. »Nichts. Deshalb verstehe ich es auch nicht.«

»Datet ihr denn exklusiv?«, mischte Abby sich wieder ein.

»Was?«

»Na ja, ich dachte nur, dass er vielleicht noch jemand anderen datet. Habt ihr denn nie darüber gesprochen, ob das zwischen euch exklusiv ist?«, fragte Abby eifrig, allerdings verstand ich immer noch nicht, worauf sie hinauswollte.

»Mensch, Maxi, hast du überhaupt eine Ahnung vom Daten?« Abby entschärfte ihre Bemerkung mit einem mitleidigen Lächeln. »Eine Beziehung ist erst dann exklusiv, wenn man sich darauf verständigt hat, bis dahin können beide Partner auch noch andere Leute daten. Wusstest du das denn nicht?«

Nein, das wusste ich nicht. Das war garantiert wieder eine dieser typisch amerikanischen Dating-Regeln. Mir wurde heiß und kalt zugleich, wenn ich mir vorstellte, dass Alex womöglich gerade mit einem anderen Mädchen unterwegs war.

»Aber ich verstehe trotzdem nicht, warum er sich nicht ein einziges Mal gemeldet hat. Ihm muss doch klar sein, dass ich ... dass wir alle uns Sorgen machen, wenn er tagelang nicht auftaucht«, wandte ich am Rande der Verzweiflung ein.

»Männer!« Bei Pam klang allein dieses Wort schon wie eine logische Erklärung. Aber meinen Herzschmerz konnte das natürlich nicht lindern, außerdem machte ich mir auch ernsthaft Sorgen, solange die Sache mit dem tödlichen Unfall nicht ausgeschlossen war.

»Hi, Mädels.« Wie aufs Stichwort kam Rick, unser bis vor Kurzem einziger männlicher Mitbewohner, in die Küche, wand sich mit einer geschmeidigen Bewegung an Pam und mir vorbei und angelte sich einen Powerriegel aus dem Küchenschrank. »Alles fit?«

»Hast du Alex zufällig in letzter Zeit gesehen?«, wollte Pam wissen, bevor Rick die Verpackung um den Riegel aufgerissen hatte.

»Nee, wieso?« Fragend zog er eine Augenbraue in die Höhe.

»Weil ... ach, nur so, wir haben uns gerade über ihn unterhalten«, wich Pam aus, vermutlich weil sie mir nicht zumuten wollte, die ganze Story noch mal zu erzählen. Lieb von ihr. Aber gerade Rick, mit dem mich seit unserer erfundenen Verlobung und allen Problemen, die daraus entstanden waren, eine besondere Beziehung verband, hatte ein Recht zu wissen, was es mit Alex und mir auf sich hatte. Also erzählte ich erneut von Anfang an.

Rick mampfte seinen Energieriegel und hörte kauend zu, während Pam die Chips-Schüssel leerte und Abby plötzlich wieder anfing, auf dem Laptop zu schreiben, als hätte sie gerade eine Eingebung gehabt, immerhin gab sie sich Mühe, dabei nicht so laut zu klackern.

»Oh, Mann, so ein Scheißkerl«, fluchte Rick. Es war vielleicht eine etwas übertriebene Reaktion, aber sie tat mir überraschend gut.

»Na ja«, schränkte ich beschwichtigend ein. »Er kann auch richtig nett sein.«

»Und nett ist bekanntlich der kleine Bruder von scheiße. Weiß man doch«, ereiferte sich Rick. »Nee, im Ernst, der kann froh sein, dass er abgetaucht ist, sonst würde ich ihm mal was erzählen.«

Unwillkürlich musste ich lächeln. Es war aber auch zu süß, wie Rick sich als mein Beschützer aufführte. Allerdings half mir das wenig, solange wir nicht herausgefunden hatten, wo Alex steckte.

»Mal im Ernst, Leute.« Nachdem ich mich zweimal ausgeheult hatte und so viel Rückhalt von meinen Mitbewohnern erhielt, war ich wieder bereit, konkrete Pläne zu schmieden. Das war ja immerhin das, was ich am besten konnte. Neu daran war allerdings, dass ich andere Menschen um ihre Meinung bat. »Was soll ich denn jetzt unternehmen?«

»Schreib ihm 'ne Nachricht.« Abbys Kopf hob sich nur kurz von ihrem Computer.

»Ich soll ihm texten?« Ausgerechnet Abby schlug mir vor, mich bei Alex zu melden, nachdem sie mir erklärt hatte, dass das außerhalb jeder Diskussion stand?!

»Ich finde, dass das nach der einzig sinnvollen Möglichkeit klingt«, bekräftigte Pam. »Hast du das etwa noch nicht probiert?«

»Und schreib ihm auch direkt, was ich von ihm halte ...«, muffelte Rick.

Na gut. Ich zog mein Handy aus dem Beuteltier und wollte gerade anfangen zu tippen, als sich die Küchentür erneut öffnete und begleitet von ohrenbetäubendem Bohren aus dem obersten Stockwerk niemand anders als Alex höchstpersönlich den Raum betrat.

»Ist irgendwas?«, fragte er irritiert, weil wir ihn alle anstarrten wie einen Geist. Er schob die Tür hinter sich zu und schaute uns der Reihe nach an.

»Schön, dass du dich auch mal blicken lässt.« Pam hatte als Erste die Sprache wiedergefunden, während Abbys Finger noch immer wie in der Bewegung eingefroren über der Tastatur schwebten und ich mein Handy umklammerte, als hätte es irgendwelche magischen Fähigkeiten, mit denen ich Alex gerade herbeigezaubert hatte. Erst als ich aus dem Augenwinkel bemerkte, dass Rick eine unmissverständliche Drohhaltung einnahm, erwachte ich aus meiner Starre und legte ihm schnell beruhigend eine Hand auf den Arm. So liebenswert ich seinen Beschützerinstinkt fand, war ich dennoch nicht scharf darauf zuzugucken, wie sich mein bester Freund und der Junge, in den ich verliebt war, auf unserem Küchenfußboden prügelten.

»Moment mal.« Alex schaute von Pam zu Rick und schließlich zu mir, wo sein Blick hängen blieb. Er schien die Situation völlig korrekt einzuschätzen. »Hab ich etwas falsch gemacht? Mir war nicht klar, dass man sich abmelden muss, wenn man mal ein paar Tage unterwegs ist.«

»Muss man ja auch nicht. Dadgumit! Aber es wäre schön, wenn wir uns keine Sorgen machen müssten, ob du unter einen Laster geraten bist«, schimpfte Pamela. »Und außerdem gibt es hier zumindest eine Person, die sehr wohl ein Interesse daran hat zu erfahren, wo du steckst, meinst du nicht?«

Ich spürte, wie mir bei Pams Worten das Blut in die Wangen schoss. Musste sie mich denn so bloßstellen? Alex' Blick war keine Sekunde von mir gewichen, er wusste genau, von wem Pam sprach, klar, und jetzt wusste er auch, dass unsere Mitbewohner über ihn und mich Bescheid wussten. Leider war ich mir nicht sicher, ob ihm das besonders gut gefallen würde.

Als hätte er meine Gedanken gelesen, sagte Alex zu mir, so als wären die anderen gar nicht anwesend: »Maxi, kommst du mal bitte?«

Was blieb mir für eine Wahl? Ermutigend drückte Pamela meine Hand, als ich mich vom Stuhl erhob, um Alex aus der Küche zu folgen. Auch Ricks finsteren Blick registrierte ich noch. Dann drückte Alex die Küchentür hinter uns zu und zog mich durch den penetranten Baulärm, bei dem jede normale Unterhaltung unmöglich gewesen wäre, vor die Haustür. Was taten Jack und sein unaussprechlicher Freund eigentlich da oben?, fragte ich mich. Rissen sie das Haus ab?

Aber der Gedanke war schnell wieder vergessen, als ich im trüben Licht der Straßenbeleuchtung in Alex' Augen blickte. Sie hatten die Farbe des Meeres, kurz bevor ein gewaltiger Sturm losbricht, ich hatte sie erst ein einziges Mal so dunkel gesehen, und das war der Moment gewesen, bevor er mich mit einem Brautkleid in der Hand und einem gebrochenen Herzen im Schneematsch hatte stehen lassen. Mist! Meine Knie wurden weich, dieses Mal allerdings vor Angst. Aber manchmal war Angriff einfach die beste Verteidigung.

»Was ist?« Trotzig verschränkte ich die Arme, auch um mich vor der Kälte zu schützen, die mich plötzlich packte.

»Ich weiß nicht, was du ihnen erzählt hast.« Alex schien von meiner Angriffsstrategie nicht besonders beeindruckt zu sein. Er sprach so ruhig, dass es definitiv beängstigend war. Es hatte auch etwas von der Ruhe vor dem Sturm. »Aber ich finde es nicht schön, wenn du mich vor den anderen Pinkstonern schlecht machst, weißt du.«

»Aber ...«, stammelte ich. »Ich hab mir doch bloß Sorgen um dich gemacht. Weil du so plötzlich verschwunden warst. Und da habe ich die anderen um Rat gefragt. Deshalb musste ich ihnen natürlich erzählen, was zwischen uns ist ... Ich meine, wenn du dich mal gemeldet hättest, dann hätte ich gar nichts gesagt. Du hättest mir ja wenigstens eine SMS schicken können, dann hätte ich gewusst, was los ist ...« Na toll, aus Angriff war im Nullkommanix Selbstverteidigung geworden.

»Ach, Maxi.« Alex strich mir mit der Außenseite seiner Finger flüchtig über die Wange. Der Sturm hatte sich so plötzlich aus seinen Augen verzogen, als hätte es ihn nie gegeben. Mit einem Mal wirkte Alex bloß noch müde. »Du bist so ein furchtbarer Kontrollfreak.« Er seufzte. »Lass mir doch einfach mal ein bisschen Freiraum.« Und damit wandte er sich um und verschwand durch die schwere Eingangstür von Pinkstone nach drinnen.

Wenige Minuten später, ich starrte noch immer verletzt auf die Holztür, die längst hinter Alex ins Schloss gefallen war, tauchte Saida im dämmrigen Licht auf.

»Hey, alles klar?«, begrüßte sie mich, offenbar ohne zu bemerken, dass ich schlotternd und mit einem Ausdruck im Gesicht, als hätte mir gerade jemand in den Magen geboxt, auf den Stufen vor dem Haus stand. Ich hatte keine große Lust, meine komplizierte On- und Off-Lovestory ein drittes Mal zu erzählen, zumal sie gerade wieder um eine äußerst unschöne Wendung bereichert worden war.

»Geht schon«, sagte ich deshalb nur mit Grabesstimme.

»Boah, was für ein Scheißtag«, schimpfte Saida, ohne weiter auf mich einzugehen, und schob sich an mir vorbei zur Haustür. Sie war ganz sicher nicht die Einfühlsamste unter den Pinkstonern. Aber mit diesem Satz sprach sie mir aus der Seele.

Tausend Dank! Allen, die bei unserer Versteigerungs-Aktion mitgemacht haben. Es sind beachtliche 4870 Dollar dabei zusammengekommen. Die Gewinner werde ich per Mail persönlich informieren.

Ich trete derweil den Beweis an, dass der Spruch meiner Omama »Pech im Spiel, Glück in der Liebe« auf mich leider nicht zutrifft. Alle meine Lotterielose waren Nieten. Und in der Liebe sieht es gerade auch so aus, als wäre ich mal wieder an eine Niete geraten.

Übrigens bin ich im Zuge der Auktion ein paar Mal gefragt worden, ob es einfach so möglich ist, für Pinkstone zu spenden. Die Antwort lautet: JA! Allein die Frage hat uns schon sehr glücklich gemacht. Falls ihr uns mit einem egal wie kleinen Betrag unterstützen wollt, damit Pinkstone gerettet werden kann, dann könnt ihr das ab sofort ganz einfach mit einer Online-Spende tun.

Aktueller Pinkstone-Kontostand: 87.260 Dollar!

Kapitel 12

Pam singt

»Ave Maria« – Dadgumit! Pam hatte sich jetzt schon durch drei klassische Stücke gequält. Diese getragenen Sachen waren einfach nicht ihr Ding. Nicht dass sie das nicht hinbekam. Selbst Celine Dion hatte es geschafft, dieses Lied einzusingen. Aber trotzdem: Pam war froh, wenn diese Trauung endlich vorüber war. Schon deshalb, weil ihr Handy zum dritten Mal in ihrer Manteltasche vibrierte und Pam genau wusste, dass James versuchte, sie zu erreichen.

Eigentlich hätte sie nämlich seit einer Viertelstunde bei der ersten Kostümprobe von *Die Katze* sein müssen. Wobei der Begriff Kostümprobe ziemlicher Quatsch war, denn James hatte entschieden, die Verletzlichkeit der Charaktere zum Ausdruck zu bringen, indem er sie nackt auftreten ließ.

»Ave Maria! Listen to a maiden's prayer!« – Erhöre einer Jungfrau Flehen! Pams Stimme schraubte sich in die Höhe, während sie stumm flehte, dass es endlich vorbei sein möge, damit sie zu ihrer Probe aufbrechen konnte. Ihr war klar, dass sie höllischen Ärger mit James riskierte, weil sie zu spät kam. Und vielleicht hätte sie ihm vorab sagen sollen, dass sie diesen Auftritt hatte, damit er wenigstens Bescheid wusste, wenn sie es nicht pünktlich schaffte. Aber damit hätte sie nur zwei Wutanfälle provoziert: einen im Vorfeld, weil er es nicht gut fand, dass sie sang, anstatt Theater zu spielen, und einen hinterher wegen der Verspätung. Also hatte sie den Mund gehalten.

»Oh Jungfrau, hör der Jungfrau Sorgen ...« Pam bohrte ihren Blick in den Rücken des Organisten, mit dem sie sich die Empore der Kirche teilte. Vielleicht konnte sie ihn auf diese Weise bewegen, ein bisschen schneller zu spielen. Der Takt schleppte sich nur so dahin, und Pam musste sich bremsen, um im Rhythmus zu bleiben.

Wieder vibrierte ihr Handy. Endlich, endlich, erreichte die Orgel die Schlussakkorde – zog dieser Künstler von Organist die etwa auch noch künstlich in die Länge? Es folgte der Segen, am liebsten wäre Pam bereits aus der Kirche geflüchtet, aber die Stufen zur Empore knarrten so durchdringend, dass sie damit die Aufmerksamkeit aller Hochzeitsgäste auf sich gezogen hätte. Dann endlich erklang der Ausmarsch, natürlich wieder irgendwas Klassisches – und die Gäste drängten sich hinter dem Brautpaar aus den Bänken.

Pamela spurtete so schnell die Stufen der Empore hinab, dass sie am Fuße beinahe mit dem Brautvater kollidierte. Dadgumit! Sie wollte jetzt keine Hände schütteln, keine Glückwünsche mehr aussprechen und ganz sicher kein Glas Sekt zu Ehren des Brautpaares erheben. Sie wollte einfach nur los, um James nicht noch weiter zu verärgern.

»Aber, aber, wohin so eilig?« Der speckgesichtige Mann mit der etwas zu engen Schmuckweste griff nach Pamelas Arm. Sie machte sich los, bei einem Blick zum Ausgang wurde ihr jedoch klar, dass ihr das nicht weiterhelfen würde. Das Gedränge war so dicht, dass sie unmöglich durchkommen würde, bevor auch noch der letzte Hochzeitsgast die Kirche verlassen hatte.

»Eine wunderschöne Trauung«, rang Pamela sich ein paar höfliche Worte ab. Immerhin würde dieser Mann etwas mehr als tausend Dollar für ihren Auftritt überweisen, da war ein wenig Höflichkeit wohl geboten.

»Hmhm«, machte das Speckgesicht und strich sich über die enge Weste. »Aber von deinem Gesang hatte ich mir ein wenig mehr erwartet.« Dadgumit! Wollte er jetzt etwa meckern?

»Das ist schade. Ich bin besser in moderneren Sachen, Musicals und so, wissen Sie?« Pam zwang sich zu einem Lächeln.

»Das trifft sich ja gut.« Sein Speckgesicht hellte sich auf. »Meine Tochter liebt Musicals! Sie wird begeistert sein, wenn du uns beim Hochzeitsempfang mit ein paar bekannten Melodien erfreust.«

»Beim Empfang?« Pams Lächeln verrutschte. »Ich dachte, ich könnte jetzt gehen.«

»Nicht doch!« Nun fasste er wieder nach ihrem Arm und hielt ihn mit eisernem Griff fest. »Wird auf eurer Feier singen ... So stand es doch in der Auktion, oder? Und die eigentliche Feier hat ja noch gar nicht begonnen, oder?«

Der Ausdruck seiner kleinen Augen wurde mit einem Mal listig. »Sagen wir mal so. Du kannst jetzt natürlich gehen. Aber wenn du auch nur einen Cent von dem Geld sehen willst, dann würde ich dir empfehlen zu bleiben.«

Erneut spürte Pamela, wie das Handy in ihrer Tasche vibrierte. Sie zog es heraus. James stand im Display, genau wie sie vermutet hatte. Pam wollte den Anruf annehmen, doch dann drückte sie ihn einem spontanen Impuls folgend weg und schaltete das Gerät aus, bevor James erneut versuchen konnte, sie zu erreichen.

»Na gut. Dann bleibe ich natürlich.«

Sie hatte sich nun einmal auf diese Versteigerung eingelassen, dann musste sie das auch durchziehen! Selbst wenn es bedeutete, dass James tagelang wütend auf sie sein würde. So viel Verantwortungsbewusstsein musste sein! Und außerdem, aber das konnte sie James niemals erzählen, bereitete ihr die Vorstellung, gleich auf einer Bühne zu stehen und ihre geliebten Musical-Hits solo zu singen, insgeheim Freude.

Abby schreibt

Geliebter ...

Unschlüssig schwebten Abbys Finger über der Tastatur. Wie sollte sie bloß anfangen? Als Maxi vorgeschlagen hatte, einen professionell verfassten Liebesbrief zu versteigern, hatte Abby begeistert zugestimmt. Das war so eine supiromantische Idee. Dummerweise hatte sie sich nicht klar gemacht, dass sie diejenige war, die diesen Brief würde schreiben müssen. Inzwischen hatte sie mit der jungen Frau telefoniert, die den Brief ersteigert hatte, aber sie hatte keine Ahnung, wie sie das, was diese ihr anvertraut hatte, in Worte fassen sollte.

Es war eine wirklich unglaublich romantische Story und so unglaublich traurig. Eine Geschichte voller tragischer Missverständnisse, die dazu geführt hatten, dass dieser Mann diese Frau nach nur einer Nacht wieder verlassen hatte. Der Nacht ihres Lebens, wie sie es ausgedrückt hatte. Und die vielen intimen Details, die sie Abby verraten hatte, ließen darauf schließen, dass es eine außergewöhnliche Nacht gewesen war. Abby bekam jetzt noch glühende Ohren, wenn sie nur daran dachte. Geliebter. Das schien ihr nicht die passende Anrede zu sein. Mit dem Mittelfinger klickte sie auf die Löschtaste, bis das ganze Wort verschwunden war. So kam sie nicht weiter!

»Abby, musst du nicht langsam los?«, flötete Mrs O'Brian durchs Treppenhaus. So spät schon? Heute war Abbys »Wahre Liebe wartet«-Abend, dem sie normalerweise total entgegenfieberte, weil es außer ihren ständigen Besuchen in Pinkstone die einzige Gelegenheit war, andere Menschen als ihre Eltern zu treffen. Aber sie war so vertieft in diesen Liebesbrief gewesen oder zumindest in den Versuch, einen Liebesbrief auf ihrem bislang blanken Bildschirm entstehen zu lassen, dass sie den Termin beinahe verpasst hätte.

»Bin unterwegs!« Sie stopfte den Laptop in die Tasche und klemmte diese unter den Arm. Vielleicht würde sie während des WLW-Treffens Gelegenheit haben, an dem Brief zu feilen.

»In dem Glauben, dass wahre Liebe wartet ...« Abby

sprach die Begrüßungsworte mit, aber sie war mit ihren Gedanken nicht bei der Sache. In ihrem Kopf drehten sich noch immer die Bilder, die die fremde junge Frau während des Telefongesprächs heraufbeschworen hatte, Bilder von heißen Küssen, die den ganzen Körper in Flammen stehen ließen, und von Händen, so sanft und gleichzeitig kräftig, dass jeder Teil des Körpers, den sie berührten, darunter zu schmelzen schien ...

»... sexuell enthaltsam zu leben bis zum Tag meiner kirchlichen Heirat.«

Abby sah hoch, direkt in die Augen von Will, der ihr heute gegenübersaß. Vertraulich blinzelte er ihr zu. Und obwohl sie den Blick so schnell wie möglich wieder senkte, konnte Abby nicht verhindern, dass Will vor ihrem inneren Auge erschien. Er tat genau das, was die junge Frau ihr beschrieben hatte, und er tat es ... mit ihr, mit Abby.

Abby spürte, wie ihr heiß wurde bei dieser Fantasie. Hektisch klappte sie den Laptop auf, um sich davon abzulenken. Doch sie öffnete nicht das leere Dokument, das sie extra für den Liebesbrief angelegt hatte. Wie von selbst klickten ihre Finger auf eine Datei, die sie bereits seit einiger Zeit ständig bearbeitete, wenn sich die Gelegenheit dazu bot. Vor allem während der langweiligen Stunden im Gemeindesekretariat lag das Notebook stets unter dem Schreibtisch bereit, damit Abby an dem Text weiterschreiben konnte, wenn sich außer ihr niemand im Büro aufhielt.

Begonnen hatte das Ganze als lose Blattsammlung nach dem ersten Treffen der WLW-Gruppe, bei dem Will aufgetaucht war. Doch aus ihren Notizen war in kürzester Zeit ein längerer Text entstanden, der allmählich den Umfang eines Romans annahm. Abby hatte keine Vorstellung, was sie damit anfangen sollte. Nichts vermutlich. Aber das Schreiben war für sie wie eine Sucht geworden. Sie hatte dem Ganzen sogar schon einen Titel gegeben: »Geheime Gedanken«. Natürlich war das ein geheimer Titel. Abgespeichert hatte sie die weit über hundert Seiten unter dem Stichwort: »Meine Gebete«. Und tatsächlich hatte sie auf den ersten drei Seiten einige Gebete aufgeschrieben. Nicht auszudenken, was passierte, wenn jemand den Text auf dem Laptop aus Neugier öffnen würde. Womöglich ihre Mutter!

»Abby, was machst du denn da?« Grace' Kopf erschien über dem Laptop. Hektisch klappte Abby den Bildschirm herunter. Was war bloß in sie gefahren? Ausgerechnet hier daran weiterzuschreiben. Ihr Gesicht begann wieder zu glühen, als Will ihr ein amüsiertes Grinsen zuwarf.

»Ich musste nur noch etwas Supiwichtiges für die Arbeit fertig machen«, erklärte sie eilig. Grace runzelte zwar missbilligend die Stirn, ließ es aber dabei bewenden.

»Gut, da du ja wieder bereit bist, an unserem Treffen teilzunehmen, wäre es schön, wenn du für das nächste Rollenspiel zur Verfügung stündest«, erklärte sie spitz. »Zusammen mit ... Will.«

Abby atmete tief durch, bevor sie aufstand. Na supi, ausgerechnet Will! Ihr Kopf leuchtete vermutlich mit ihren roten Haaren um die Wette. War das peinlich! Aber es würde ihr immerhin neuen Stoff für »Geheime Gedanken« liefern.

Saida näht

Ein Kleid nähen ... Wieso hatte sie sich bloß darauf eingelassen? Okay, sie war stolz gewesen, als Maxi die Auktion vorgeschlagen hatte. Ihre Mutter hatte bloß rumgemäkelt, wenn Saida als Teenager ihre Klamotten selbst entworfen hatte. Mrs Stone betrachtete das Nähen als sinnlose Beschäftigung, stattdessen hatte sie Saida Geld in die Hand gedrückt, damit sie sich »etwas Vernünftiges« zum Anziehen kaufte ...

Aber gerade jetzt hatte Saida Wichtigeres zu tun, als für diese Park-Slope-Schnepfe, die die Auktion gewonnen hatte, ein Cocktailkleidchen zu nähen. Sie musste sich um ihr Studium kümmern, zum Beispiel, sonst würde sie durch alle Prüfungen rauschen. Laut Gerichtsurteil musste sie außerdem einen ganzen Tag pro Woche für Sozialstunden opfern! Und Geld verdienen musste sie auch!

Mr Mancilla, der Staranwalt, den ihre Mutter für sie engagiert hatte, bekam achthundert Dollar pro Stunde. Und Mrs Stone bestand darauf, dass Saida ihn bezahlte. Aus erzieherischen Gründen. Pah! Achthundert! Und was hatte es gebracht? Sozialstunden bis an ihr Lebensende! Besser gesagt für ein Jahr, aber was machte das für einen Unterschied?

Sie könne ihm dankbar sein, hatte Superstar Mancilla behauptet. Dafür, dass sie einen von der Polizei gesuchten Verbrecher versteckt hatte, hätte sie auch ins Gefängnis wandern können. Und nur ihm sei es zu verdanken, dass sie so glimpflich davongekommen sei. Glimpflich! Pah!

Saida zog ihren schwarzen Mantel enger um sich, in

dem vergeblichen Versuch, sich und ihre ein Meter dreiundachtzig unsichtbar zu machen. Wie so viele andere mied Saida die South Bronx. Der Stadtteil war arm und dreckig und die Gestalten auf der Straße guckten grimmig. Obwohl die Gesichter so dunkel waren wie ihr eigenes, fühlte Saida sich wie ein Fremdkörper. Ein paar Jungs in Bomberjacken und Baseballkappen kamen ihr entgegen und checkten sie mit aufdringlichen Blicken ab. Erleichtert stellte sie fest, dass sie ihr Ziel schon erreicht hatte, und verschwand eilig in dem zugemüllten Eingang.

»Willkommen, Saida. Ich bin Jocelyn, ich leite diese Einrichtung.« Die Frau, die Saida in einem winzigen überheizten Büro begrüßte, trug ihre grauen Haare in einem Gewirr von Rastazöpfchen, was ihrem verlebten Gesicht vermutlich einen Anstrich von Frische geben sollte. Das Gegenteil war der Fall. Ihre gelblichen Augen wirkten so müde, als hätten sie für dieses Leben bereits zu viel gesehen.

»Wir unterstützen unsere Frauen darin, eine Perspektive für die eigene Zukunft zu entwickeln. Die meisten von ihnen sind nicht älter als du. Aber keine von ihnen hat einen Schulabschluss. Viele haben schon ein Kind oder auch zwei, nicht selten das Resultat von Vergewaltigungen. Alle haben Gewalt erlebt, sei es zu Hause oder auf der Straße. Einige saßen schon im Knast. Mehrere von ihnen sind HIV-positiv …«

Jocelyn maß Saida mit ihren gelblichen Augen, als wollte sie deren Reaktion auf diese schrecklichen Geschichten abschätzen. Aber Saida zuckte nicht einmal mit der Wimper. Sie wusste nur zu genau, zu welch widerlichen Taten Menschen fähig waren. Gut, bislang hatte sie diese Grausamkeiten vor allem gegen Tiere erlebt. Aber was machte das letztlich für einen Unterschied? Sie spürte, wie ihre eigene Anspannung nachließ. Vielleicht war sie hier gar nicht so fehl am Platz, wie sie zunächst angenommen hatte.

»Dass sie hier sind, ist ein Beweis dafür, dass sie sich noch nicht aufgegeben haben. Sie alle verfolgen das Ziel, selbst für sich und ihre Kinder sorgen zu können. Und jetzt komm, ich stelle dich unseren Frauen vor.«

Jocelyn legte Saida eine Hand auf den Rücken und schob sie aus dem stickigen Raum. Dabei redete sie ohne Pause weiter: »Wir haben aktuell einen Kurs in Änderungen und Reparaturen laufen. Vielleicht kannst du dich da nützlich machen.«

Sie stieß die Tür zum Nachbarraum auf und zusammen mit einem muffig süßlichen Geruch schlug ihnen ein Klangchaos aus sich übertönenden Stimmen, lautem Kindergeschrei und dem Rattern altersschwacher Nähmaschinen entgegen. Ein Nähkurs! Hier war sie genau richtig! Saida würde diesen jungen Frauen, die in verwaschenen Jogginganzügen, zu engen Leggings und grellen Shirts um den Tisch hockten, schon zeigen, wie man sich ein paar vernünftige Kleidungsstücke schneiderte.

In diesem Moment drehte sich eine der Frauen, eigentlich noch ein Mädchen, um und die Gespräche verstummten. Saida schätzte sie auf höchstens sechzehn, dickes Make-up schaffte es nicht, ihre heftige Akne zu überdecken. Der Ausdruck, mit dem sie Saida musterte, wechselte innerhalb von Sekunden von neugierig über ablehnend zu hasserfüllt.

»Yo, Jocelyn, was will die fucking Bounty?« Sie ruckte ihr rundes Kinn herausfordernd in Saidas Richtung. Bounty? Das Mädel bezeichnete sie als Schokoriegel?

»Außen schwarz, innen weiß, sieht doch 'n fucking Blinder«, folgte die Erklärung. Sie drehte sich um, die Frauen lachten schadenfroh und quatschten dann weiter, als wäre Saida gar nicht im Raum.

Saida hatte sich noch nie so beleidigt gefühlt. Ihre dunkle Hautfarbe hatte ihr schon oft genug Probleme bereitet. Am schlimmsten war es für sie gewesen, bei weißen Eltern in einer vorwiegend weißen Umgebung aufzuwachsen – und damit immer anders als die anderen zu sein. Und jetzt beschimpfte diese Getto-Schlampe sie, weil Saida sich angeblich zu weiß benahm? Am liebsten wäre sie auf der Stelle aus dem Raum gestürzt, aber der Gedanke an die Gang in Bomberjacken sowie Jocelyns Hand auf ihrem Rücken hielten sie letztendlich davon ab.

Rick rennt

»Ich hoffe, es hat dir Spaß gemacht.« Rick klopfte seinem Kunden aufmunternd auf die Schulter. »Du wirst sehen, in vier Wochen ziehst du das Programm ganz cool durch.«

Der Typ schnaufte bloß und wischte sich mit dem Unterarm den Schweiß aus dem rot glühenden Gesicht. Rick war sich nicht sicher, ob seine eigene Prognose zutraf. Der Kunde war ein übergewichtiger Bürohocker, dessen Freundin für ihn die Auktion gewonnen hatte und ihm offenbar ordentlich Dampf machte, damit er ein paar Kilo abtrainierte. Aber Rick würde sein Bestes geben, ihn –

und seine Freundin – zufriedenzustellen. Als er noch genug Puste zum Reden hatte, hatte der Kerl nämlich getönt, dass er jede Menge Kollegen hätte, denen ein bisschen Fitnesstraining auch nicht schaden würde.

»Also dann, ich muss los. Wir sehen uns übermorgen, gleiche Zeit, gleicher Ort«, verabschiedete Rick sich und spurtete mit einer Leichtigkeit davon, die seinen neuen Kunden mit blankem Neid erfüllte. Er konnte ja nicht ahnen, dass Ricks Füße sich anfühlten, als würden sie in Bleischuhen stecken. Denn sein Ziel war – nach einer ausgiebigen Dusche natürlich – ein Club, an dem er in letzter Zeit immer wieder vorbeigeschlichen war, den er aber noch kein einziges Mal betreten hatte.

»Lovegun« – Der Name des Ladens flimmerte neonblau über der Tanzfläche, auf der sich das Partyvolk drängte. Ein DJ heizte der wippenden und wogenden Menge mit »Rhythm is a dancer« ein. Auch an die Bar, über der eine rote Leuchtschrift »More More More« verkündete, kam man kaum ran. Rick drängte sich trotzdem durch, er brauchte dringend etwas zu trinken.

»Macht sechs Dollar.« Der Barkeeper im hautengen Tanktop reichte Rick ein gezapftes Bier über die Bar und schenkte ihm ein Gratislächeln dazu. Rick war zu nervös, um es zu erwidern. Er wischte sich einen dünnen Schweißfilm von der Stirn und leerte das Glas mit einem einzigen Zug zur Hälfte.

Mit dem Rücken zur Theke ließ er seinen Blick durch den Raum wandern, hoffend und fürchtend zugleich, er könnte Anthony unter den Clubbesuchern entdecken. Seit Victor, sein erster Kunde, ihm erzählt hatte, dass er und

Tony sich in diesem Club kennengelernt hatten, ließ Rick der Gedanke nicht mehr los. Er hatte keinen Schimmer, was er sich davon erwartete, hier aufzukreuzen. Und schon gar nicht, was er sagen würde, wenn er Anthony tatsächlich über den Weg lief. Ach, es war eine bescheuerte Idee gewesen herzukommen. Rick kippte den Rest vom Bier runter und knallte das Glas auf die Theke. Er würde jetzt nach Hause gehen und Tony ein für alle Mal vergessen.

»Hey, wer bist denn du? Dich hab ich hier ja noch nie gesehen.« Rick wollte sich gerade zum Ausgang durchdrängen, als sich ihm ein großer Schwarzer mit breitem Kreuz und kahl rasiertem Schädel in den Weg stellte. Der Kerl sah gar nicht mal schlecht aus, aber Rick wollte wirklich nach Hause. Deshalb schüttelte er den Kopf, als der andere ihn auf einen Drink einlud. Und in genau diesem Moment sah er ihn.

Die Unterarme auf die Theke gestützt, lehnte Anthony lässig an der Bar. Er lachte, Rick erinnerte sich noch gut an sein ansteckendes Lachen, auch wenn er es hier nicht hören konnte, weil »Together Again« ohrenbetäubend aus den Lautsprechern dröhnte.

»Na komm schon, bloß ein Drink.« Der Typ ließ nicht locker. Aber Rick konnte den Blick nicht von Tony losreißen. Es war, als würden seine Augen allein auf dessen lachendes Gesicht scharf stellen, alles andere wurde verschwommen. Dann streckte sich plötzlich ein zweiter Kopf ins Bild. Victor, erkannte Rick, der ebenfalls lachte und Tony einen schnellen, aber umso heftigeren Kuss auf den Mund drückte. Rick spürte, wie ihm wieder der Schweiß ausbrach. Er musste hier raus. Sofort!

Unsanft rempelte er den Glatzkopf zur Seite und boxte sich durch die Leute, ohne auf deren wütende Kommentare zu achten. Erst an der Tür drehte er sich noch einmal zur Bar um. Genau in diesem Moment schaute Tony hoch und sein Blick bohrte sich in Ricks Augen. Das Lachen verschwand aus seinem Gesicht, seine Augen verengten sich zu schmalen Schlitzen, und er neigte den Kopf ganz leicht zur Seite, als wollte er fragen: Was machst du denn hier?

Rick stieß die Tür auf und flüchtete ins Freie. Kaum stand er auf der Straße, rannte er los, als würde er verfolgt. Shit, Shit, Shit. Seine Füße stampften seine Wut in den Asphalt. Wie war er bloß auf diese Scheißidee gekommen?!

Das Handy in seiner Hosentasche begann zu klingeln und zu vibrieren, aber Rick ignorierte es. Er wollte jetzt mit niemandem reden. Womöglich war es Tony, der ihm Vorwürfe machen wollte, weil er ihn nicht in Ruhe ließ. Das würde Rick nicht ertragen! Piep, piep, piep. Eine Nachricht auf seiner Mailbox. Die konnte er später abhören. Oder gar nicht. Genau, am besten löschte er sie einfach ...

Doch als Rick schließlich zu Hause ankam, war der Wunsch, Anthonys Stimme zu hören, übermächtig groß. Also hörte er die Nachricht ab. Aber sie stammte gar nicht von seinem Ex, sondern von seiner kleinen Schwester Maria. Und sie war schlimmer als alles, was Anthony ihm hätte sagen können.

»Bitte ruf mich an«, hatte Maria auf die Mailbox gesprochen. »Es ist dringend. Wegen Papa ... er hatte einen Herzinfarkt ...«

Kapitel 13

Maxi?« Ein zaghaftes Klopfen an meiner Zimmertür. War das etwa Alex' Stimme? Seit unserer Auseinandersetzung auf der Treppe war ich ihm aus dem Weg gegangen. Ich hatte wirklich kein Interesse daran, mir weitere Vorwürfe von ihm anzuhören. Kontrollfreak! Von wegen! ... na ja, ehrlich gesagt traf mich die Bezeichnung vor allem deshalb so hart, weil etwas Wahres dran war und ich mir den Vorwurf nicht zum ersten Mal hatte anhören müssen. Aber in den letzten Tagen hatte ich eindeutig bewiesen, dass ich auch anders konnte, indem ich mich von Alex ferngehalten hatte. Was zugegebenermaßen nicht sehr schwierig gewesen war, denn außer zum Schlafen schien er nie zu Hause zu sein.

»Maxi?« Wieder klopfte er. »Darf ich bitte reinkommen?«

»Nein.« Oh, oh, wenn das mal nicht nach Oberzicke geklungen hatte. Dabei wollte ich doch bloß unbeteiligt wirken. Und außerdem stand ich hier im Schlafanzug. Schnell raffte ich meine Klamotten zusammen, die ich mir aus dem Schrank zusammengesucht hatte, weil ich eigentlich gerade ins Bad verschwinden wollte. In meinem Zimmer konnte man es nämlich nicht länger als ein paar Minuten in wachem Zustand aushalten, weil Jack und Mr Unaussprechlich mittlerweile sämtliche Dachschindeln entfernt hatten, sodass durch das Loch in der Decke – das sie unerklärlicherweise noch nicht wieder verputzt hatten – eiskalte Nachtluft und jede andere Sorte von Wetter ungehindert in mein Zimmer dringen konnte. Sie hatten es nur notdürftig mit einer Plastikplane gegen eventuelle Regenschauer geschützt, bevor sie sich gestern Abend verabschiedet hatten.

Ich begriff überhaupt nicht, warum es so lange dauerte, ein Dach neu zu decken, aber ich verstand ja auch nichts davon. Es hatte irgendwas mit fehlender Isolierung zu tun, hatte Jack uns erklärt, und um die müssten sie sich zuerst kümmern, bevor sie neue Dachziegel verlegen könnten. Oder so ähnlich. Zumindest hatten sie versprochen, das heute zu tun, obwohl Wochenende war.

»Maxi, bist du überhaupt da drin?« Bevor Alex ein drittes Mal anklopfen konnte, riss ich genervt die Tür auf. Dass ich ihm im Schlafanzug gegenübertreten musste, ließ sich wohl nicht vermeiden, wenn ich heute noch mein Zimmer verlassen wollte.

Überrascht hielt Alex mit erhobener Faust mitten in der Bewegung inne. Den anderen Arm behielt er hinter dem Rücken, als würde er dort irgendetwas verstecken, und meine chronische Neugier wollte natürlich sofort wissen, was das sein konnte. Aber ich rang den Wunsch nieder, ihn danach zu fragen, und schaffte es auch, ihm nicht direkt ins Gesicht zu schauen, um nicht in den Bann seiner Meeraugen zu geraten, indem ich meinen Blick ein paar Millimeter neben seinem Ohr auf die Wand richtete.

»Hey, hübsches Outfit.« Er klang vorsichtig und höchstens ein winziges bisschen belustigt wegen des Schlafanzugs. Auf jeden Fall nicht nach Kontrollfreak-Vorwürfen. »Ich wollte mich entschuldigen. Mal wieder.«

Mist, ich hörte das zerknirschte Lächeln in seiner Stimme und meine Fantasie spielte dazu natürlich auf der Stelle die passenden Bilder in meinem Kopfkino ab: verrutschtes Muttermal, meerblauer Welpenblick. Aber nein, ich würde mich nicht erweichen lassen! Sehr interessantes Muster auf der gegenüberliegenden Tapete ...

»Ich hab mich wie ein Idiot benommen. Mal wieder. Und wie gesagt, es tut mir leid.« Er zog den Arm hinter seinem Rücken hervor und hielt mir das, was er dahinter verborgen hatte, direkt vors Gesicht. Es war ein großes Schraubglas voll mit Gummibärchen. Roten Gummibärchen.

»Deine sind alle, oder?« Er lächelte wieder. Mist, jetzt hatte ich ihn doch angeschaut. Und musste feststellen, dass ich niemanden kannte, der die Mischung aus zerknirscht und gewinnend so überzeugend in seinem Gesicht spiegeln konnte wie Alex.

»Ja, sind sie.« Ich nahm ihm das Glas mit meiner freien Hand ab, während ich mit der anderen den Kleiderstapel an mich drückte. Wenn es um Gummibärchen ging, war ich leider sehr leicht zu bestechen. Und dieses Geschenk war irgendwie süß, in jeder Hinsicht! Alex konnte ja nicht ahnen, dass er der Hauptgrund dafür war, dass bei mir in letzter Zeit ein Mangel an roten Bärchen herrschte.

»Es tut mir echt leid, was ich gesagt habe«, entschuldigte Alex sich zum dritten Mal. »Ich hatte einfach total viel Stress in letzter Zeit. An der Uni. Und mit der Arbeit. Und mit ... Na ja, egal. Und du hast recht, ich hätte mich melden sollen. Aber ich bin nicht besonders gut in diesen Dating-Dingen.«

Dating-Dingen? Plötzlich klopfte mein Herz Stakkato. Das hieß doch, dass er mich tatsächlich als Date betrachtete und nicht als gute Freundin oder bloß als Mitbewohnerin. Aber hieß das auch, dass wir *exklusiv* dateten, oder wie auch immer Abby das ausgedrückt hatte? Und wie sollte ich ihn das fragen, ohne dass es total peinlich klang? Verflixt, diese Dating-Regeln, die offenbar jeder Amerikaner aus dem Effeff beherrschte, waren einfach viel zu kompliziert. Andererseits hatte Alex mir ja gerade erklärt, dass er auch nicht gut darin war ...

»Also, zwischen uns ... ist das jetzt ...?«, würgte ich hervor. Ich brachte es einfach nicht vernünftig raus.

»Zwischen uns, das ist etwas ganz Besonderes.« Alex lächelte wieder, aber seine Augen blickten ganz ernst. Mit beiden Händen umfasste er mein Gesicht, beugte sich zu mir herunter. Dann küsste er mich. Und ich konnte nichts tun. In der einen Hand hielt ich das Gummibärchenglas, in der anderen meine Anziehsachen. Wegstoßen kam also nicht infrage. Aber, mal ehrlich, das wollte ich auch gar nicht. Ich hatte jetzt so lange auf diesen Kuss gewartet. Ich wollte diesen Kuss. Und noch einen. Und noch einen. Und ich wollte dabei ganz sicher nicht darüber nachgrübeln, ob wir zusammen waren, exklusiv oder wie auch immer. Ach, ich war wirklich leicht zu bestechen.

»Und jetzt?«, fragte ich ziemlich atemlos, als Alex sich schließlich vorsichtig von mir löste, mein Gesicht noch immer in seinen Händen, und meine Wangen fühlten sich unter seinen Fingern glühend heiß an.

»Jetzt muss ich arbeiten.« Alex zuckte schuldbewusst mit den Schultern. Herbe Enttäuschung erfasste mich.

»Das heißt, du verschwindest schon wieder einfach?«, fragte ich spitz.

»Ich fürchte, es geht nicht anders.« Wieder der zerknirschte Gesichtsausdruck. Doch dann hellte seine Miene sich plötzlich auf. »Weißt du was? Komm doch einfach mit.«

»Zu deiner Arbeit?« Ich wusste zwar nicht, was Alex eigentlich vorhatte, aber ich konnte mir schlecht vorstellen, dass sein Chef oder seine Kollegen besonders beglückt sein würden, wenn ich dort mit ihm auftauchte.

»Ja, klar.« Plötzlich wirkte er begeistert. »Ich bin mir sicher, dass es dir gefallen wird«, erklärte er, als sei er sich tatsächlich sicher.

»Na gut.« Obwohl ich davon längst nicht so überzeugt war, erkannte ich in seinem Angebot doch die Chance, die sich mir bot, noch ein bisschen mehr über Alex zu erfahren. »Ich muss mich nur schnell anziehen.«

»Also, ich finde, das Outfit steht dir«, hörte ich ihn noch, während ich schon die Treppe hinuntersprang und im Bad verschwand, um mich für unser Date – oder was auch immer es nun war – fertig zu machen.

Als wir eine halbe Stunde später unser Ziel erreichten, begriff ich, warum Alex so überzeugt gewesen war, dass mir seine Arbeit gefallen würde. Denn er hatte mich – mit einem Umweg über Toby's Estate Coffee, wo wir uns mit einem Kaffee zum Mitnehmen eindeckten – auf den Brooklyn Flea gelotst. Dieser Flohmarkt, der in der kalten Jahreszeit in einer riesigen alten Fabrikhalle stattfand, stand auf meiner persönlichen Top-Ten-Liste New Yorker Sehenswürdigkeiten ganz oben. Auf dem Brooklyn Flea gab es alles, was mein Vintage-Herz begehrte, und noch viel mehr. Außerdem hatte ich, als ich zum ersten Mal auf diesem Flohmarkt gewesen war, Alex wiedergetroffen, daran erinnerte ich mich noch gut. Die Medaillon-Kette, die ich um den Hals trug, hatte er hier für mich gekauft. Kein Wunder also, dass mir dieser Ort viel bedeutete.

»Hier arbeitest du?« Mir fiel ein, dass er mir auch bei diesem zufälligen Treffen vor ein paar Monaten erklärt hatte, er wäre zum Arbeiten da. Oder besser gesagt: Er würde einem Freund aushelfen. Tatsächlich lenkte Alex seine eiligen Schritte auch dieses Mal zu dem Eckstand, der über und über voller Post-its klebte, auf denen kleine Szenen aus New Yorks Straßen mit kräftigen Tuschestrichen eingefangen waren. Neugierig betrachtete ich die Miniaturen auf gelbem Papier, während Alex am Stand gegenüber – dem mit den schönen Vintage-Ketten – stoppte.

»Danke, dass du auf meinen Stand aufgepasst hast, Mel«, hörte ich ihn sagen. Und noch während ich die Bedeutung der Worte begriff, wurde mir klar, warum mir all diese kleinen Post-it-Kunstwerke so bekannt vorkamen: Sie waren von genau der gleichen Art wie die Zeichnungen auf der Leinwand, die über meinem Bett hing. Dem Bild, das Alex mir geschenkt und das er für mich gemalt hatte.

»Du hast das alles gezeichnet, nicht wahr?«, begrüßte ich ihn, als er zu dem Eckstand geschlendert kam. Er lächelte bloß, aber die Antwort konnte ich mir ohnehin selbst geben.

»Aber warum hast du behauptet, du würdest einen Freund vertreten, als wir uns hier über den Weg gelaufen sind?«

»Hm«, druckste er herum. Die Frage schien ihm unbehaglich zu sein. »Ich schätze, ich wollte einen guten Eindruck machen.«

»Ja, und?«

»Und du warst so fasziniert von den Gemälden in der Ausstellung von Andy White. Deshalb wäre es mir peinlich gewesen, wenn du meine Kritzeleien mit seinen Kunstwerken vergleichst.«

»Aber ...« Wie kam er denn auf diese Idee? Klar, Alex und ich waren uns zum ersten Mal bei der Vernissage von White begegnet. Allerdings war Alex vom Erdboden verschluckt worden, bevor das Geheimnis um die Gemälde mithilfe von Schwarzlicht gelüftet worden war. Er konnte also gar nicht wissen, ob ich von den Bildern fasziniert gewesen war. Es sei denn, er hatte mich heimlich beobachtet. Und das würde bedeuten, dass er sich bereits bei diesem allerersten Treffen für mich interessiert hatte ... Warum er dann allerdings so plötzlich verschwunden war, blieb mir ein Rätsel. Fragen über Fragen – wie immer bei Alex. Und wie immer würde es vermutlich wenig nützen, ihn darauf anzusprechen.

»Aber das sind doch keine Kritzeleien«, führte ich meinen Satz deshalb zu Ende. Nicht dass ich besonders viel von Kunst verstand, was auch Alex inzwischen klar sein musste. Doch diese Skizzen zeugten meiner Meinung nach von einer exzellenten Beobachtungsgabe und der Fähigkeit, eine Szene mit wenigen Strichen lebendig werden zu lassen.

»Danke.« Sein Lächeln geriet ein wenig schief. »Aber das Talent meiner Mutter habe ich leider nicht geerbt.«

»Deine Mutter war auch Künstlerin?«

Alex nickte.

»Sie malte fantastisch. Ziemlich düster allerdings. Als Kind habe ich Albträume bekommen, wenn ich mich zu lange in ihrem Atelier herumgetrieben habe. Mein Vater hat ihre Bilder immer als schreckliche Schauerbilder bezeichnet. Nach ihrem Tod hat er alles verbrannt.«

Das war ja eine gruselige Geschichte! Und sie warf erneut ein äußerst schlechtes Licht auf Alex' Vater. Ich konnte mir gut vorstellen, warum er mit ihm nichts mehr zu tun haben wollte.

»Ein paar Bilder hat Andy gerettet. Er hat versprochen, sie mir zu geben, wenn ich das möchte. Aber ich kann sie mir kaum ansehen, ohne daran zu denken, was mit meiner Mutter passiert ist. Ich glaube, auf diesen Bildern hat sie ihren eigenen Dämonen ein Gesicht gegeben.«

Alex hatte ganz leise gesprochen, sodass ich ihn kaum hatte verstehen können. Ich griff nach seiner Hand und drückte sie. Ich spürte, wie ihm dieses Thema noch immer zusetzte, und ich empfand es erneut als Vertrauensbeweis, dass er mir davon erzählte. Etwas an seiner Erklärung hatte mich allerdings stutzig gemacht.

»Hast du gerade gesagt, dass Andy White die Bilder deiner Mutter gerettet hat?«, bohrte ich möglichst einfühlsam nach.

Wieder nickte Alex.

»Ja, er war ihr Mentor. Er hat immer große Stücke auf sie gehalten, zumindest hat er mir das oft versichert. Andy ist übrigens der Meinung, dass ich meine Zeit nicht mit solchen Kunstschnipseln, wie er es nennt, vergeuden, sondern mich endlich an einer der renommierten Akademien bewerben sollte.« Alex machte eine läppische Handbewegung, die sämtliche gelben Post-its einschloss. »Aber du kannst dir vielleicht vorstellen, dass mein Vater einen Aufstand machen würde, wenn ich mich statt für Wirtschaftswissenschaften für ein Kunststudium entscheide. Na ja, mal sehen, was draus wird. Nach meinem Geburtstag nächsten Monat werden die Karten sowieso endlich neu gemischt ...«

»Und warum will ausgerechnet Andy White dir in deine Zukunftspläne reinreden?«, hakte ich nach. Wie gesagt, ich verstand nichts von Kunst, aber dass White zurzeit einer der großen Spieler auf diesem Markt war, hatte selbst ich inzwischen kapiert.

»Wahrscheinlich fühlt er sich verantwortlich, weil er mein Patenonkel ist.«

»Dein Patenonkel«, echote ich. Alex schaffte es immer aufs Neue, mich beinah sprachlos dastehen zu lassen. Die Gesellschaft, in der er sich bewegte, schien noch viel illustrer zu sein, als ich nach dem Treffen mit Nicolas Chapman-Wright angenommen hatte. Apropos ...

»Hat dieser Gefallen, von dem Chap gesprochen hat, zufällig etwas mit deinem Patenonkel zu tun?« Endlich ergab seine Bemerkung, er habe Chap den richtigen Leuten vorgestellt, einen Sinn. Die besten Beziehungen in die Kunstszene hatte Alex durch seine Verbindung ganz bestimmt. Nur für sich selbst schien er sie aus irgendeinem Grund nicht nutzen zu wollen. Wieder nickte er.

»Und warum hast du nicht gleich deinen Patenonkel gebeten, ein Kunstwerk für uns zu versteigern«, fragte ich halb im Ernst, halb im Spaß. Hätte Andy White uns eins seiner Gemälde zur Verfügung gestellt, hätten wir uns keine Sorgen mehr machen müssen, wie wir das Geld für Pinkstone zusammenbekommen sollten. Whites Werke waren Millionen wert!

»Bei so was ist er sehr eigen. Er hat eine eigene Stiftung zur Kunstförderung. Ansonsten lehnt er Spenden grundsätzlich ab«, erklärte Alex entschuldigend, und ich drückte schnell noch einmal seine Hand, damit er bloß nicht glaubte, dass ich ihm das übel nahm. Es war natürlich schade, aber ich fand es trotzdem süß, dass er überhaupt über die Möglichkeit nachgedacht hatte.

»So, und jetzt muss ich wirklich ein bisschen arbeiten.« Wie selbstverständlich drückte er mir einen Kuss auf den Mund und deutete erst dann mit dem Kopf über meine Schulter. Als ich mich umdrehte, entdeckte ich zwei ältere Damen, die hinter mir standen und ganz offensichtlich schon eine Weile warteten. Zumindest wirkten sie recht ungeduldig. Alex schenkte ihnen sein schönstes Lächeln und augenblicklich schienen sie besänftigt. Ich beschloss, ihn den Ladys zu überlassen und eine Runde über den Flohmarkt zu drehen.

Doch während ich in unechten Perlen, angestaubten

Petticoats und Pin-up-Girl-Postkarten aus den Fünfzigern stöberte, drehten meine Gedanken sich um Alex.

Obwohl ich heute so viel über ihn erfahren hatte, hatte ich noch Unmengen Fragen an ihn. Warum zum Beispiel verkaufte er seine kleinen Post-it-Zettel zwar auf dem Flohmarkt, was seinem Vater garantiert nicht gefallen würde, traute sich aber nicht, sich über dessen Willen hinwegzusetzen und ein Kunststudium zu beginnen.

Wenn ich mit Alex zusammen war, war ich glücklich. Aber mir waren auch die vielen Male schmerzlich bewusst, die ich mich seinetwegen sterbenselend gefühlt hatte. Konnte ich wirklich darauf vertrauen, dass er nicht wieder ohne ein Wort der Erklärung verschwinden würde?

Als ich nach ein paar Stunden noch immer mit dieser bangen Frage im Kopf an seinen Stand zurückkehrte, saß er völlig versunken auf einem Klappstuhl und skizzierte mit schnellen Strichen etwas auf einem gelben Zettel, der kaum größer war als eine Briefmarke. Ich beugte mich über seine Schulter, um die Zeichnung zu betrachten, und sah in mein eigenes Gesicht. Neben Alex an der Wand entdeckte ich eine weitere Reihe dieser Zettel, und auf jedem davon war ausschließlich ich abgebildet. Als Alex mich bemerkte, pinnte er das letzte Porträt in die Reihe.

»Ich konnte heute an nichts anderes denken als an dich«, gestand er, lehnte seinen Strubbelkopf gegen meine Hüfte und blickte zu mir auf.

»Ging mir ähnlich«, erwiderte ich ehrlich, während meine Finger vorsichtig über seine widerspenstigen Haare strichen. Zumindest vorerst, beschloss ich, würde ich meine Frage mit Ja beantworten.

Kapitel 14

Als Alex und ich am frühen Abend Arm in Arm den Brooklyn Flea verließen, regnete es. Unerklärlicherweise machte mich das nervös. Dabei war es ein sanfter Regen. Auch die Temperatur war im Laufe des Tages deutlich milder geworden, sodass der Schauer wie ein Bote des Frühlings vom Himmel rieselte.

Alex sprang in jede Pfütze wie ein kleiner Junge. Nach dem Tag auf dem Flohmarkt erschien er mir wie ausgewechselt, als hätte die Umgebung und die Arbeit an seinen Zeichnungen eine Last von seinen Schultern genommen. Vielleicht war es ja auch unser Gespräch gewesen ...

»Das macht Spaß! Na, komm schon.« Er zog mich enger an sich und machte ein paar Fantasietanzschritte mitten durch eine tiefe Wasseransammlung im Rinnstein. Ich lächelte, aber als wir in den Petticoat Place abbogen, war mir überhaupt nicht mehr nach Singen oder Tanzen zumute. Denn mitten auf dem schmalen Weg, direkt vor unserem Haus, lag eine riesige grüne Plane am Boden.

»Was ist das denn?« Abrupt blieb ich stehen und deutete auf den Plastikberg, auf dem sich bereits eine Reihe von kleinen Wasserlachen gesammelt hatte.

»Sieht nach der Abdeckung aus, die Jack und sein Kumpel auf dem Dach befestigt hatten«, erklärte Alex, der ebenfalls stehen geblieben war. »Die räumen sie bestimmt gleich noch weg.«

Richtig, heute sollte ja das Dach neu gedeckt werden ... Ich schaute nach oben, aber in der einbrechenden Dunkelheit konnte ich nicht richtig erkennen, wie es auf dem Dach von Pinkstone aussah. Meine Nervosität wuchs.

Als wir die Haustür öffneten, schlug uns einmal mehr das Dröhnen eines Schlagbohrers entgegen. Wir folgten dem Lärm, der aus dem obersten Stockwerk zu kommen schien. Warum benutzten die Jungs einen Schlagbohrer, um das Dach zu reparieren? Doch als ich die Tür zu meinem Zimmer aufstieß, traf mich die Erkenntnis ebenfalls wie ein Schlag: Jack und Mr Unaussprechlich hatten keineswegs das Dach geflickt. Stattdessen klafften mehrere riesige Krater in den Wänden, aus denen Kabel herausquollen, sämtliche Möbel waren von einer dicken, weißlichen Staubschicht überzogen, und der sanfte Regen, der durch das Loch in der Decke herabrieselte, hatte aus dem Flokati eine breiige Masse werden lassen.

»Was ist hier los?«, schrie ich entsetzt auf, genau in dem Moment, als der Schlagbohrer verstummte. »Was haben die zwei getan? Und wo stecken sie überhaupt?«

Das Dröhnen setzte wieder ein und lieferte mir die Antwort. Es kam aus dem Nachbarzimmer! Ich rauschte an Alex vorbei, der mit einem entsetzten Gesichtsausdruck im Türrahmen lehnte, durchquerte den Flur mit wenigen

Schritten und riss die Tür von Ricks Zimmer auf. Bingo! Die zwei Männer standen mit dem Rücken zu mir vor der gegenüberliegenden Wand und fraßen sich auch dort mit ihrem lärmenden Gerät direkt ins Mauerwerk. Staub schlug mir entgegen und brannte sich in Lunge und Augen.

»Hey!«, brüllte ich, aber ich hatte keine Chance, gegen den Lärm anzukommen. »Hey, ihr Helden!« Ich trommelte Jack, der den Schlagbohrer hielt, mit geballter Faust gegen die Schulter, worauf er immerhin den Kopf umwandte und mich irritiert durch eine überdimensionale Schutzbrille musterte. Ich fuchtelte mit den Händen, gleichermaßen entsetzt und wütend, um ihm zu bedeuten, das Gerät auszuschalten. Endlich brachte er den Bohrer zum Verstummen.

»Was. Tut. Ihr?« Ich konnte nicht verhindern, dass meine Stimme mit jedem Wort schriller klang.

»Äh, wir machen die Elektrik neu. Ist total veraltet. Richtig gefährlich, diese Leitungen.« Jack deutete auf den Kabelsalat, der aus der Wand quoll, als wäre das eine offensichtliche Angelegenheit.

»Ich dachte, ihr wolltet heute das Dach decken!« Tränen liefen mir über das Gesicht, aber das lag bestimmt nur an dem beißenden Staub.

»Ja, stimmt, aber die neuen Dachziegel sind nicht geliefert worden. Der Händler sagt, er hat das Geld noch nicht bekommen.«

»Das sollte doch bei Lieferung bezahlt werden.« Ich schüttelte entgeistert den Kopf und wischte mir unwirsch die Tränen von den Wangen.

»Keine Ahnung.« Jack zuckte bloß mit den Schultern. »Weiß ich nix von. Das musst du selbst mit ihm regeln.«

»Und warum habt ihr dann überhaupt die Plane vom Dach genommen, jetzt regnet es wieder rein …«

»Echt?« Auf einmal machte Jack ein betroffenes Gesicht. »Die haben wir nicht runtergenommen. Muss sich selbst losgerissen haben.«

»So ein Mist.« Völlig erschöpft ließ ich mich auf Ricks Bett fallen. Staub stob auf und trieb mir erneut die Tränen in die Augen. Jetzt bloß nicht losheulen.

»Mensch, Leute, das ist doch Schrott.« Mit gekreuzten Armen und sturmumwölkter Miene trat Alex mitten ins Zimmer. Wenn seine Augen so dunkel schimmerten, wirkte er richtig angsteinflößend. »Ich verlasse mich drauf, dass ihr das sofort in Ordnung bringt! Und macht den Dreck hier weg. Ich dachte, ihr seid Profis!«

»Schon gut, Mann.« Jack hob beschwichtigend die Hände und bedeutete seinem Kumpel mit erhobenem Daumen, mit ihm aufs Dach zu steigen. Ich hatte Mr U. (wie unaussprechlich) noch kein einziges Wort reden gehört, vielleicht verstand er ja kein Englisch. »Wir kümmern uns um die Plane. Aber hier sind wir noch längst nicht fertig.«

»Warum haben sie nicht wenigstens alles mit Folie abgedeckt?«, fragte ich, als die zwei Helden des Handwerkergewerbes den Raum verlassen hatten, und vergrub den Kopf in beiden Händen.

»Ich fürchte, sie sind etwas übereifrig.« Alex trat neben mich und strich mir vorsichtig über den Rücken. »Aber sie bringen das sicher schnell wieder in Ordnung.«

Ich seufzte abgrundtief. Ich war mir da keineswegs so

sicher, wie Alex es zu sein schien. Nach diesem Desaster hätte ich Jack und Mr U. am liebsten gefeuert. Aber das war auch keine Option. Denn erstens hätte das bedeutet, dass wir uns selbst um die weitere Renovierung kümmern mussten. Und dass wir zweitens das Durcheinander beseitigen mussten, das die beiden bereits angerichtet hatten. Und ich konnte nicht behaupten, dass ich mich besonders gut mit elektrischen Leitungen oder dem Verputzen von Wänden auskannte. Die einzige weitere Möglichkeit, die mir einfiel, war, eine andere Truppe von Handwerkern zu engagieren. Aber die würden wir bezahlen müssen, was wir uns gar nicht leisten konnten. Und wer sagte mir, dass diejenigen bessere Arbeit abliefern würden.

»Die beiden wissen schon, was sie tun«, versuchte Alex, mich weiter zu beruhigen. »Am Anfang sieht das bestimmt immer so wüst aus, aber am Ende wird es wie neu.«

Na gut. Ich seufzte noch einmal. Vermutlich hatte er damit sogar recht. Was verstand ich schon von Haussanierungen? Solange am Ende alles in einem Zustand war, der den Neffen der Pink Lady zufriedenstellte, würden wir wohl damit leben müssen, dass Jack und sein unaussprechlicher Kollege das Haus verwüsteten und jede Menge Dreck hinterließen.

Genau so erklärte ich es auch Rick, als ich ihm wenig später eröffnen musste, dass er und ich bis auf Weiteres nicht in unseren Zimmern würden schlafen können. Zu meiner Überraschung reagierte mein Mitbewohner erstaunlich gefasst.

»Da gibt's wirklich schlimmere Sachen«, erwiderte er

bloß trocken und mit einer Miene, als hätte er ein paar solcher Sachen in letzter Zeit erlebt. »Ist doch cool, dann richten wir zwei Hübschen uns ein Matratzenlager im Wohnzimmer ein.«

Allerdings hatten wohl weder Rick noch ich damit gerechnet, dass wir mehr als ein oder zwei Nächte auf unseren improvisierten Schlafplätzen verbringen würden, ein Zeitraum, für den die Ferienlageratmosphäre durchaus ihren Reiz gehabt hätte. Aber wie sich herausstellen sollte, wurden es viele Nächte mehr. Und das war erst der Anfang.

Unser Lieferant für Dachziegel war leider insolvent gegangen. Wir mussten einen neuen finden, der uns aber erst in frühestens einem Monat beliefern konnte, wie er mir mit dem allergrößten Bedauern mitteilte. Jack und Kollege U. suchten sich deshalb andere Beschäftigungen. Im Verlauf der kommenden Wochen demontierten die beiden Handwerker das Haus, bis sie die oberen zwei Etagen in einen zerlöcherten Käse verwandelt hatten.

Da wir inzwischen wussten, was auf uns zukam, schoben wir die Möbel in der Mitte jedes Zimmers zusammen, versteckten sie sorgfältig unter Plastikplanen und schleppten nach und nach unsere Matratzen ins Wohnzimmer, wo wir am Ende alle zusammen auf fünfunddreißig Quadratmetern hausten.

Außer dem provisorischen Schlaflager war nur noch die Küche bewohnbar – wo Pam ihre Texte lernte, wobei sie bloß in Unterwäsche herumlief, wenn sie glaubte, allein zu Hause zu sein, wo Saida Stoffstücke in gewagten Kreationen zusammennähte, die sie anschließend wieder in

Fetzen riss, wo Abby tippte und jedes Mal, wenn sich ihr jemand näherte, eilig den Laptop zuklappte, wo Rick sein tägliches Hanteltraining absolvierte und wo wir über dem Spülbecken auch unsere Zähne putzten und die Haare wuschen. Nur Alex war wie immer selten da.

Aber ich greife zu weit voraus! Bis es so weit war, vergingen fünf mal fünf Tage mit fünf Anrufen und fünf ernsten Gesprächen.

Kapitel 15

5 Tage – Anruf Nummer 1

»Hi, hier ist Maria, kann ich bitte Rick sprechen?«

»Hallo, Maria. Sorry, aber Rick ist nicht da. Ruf ihn doch am besten auf dem Handy an.«

»Das hab ich schon ein paar Mal probiert, aber er geht nicht dran und ruft auch nicht zurück.«

»Komisch. Kann ich ihm vielleicht etwas ausrichten?«

»Das wäre lieb. Es ist wirklich wichtig, dass er mich anruft. Unserem Papa ... Schluchzen ... geht es nämlich gar nicht gut ... erneutes Schluchzen ... er liegt im Krankenhaus ... und er musste operiert werden ... am Herzen ... lauteres Schluchzen ... und die Ärzte sagen zwar ... dass er es wohl schaffen wird ... aber ... sehr starkes Schluchzen ... ich glaube, er stirbt.«

Ernstes Gespräch Nummer 1

»Maria hat angerufen. Warum gehst du nicht an dein Handy?«

»Ich war mit einem Kunden beschäftigt.«

»Aber doch nicht bei jedem ihrer Anrufe!«

»Bleib mal cool, so oft hat sie es nicht probiert.«

»Trotzdem finde ich es unmöglich, dass du dich nicht bei ihr gemeldet hast. Rick, Maria hat am Telefon geweint. Sie glaubt, dass euer Vater im Sterben liegt.«

»Und was soll ich deiner Meinung nach tun? Er will mich nicht sehen, schon vergessen? Und der Rest der Familie will auch nichts mehr mit mir zu tun haben.«

»Ja, ich weiß, und das ist wirklich furchtbar. Aber Maria hat dich nicht im Stich gelassen, schon vergessen? Sie hat zu dir gehalten! Und jetzt braucht sie dich! Schon allein deshalb musst du dich bei ihr melden. Sie hat es nicht verdient, dass du ihre Anrufe ignorierst.«

»Schon gut, schon gut. Ich ruf sie nachher an.«

»Nein, ruf sie nicht an. Fahr hin. Ins Krankenhaus. Ich glaube nämlich, dass nicht nur deine kleine Schwester dich jetzt dringend braucht, sondern deine Eltern auch. Aber das könnten sie dir niemals sagen. Deshalb musst du den ersten Schritt machen.«

»Ich, wieso ausgerechnet ich?«

»Weil es das Richtige ist, Rick. Und das weißt du auch.«

10 Tage – Anruf Nummer 2

»Guten Tag, mein Name ist Edith Freeman. Könnte ich bitte Ms Pamela Burns sprechen?«

»Tut mir leid, die ist zurzeit nicht da. Ich würde Ihnen die Handynummer geben, aber sie hat Probe und da schaltet sie es immer aus. Kann ich Ihnen weiterhelfen?«

»Können Sie auch so fantastisch singen?«

»Nein, leider nicht.«

»Nun, dann eher nicht. Aber würden Sie Ms Burns bitte ausrichten, dass sie mich zurückrufen soll? Ich bin Veranstaltungsmanagerin und Hochzeitsplanerin und habe sie zuletzt auf der Feier eines Kunden singen gehört. Das war einfach großartig. Deshalb würde ich sie gerne für eine Reihe weiterer Hochzeiten und Events verpflichten.«

»Wow, toll. Das werde ich gerne an meine Mitbewohnerin weitergeben. Sie meldet sich dann bestimmt bei Ihnen.«

Ernstes Gespräch Nummer 2

»Ich rufe da nicht an!«

»Was? Wieso denn nicht?«

»Auf Hochzeiten singen ... Dadgumit! Ich habe überhaupt keine Zeit für so etwas. Unsere Proben gehen jetzt in die heiße Phase. In vier Wochen feiern wir Premiere.«

»Aber, Pam, das ist so eine tolle Chance. Du hast doch selbst gesagt, dass dir der letzte Auftritt Spaß gemacht hat. Und du könntest wahrscheinlich ganz ordentlich Geld dabei verdienen. Sicher ist das kein Problem, wenn du gelegentlich mal nicht zu den Proben kommst.«

»Dadgumit! Das glaubst du doch selbst nicht. James ist durchgedreht, als ich wegen des Auftritts eine Probe habe ausfallen lassen. Das riskiere ich kein zweites Mal.«

»Sag mal, Pam, läuft da wieder was mit deinem Prof?«

»Hmm.«

»Und meinst du, das ist eine gute Idee?«

»Das verstehst du nicht.«

»Ich denke nur, dass es schade wäre, wenn er dich noch mal so unsanft abserviert und du dann seinetwegen auf diesen tollen Job verzichtet hättest.«

»Wie gesagt: Ich glaube nicht, dass du das verstehst.«

»Ach, Pam, jetzt sei doch nicht so störrisch. Ruf diese Mrs Freeman wenigstens mal an.«

»Und warum sollte ich das tun?«

»Weil du genau weißt, dass es das Richtige für dich ist.«

15 Tage – Anruf Nummer 3

»Hier spricht Jocelyn Burger. Ich möchte Saida sprechen.«

»Die ist gerade leider unterwegs, ich glaube, sie arbeitet bei irgendeinem Sozialprojekt ...«

»Nein, das tut sie nicht. Deshalb rufe ich ja an.«

»Wie bitte?«

»Ich bin die Leiterin der Einrichtung, bei der Saida ihre Sozialstunden ableisten soll. Und sie ist jetzt schon zum zweiten Mal nicht erschienen. Ohne sich abzumelden.«

»Das ist ja blöd.«

»Genau. Das ist sogar saublöd. Weil ich das nämlich melden muss, und das wird ihr verdammt viel Ärger einbringen.«

»Aber ich bin sicher, dass es einen guten Grund gibt, warum sie verhindert war.«

»Das sollte dann aber ein verdammt guter Grund sein. Und sie sollte ihn mir schnellstmöglich mitteilen.«

»Ich werd's ihr ausrichten.«

Ernstes Gespräch Nummer 3

»Saida, was soll der Quatsch?«

»Was willst du von mir?«

»Diese Jocelyn hat gesagt, dass du mächtig Ärger bekommen wirst, wenn du nicht zu deinem Sozialdienst erscheinst. Willst du das wirklich?«

»Pah! Die können mich mal. Ich geh da nicht mehr hin.«

»Kapierst du es denn nicht? Du hast solches Glück gehabt, dass du nicht in den Knast gewandert bist. Vielleicht solltest du es jetzt nicht unnötig herausfordern.«

»Ich geh da nicht mehr hin.«

»Aber wieso nicht? So schlimm kann es doch gar nicht sein, dass du deswegen deine Zukunft aufs Spiel setzen willst, oder? Ich meine: hallo! Wir reden hier von Gefängnis. Und nach allem, was ich aus amerikanischen Filmen weiß, geht es in euren Gefängnissen nicht besonders gemütlich zu.«

»Pah! Schlimmer als bei dieser sogenannten Sozialstelle kann es im Knast auch nicht sein.«

»Du spinnst echt! So arrogant wie du kann man doch gar nicht sein!«

»Was? Du nennst mich arrogant? Du hättest mal die Schlampen in diesem Frauenhaus erleben sollen. Die waren arrogant. Kein Geld, kein Job, mehrere Kinder am Hals und null Perspektive. Aber mich anmachen, weil ich nicht aus ihrem Scheiß-Getto komme ...«

»Oh Mann, die haben dich richtig fertiggemacht, oder?«

»Pah!«

»Das tut mir total leid. Wirklich. Aber mal ehrlich, denen solltest du es zeigen!«

»Pah!«

»Na los, Pobacken zusammenkneifen, Krone geraderücken und auf in den Kampf.«

»Weißt du, wer hier arrogant ist? Du!«

»Wie du meinst. Aber du kannst nicht bestreiten, dass ich recht habe. Weil es nämlich das einzig Richtige ist.«

20 Tage – Anruf Nummer 4

»Mein Name ist Powell, Gordon Powell! Spreche ich mit Abigail O'Brian?«

»Nein, die wohnt leider nicht hier.«

»Aber sie hat diese Nummer angegeben!«

»Wo denn angegeben?«

»Bei der Einreichung ihres Manuskripts!«

»Sind Sie sicher, dass Sie die richtige Nummer gewählt haben?«

»Ja, natürlich bin ich mir sicher! Also kann ich nun mit Abigail O'Brian sprechen oder nicht?«

»Wer sind Sie denn überhaupt?«

»Powell, Gordon Powell, das sagte ich doch bereits! Ich bin Cheflektor bei der Kotzee Books Publishing Group, falls Ihnen das etwas sagt! Zweitgrößtes Verlagshaus in den Vereinigten Staaten mit Schwerpunkt auf der erotischen Literatur! Nun, wie auch immer! Wenn ich nicht mit Ms O'Brian sprechen kann, dann eben nicht! Es gibt ja auch noch andere vielversprechende Autoren, die sehnlichst auf meinen Anruf warten!«

»Halt, Moment bitte, warten Sie. Ich kann Abby, ich meine Abigail, Bescheid sagen, dass Sie für sie angerufen haben, okay? Dann meldet sie sich sicher schnellstmöglich bei Ihnen zurück.«

»Ich dachte, die Dame wohnt nicht bei Ihnen? Na, wie auch immer! Wenn sie anruft, ruft sie an! Soll mir recht sein! Wenn ich bis dahin nicht bereits einen anderen Bestseller unter Vertrag genommen habe!«

Ernstes Gespräch Nummer 4

»Sag mal, Abby, hast du einen erotischen Roman geschrieben?«

»Ich? Was? Nein!«

»Ich frag ja nur. Hier hat nämlich so ein Typ von einem großen Verlag angerufen und behauptet, er hätte ein Buch von dir auf dem Schreibtisch ...«

»Aber das ist unmöglich! Ich hab es doch niemandem geschickt.«

»Also hast du doch ein Buch geschrieben?«

»Nein! Ich meine: ja, vielleicht.«

»Ja, nein oder vielleicht?«

»Ja. Aber ich hab es nicht verschickt. Schon gar nicht an einen Verlag. Und gezeigt habe ich es auch niemandem. Es ist total geheim!«

»Aber dieser Lektor hatte deine Nummer. Und er hat gesagt, er hätte ein Buch von dir bekommen. Und wenn ich es richtig verstanden habe, dann will er es veröffentlichen. Auf jeden Fall hat er irgendwas von einem Bestseller erzählt.«

»Oh, Gott, oh, Gott. Das ist ja supiseltsam! Was mache ich denn jetzt bloß?«

»Ruf ihn an, würde ich vorschlagen. Hör dir an, was er zu sagen hat. Dann kannst du immer noch entscheiden, was das Richtige ist.«

25 Tage – Anruf Nummer 5

»Hallo, Maximaus, hier spricht Sandy.«

»Oh, hallo. Was willst du?«

»Na, das ist ja mal eine freundliche Begrüßung ...«

»'tschuldigung, ich hab im Moment viel um die Ohren. Also?«

»Dir helfen, das habe ich doch gesagt.«

»Aha. Nett von dir, aber ich glaube kaum, dass du uns bei unseren aktuellen Sorgen helfen kannst. Außer du kennst einen Lieferanten für Dachziegel, der innerhalb von zwei Tagen eine LKW-Ladung bei uns vorbeibringen könnte.«

»Nein, das nicht, tut mir leid.«

»Schon gut, vergiss es. Wieso hast du denn nun angerufen?«

»Weißt du noch, als ich dich neulich in der Redaktion besucht habe?«

»Ja, natürlich. Wobei du wohl eher Leo als mich besucht hast, oder?«

»Hey, das ist jetzt aber nicht fair.«

»Na, egal ... Was war denn da?«

»Da hattest du so alte Artikel über diesen Miller auf dem Tisch liegen, weißt du noch?«

»Hm ...«

»Und da ist mir etwas eingefallen. Deshalb habe ich einen alten Freund angerufen. Und der würde sich gerne mit dir unterhalten. Passt es dir heute Nachmittag? Wir können uns gern hier bei mir treffen.«

»Moment, wieso sollte ich mich mit einem deiner alten Freunde unterhalten wollen?«

»Weil ich glaube, dass er dir ein paar interessante Sachen erzählen könnte. Also, kommst du? So um drei?«

»Ich weiß nicht. Ich hab echt viel zu tun im Moment. Ich melde mich noch mal bei dir, okay?«

Ernstes Gespräch Nummer fünf

»Maxi, was ist mit dem Miller-Artikel? Ich brauche deinen Text jetzt wirklich zügig!«

»Sorry, aber mir fehlt einfach noch der richtige Aufhänger.«

»Mensch, Mädchen, das kann doch nicht sein, dass du nach so langer Zeit noch immer keinen Aufhänger hast. Ich dachte, ich könnte mich da auf dich verlassen. Ich will ja nichts, womit du den Pulitzer-Preis gewinnst. Keine Enthüllungsstory oder so. Mach einfach ein Porträt über den Typen, damit unsere Leser wissen, mit wem sie es zu tun haben. Alles andere kannst du dann auf deinem Blog schreiben.«

»Aber, Leo, ich bin mir sicher, dass alles, was ich bisher über Miller habe, nur irgendeine aalglatte Fassade ist. Ich will wissen, was dahintersteckt, bevor ich den Artikel schreibe.«

»Jetzt ist aber mal Schluss. Du hattest wirklich genug Zeit für diese Recherche. Zumal Chris schon vorgearbeitet hatte. Solange du nicht so einen PR-Mist ablieferst wie er, bin ich ja schon zufrieden.«

»Ehrlich gesagt, glaube ich immer noch nicht, dass ich die Richtige für diesen Auftrag bin. Kannst du nicht bitte einen Freien darauf ansetzen?«

»Nein, meine Liebe, du bist genau die Richtige. Weil du als Journalistin in der Lage sein musst, alles zu schreiben, egal, ob es dir nun gefällt oder nicht. Und wenn du mir diesen Text nicht am besten vorgestern noch ablieferst, dann solltest du mal darüber nachdenken, ob Journalismus wirklich das Richtige für dich ist.«

Kapitel 16

»Das ist ja schön, dass du es geschafft hast.« Sandy griff nach meinem Arm und zog mich beinahe in ihr Appartement, als hätte sie Sorge, ich könnte es mir auf dem letzten Meter noch anders überlegen.

Tatsächlich wäre ich liebend gerne weggelaufen, denn es ging mir gewaltig gegen den Strich, dass es mal wieder meine Mutter sein sollte, die mir aus der Patsche half. Aber nachdem ich einen weiteren Tag lang das Internet erfolglos nach brauchbaren Informationen über Larry Miller durchforstet hatte, musste ich mir eingestehen, dass ich wohl keine andere Wahl hatte, als hierzubleiben und mir anzuhören, was Sandys ominöser alter Bekannter zu erzählen hatte.

»Kaffee?«, erkundigte sie sich, während sie die Tür hinter mir energisch schloss. Ich schüttelte den Kopf, obwohl mir bei dem Duft frisch gemahlener Bohnen, der den luftigen Raum erfüllte, das Wasser buchstäblich im Munde zusammenlief. Aber ich wollte diese Sache möglichst schnell hinter mich bringen. Nicht nur, um so bald wie möglich in die Redaktion zurückkehren und endlich den Artikel für Leo fertig schreiben zu können. Sondern vor allem, um die Zeit kurz zu halten, die ich mich bei meiner Mutter aufhalten musste.

Okay, ich gebe zu, dass ich mich kindisch verhielt. Und ich ärgerte mich deshalb über mich selbst. Aber es war nun einmal so, dass Sandy von allen Menschen diejenige war, von der ich am schlechtesten etwas annehmen konnte. Und das war ganz sicher nicht dadurch besser geworden, dass sie vor meinen Augen mit Leo geflirtet hatte. Und auch das Gespräch mit Alex, der mich geradezu beschworen hatte, meine Mutter erneut nach meinem Vater zu fragen, hatte es mir nicht leichter gemacht, Sandy unvoreingenommen zu begegnen. Im Gegenteil. Es hatte eine alte Wunde aufgerissen und das Gefühl wiedererweckt, von meiner Mutter um etwas Wichtiges betrogen worden zu sein.

»Otis muss jeden Moment hier sein.« Sandy schien wie immer nichts von meinem emotionalen Wirrwarr zu bemerken. Mit einem dickwandigen Becher in der Hand ließ sie sich auf das zerschlissene Ledersofa sinken und schlug die Beine unter. »Setz dich doch.«

Ich hockte mich auf die Kante des ebenso zerschlissenen Sessels und wartete schweigend darauf, dass die Türklingel ertönte. Mein Blick wanderte ziellos durch den hohen Raum mit den zahllosen Fotografien von Häusern und ihren Bewohnern, die mich bereits bei meinem ersten Besuch fasziniert hatten. Überrascht registrierte ich, dass direkt neben der Eingangstür eine Reihe weiterer Bilder hinzugekommen war. Die Aufnahmen, die Sandy bei der ersten Renovierungsphase von Pinkstone gemacht hatte.

Während ich sie nun aus der Distanz betrachtete, wurde mir zum ersten Mal so richtig bewusst, wie liebevoll Sandy jedes noch so kleine Detail von den luftigen Barockvorhängen im Wohnzimmer über die Retrofotos im Badezimmer bis hin zu den Nippesfigürchen auf dem Küchenregal in Szene gesetzt hatte. Unwillkürlich lächelte ich, als ich das Foto von uns Pinkstonern auf den Eingangsstufen vor dem Haus entdeckte. Pam strahlte in die Kamera wie ein Filmstar, Saida sah eher aus, als wollte sie die Fotografin erwürgen, Abby wirkte aufgeregt, obwohl es ein Schwarzweiß-Bild war, konnte man die hektischen roten Flecken auf ihren Wangen erahnen, Rick lächelte sein unvergleichlich cooles Rick-Lächeln mit einer erhobenen Augenbraue und einem hochgezogenen Mundwinkel. Und ich selbst? Ich stand auf, um mich dem Bild zu nähern und es genauer zu betrachten. Die Maxi auf dem Foto posierte auf der obersten Treppenstufe, die Arme vor der Brust verschränkt und mit einem Gesichtsausdruck, den man nur als wild entschlossen bezeichnen konnte. So, als wollte ich aller Welt sagen: Finger weg von Pinkstone!

»Ihr seid wirklich eine ganz besondere Clique!« Sandy war hinter mich getreten, ohne dass ich es bemerkt hatte. »Es wäre eine Schande, wenn dieses süße Häuschen abgerissen wird. Schon allein wegen seiner Bewohner.«

»Tja. Leider sieht es nicht so aus, als könnten wir noch etwas dagegen unternehmen. Wir bekommen niemals genug Geld zusammen, um Pinkstone selbst zu kaufen!« Es war nicht leicht, das so offen einzugestehen. Vor allem nicht vor Sandy. Ich verschränkte meine Arme genau wie auf dem Foto und wollte mich an meiner Mutter vorbeidrängen, als uns das Schlagen einer Tür beide herumfahren ließ.

»Ah, Otis, da bist du ja.« Ein sehr langer, sehr dünner Mann näherte sich aus dem hinteren Teil des Appartements, wo ich das Badezimmer vermutete. Es dauerte einen Moment, bis ich meine Verwirrung darüber abgeschüttelt hatte, dass der Besucher nicht durch die Eingangstür gekommen war, und begriff, was das vermutlich zu bedeuten hatte: Dieser Otis wohnte bei Sandy. So viel zum Thema »alter Bekannter«. Armer Leo!

»Sorry, dass ich euch habe warten lassen«, näselte Otis – was war das überhaupt für ein komischer Name? – und bog in die offene Küchenzeile ab, um sich an der Kaffeekanne zu bedienen. Na, der fühlte sich ja offenbar schon ganz wie zu Hause ...

»Kein Problem.« Sandy strahlte ihn bloß breit mit ihrem Sonnenscheinlächeln an. »Ich weiß doch, wie gerne du heiß duschst.« Das wurde ja immer lustiger!

»Otis hat nämlich normalerweise kein fließend Wasser, musst du wissen«, wandte Sandy sich erklärend an mich. »Er lebt in einem Bauwagen.« Aha, nun, wenn es ihm gefiel. Wenigstens schien er nicht auf Dauer bei Sandy eingezogen zu sein. Wobei mir nicht klar war, warum dieser Gedanke mich so erleichterte.

Mit dem Kaffeebecher in der Hand faltete Otis seine langen Gliedmaßen auf dem Sofa zusammen und strich sich mit der freien Linken durch seine ebenfalls langen, schütteren Haare. Wie alt war der Kerl eigentlich? Definitiv deutlich älter als meine Mutter! Ende fünfzig vielleicht? Oder schon über sechzig? Ein Alt-Hippie wie aus der Klischeeschublade mit zerfledderten Jeans und einem wallenden weißen Hemd. Oh, Sandy, dachte ich, dein Männergeschmack ist wirklich fragwürdig.

»Und du musst Maxi sein.« Erst nachdem er drei große Schlucke Kaffee geschlürft hatte, widmete Otis mir seine ungeteilte Aufmerksamkeit mit dieser brillanten Schlussfolgerung. Ich sparte mir eine Antwort.

»Sunny sagt, du willst etwas über Miller herausfinden?« Immerhin kam Otis direkt zur Sache.

»Ja, unbedingt.« Ich nicke vehement, während ich gleichzeitig in meinem Beuteltier nach einem Schreibblock und einem Stift kramte.

»Nun, da muss ich wohl erst mal ein bisschen ausholen.« Mist, ich hatte mich wohl zu früh gefreut. Wieder schlürfte Otis lautstark und sichtlich genussvoll an dem heißen Kaffee. Immerhin fand ich derweil den Block und einen Kuli.

»Wie du meinst.« Ich hoffte bloß, ich klang nicht zu ungeduldig.

»Hat Sunny dir erzählt, wie wir uns kennengelernt haben?«

»Nein.« Ehrlich gesagt, wollte ich das auch gar nicht wissen. Der einzige Mann im Leben meiner Mutter, der mich brennend interessierte, war mein Vater. Moment mal! Eine Schrecksekunde lang musterte ich diesen Hippieverschnitt von seinen langen, nackten Zehen bis zu den Spitzen der langen grauen Haare. Das war doch hoffentlich nicht der Mann, den ich seit Jahren suchte! Doch mit seiner Erklärung zerstreute Otis meine Befürchtung sofort wieder.

»Wir haben uns Ende der Neunziger in San Francisco getroffen.« Puh, das war lange nach meiner Geburt! »Ich war zu dieser Zeit Aktivist bei *Homes not Jails,* sagt dir das was?«

Ich schüttelte den Kopf und klackerte mit dem Daumen auf meinem Kuli herum. Hoffentlich kam Otis bald zum Punkt. Sandy betrachtete ihn derweil so verklärt, als würde sie in alten Erinnerungen schwelgen.

»Die Organisation hat sich gegründet, um Obdachlosen ein Dach über dem Kopf zu verschaffen. Es ist allein die Schuld skrupelloser Immobilieninvestoren, die Häuser jahrelang leer stehen lassen, um am Ende höhere Kaufpreise zu erzielen, dass zahllose Menschen im Elend auf der Straße leben müssen.«

»Solche Investoren wie Larry Miller«, warf ich ein, um Otis, der sich langsam in Rage redete, auszubremsen und zum eigentlichen Thema dieser Unterhaltung zurückzuführen.

»Ja, solcher Leute wie Miller. Aber dazu komme ich gleich.« Okay, Otis ließ sich nicht bremsen. »Ich wohnte in einem Haus, das nach dem Tod der Vorbesitzerin leer stand, schon seit mehreren Jahren. Keiner wollte es haben. Wir haben dann sogar versucht, dieses Haus zu kaufen, aber da standen plötzlich die Erben und die Stadt und wer weiß nicht noch Schlange. Na ja, das ist eine andere Geschichte. Jedenfalls schmissen wir eine Party in diesem Haus, ich erinnere mich noch genau, es war so eine öffentliche Protestaktion, und plötzlich tauchte Sunny auf. Sie kam mit einem Freund, der ebenfalls in einem der vielen besetzten Häuser lebte, das war noch eine große

Sache damals in San Francisco. Keine Ahnung, wie sie an den geraten war, aber wir hatten gleich so einen Draht.« Er schaute zu meiner Mutter und tätschelte ihre Hand, als wären die beiden ein altes Ehepaar. Ich hätte würgen können, aber Sandy lächelte bloß. Ich konnte mir durchaus vorstellen, wie sie an diesen Freund geraten war, aber ich wollte es mir lieber nicht zu genau ausmalen. Es gibt Dinge, die man sich bei der eigenen Mutter einfach nicht vorstellen will!

»Wir lebten beide noch eine Weile in dem Haus, dann wurde es geräumt«, fuhr Otis ungerührt in seiner Erzählung fort. »Ich musste dann zurück zu meinen Eltern, um meine Mutter zu pflegen. Sie hatte Demenz, unschöne Sache, aber das ist eine andere Geschichte. Und Sunny verschwand ... wohin eigentlich?«

»Oh, keine Ahnung, ich glaube, Marokko oder Tunesien oder so.« Sie lächelte immer noch verträumt. Ich klackerte nervös auf dem Kuli herum. Ich fand, dass ich jetzt langsam genug über Otis' wilde Vergangenheit erfahren hatte. Wann nahm diese lange Erzählung endlich eine Wendung, die etwas mit Larry Miller zu tun hatte?

»Als meine Mutter starb, wollte ich eigentlich so schnell wie möglich wieder weg. Aber dann kam mir Larry Miller dazwischen ...«

Na endlich!

»Meine Eltern, musst du wissen, lebten in einer Dienstbotenwohnung hinter der Villa einer alten Lady. Mein Vater hatte ein Leben lang als einer der Gärtner für sie gearbeitet und meine Mutter als Haushälterin. Sie hatten keinen Vertrag für diese Wohnung, aber sie wurden dort geduldet, obwohl die alte Frau schon ein paar Jahre tot war. Tja, und dann plötzlich kam Miller mit hochfliegenden Plänen. Er wollte das Haus abreißen und auf dem riesigen Grundstück ein schickes Einkaufszentrum bauen mit allem Schnickschnack. Das passte natürlich toll in die Gegend, die bei den Wohlhabenden gerade irre angesagt war und wo sie sich ihre Nobelvillen hinsetzten. Aber für meinen Vater bedeutete das, dass er von heute auf morgen sein Zuhause verlor. Und diese gregorianische Villa war Kulturgut, dieses Haus abzureißen, wäre ein Sakrileg gewesen. In kürzester Zeit hatte ich ein paar Gleichgesinnte mobilisiert und wir haben den alten Kasten besetzt. Wir haben ein paar Protestaktionen organisiert, die die Öffentlichkeit aufgerüttelt haben, und Miller bekam ordentlich Gegenwind und miese Presse ohne Ende. Wir haben die Denkmalschützer auf unsere Seite gebracht und sogar die Naturschützer, weil es irgendwelche seltenen Kröten in diesem riesigen Park gab, und die Baugenehmigungen wurden zurückgezogenen. Die Sache war so gut wie gelaufen.«

Otis machte eine Kunstpause, aber ich sah nicht von meinem Block hoch, auf den ich meine Notizen kritzelte. Das war genau die Geschichte, nach der ich die ganze Zeit gesucht hatte! Warum hatte ich nirgends etwas darüber gefunden?

»Aber Miller ließ nicht locker«, fuhr Otis schließlich fort. »Er hatte sich richtig in sein Projekt verbissen, vermutlich konnte er sich einen Rückzieher nicht mehr leisten, ohne sich zu ruinieren. Wie auch immer. Er hat ein paar wichtige Leute geschmiert, bekam die Genehmigungen, die er brauchte. Dann ließ er das Haus und das gesamte Grundstück von einer Sicherheitsfirma räumen. Und die Jungs waren nicht pingelig, kann ich dir sagen.«

Unvermittelt erhob Otis sich vom Sofa, kam zu mir rüber und kniete sich vor mich hin. Dann beugte er den Kopf und zog seine dünnen, langen Haare am Hinterkopf auseinander. Erschrocken sog ich die Luft ein. Vom Scheitel bis in den Nacken überzog eine hässliche Narbe Otis' Schädel.

»Ja, die verdanke ich Miller. Ein unschönes Andenken, nicht wahr? Man kann sagen, dass er mir das Genick gebrochen hat. Im übertragenen Sinn. Ich war mehrere Monate im Krankenhaus. Ohne Versicherung. Die Schulden habe ich immer noch. Und Kopfschmerzen, jeden Tag. Arbeiten kann ich damit natürlich kaum. Tja, aber das ist eine andere Geschichte ... Ich bin ja nicht der Einzige, der bei dieser Geschichte zu Schaden gekommen ist.«

Er erhob sich und ließ sich wieder neben meiner Mutter aufs Sofa fallen, die ihm sanft über die schmale Hand strich. Plötzlich erkannte ich in dieser Geste bloße Fürsorglichkeit, und ich schämte mich für meine fiesen Gedanken, als er aus dem Badezimmer meiner Mutter gekommen war.

»Aber warum habe ich darüber nichts gefunden?«, fragte ich, um meine Verlegenheit schnell zu überspielen. »Nichts! Dabei habe ich das Internet rauf und runter gesucht. Nirgends ein negatives Wort über Larry Miller. Und den einzigen Hinweis, den es auf diese schreckliche Geschichte gab, hatte irgendjemand gelöscht. Es wirkt fast, als hätte Miller das Netz gesäubert, um das Bild von ihm in der Öffentlichkeit auf Hochglanz zu polieren.«

»Ich schätze, genau so war es.« Otis nickte bedächtig. »Ich hatte schon damals den Eindruck, dass ihn vor allem die schlechte Publicity geärgert hat, die ihm diese ganze Sache eingebracht hat. Sein Image als Saubermann scheint ihm über alles zu gehen. Und mit seinem Geld dürfte es nicht allzu schwierig sein, die Anwälte zu bezahlen, die solche Storys aus dem Internet halten. Außerdem war das damals ja gerade erst im Aufbau begriffen. Ich schätze, wenn du in Zeitungsarchiven kramst, wirst du eher fündig werden.«

»Wenn ihm so viel an einem Superimage liegt, erklärt das vielleicht, warum er versucht, uns Pinkstoner in der Öffentlichkeit schlecht zu machen. Ich habe mich schon die ganze Zeit gefragt, warum er Chris auf uns angesetzt hat und was er mit diesem Shitstorm bezwecken wollte ...«, überlegte ich halblaut, während ich mit dem Kuli ein paar energische Punkte hinter meine Notizen setzte.

»Klar«, mischte sich Sandy nun ein. »Für jemanden wie Mr Miller ist es offenbar so wichtig, in einem guten Licht dazustehen, dass er versucht, alle in Verruf zu bringen, die ihm schaden könnten, selbst wenn er das gar nicht nötig hätte, weil er sich eh alles kaufen kann, was er will.«

»Ja, das denke ich auch«, pflichtete ich meiner Mutter bei. Plötzlich war ich sehr froh, dass sie mich überredet hatte, mit Otis zu sprechen. »Danke«, fügte ich schnell hinzu. »Euch beiden.«

»Und was jetzt? Was wirst du tun?«, fragte Sandy mit einem Sonnenscheinlächeln, das dieses Mal mir galt.

»Ich denke, ich werde das machen, was Otis vorgeschlagen hat. In alten Archiven wühlen. Wo hast du noch mal gesagt, hat Miller dieses Einkaufszentrum hochgezogen?«, fragte ich und stopfte meinen Block und den Kugelschreiber bereits zurück ins Beuteltier. Ich erinnerte mich vage an den Artikel über die Luxus-Shopping-Mall, aber nicht daran, wo sie gebaut worden war.

»Auf Long Island.«

Überrascht hielt ich in der Bewegung inne. Das war ja ein Zufall! Hatte Alex nicht erwähnt, dass die Familie seiner Mutter dort lebte? Vielleicht konnte ich ihn ja überreden, mich auf meiner Recherche zu begleiten. Ein gemeinsamer Ausflug, natürlich mit einem Plan ... Denn ich hatte den Eindruck, dass Alex das jahrelange Zerwürfnis mit seinen Großeltern belastete. Und hatte er nicht selbst gesagt, wie wichtig es sei, seine Familie zu kennen? Natürlich hatte er damit gemeint, dass ich mich erneut auf die Suche nach meinem Vater machen sollte. Aber wenn ich mich schon nicht überwinden konnte, meine Mutter nach meinem Vater auszufragen, konnte ich wenigstens versuchen, dafür zu sorgen, dass Alex wieder Kontakt zu seiner Familie aufnahm. Ich bin einfach besser darin, die Probleme anderer Leute zu lösen als meine eigenen.

Mit dem guten Gefühl, in doppelter Hinsicht einen entscheidenden Schritt weitergekommen zu sein, verließ ich kurz darauf Sandys Appartement. Ich konnte ja nicht ahnen, dass meine tolle Idee mit einer äußerst unangenehmen Überraschung enden würde. Aber es war wohl an der Zeit für ein paar überraschende Wendungen, auch bei meinen Mitbewohnern.

Kapitel 17

Überraschende Wendung I: Rick

Der Geruch nach Desinfektionsmittel und Krankheit war überwältigend. Rick musste beinahe würgen. Am liebsten wäre er umgekehrt, aber er hatte diesen Besuch lange genug vor sich hergeschoben. Viel zu lange, das war ihm auch klar. Sein Vater lag längst nicht mehr auf der Intensivstation, hatte Maria Rick erklärt, aber es ging ihm trotzdem nicht gut. Die Operationswunden verheilten einfach nicht. Und er schien sich mit jedem Tag mehr aufzugeben. Maria hatte Rick förmlich angefleht, endlich ins Krankenhaus zu kommen.

Rick spannte alle seine Muskeln an und zwang seine Beine, den kalt erleuchteten Flur entlangzugehen. Schritt für Schritt, normalerweise rannte Rick am liebsten, jetzt schlich er. Maria wartete schon vor der Tür des Krankenzimmers.

»Da bist du ja endlich. Beeil dich. Mamma ist gerade in der Cafeteria, es ist vielleicht besser, wenn sie dich hier nicht sieht. Sie ist nicht gut auf dich zu sprechen. Aber jetzt ist Papa allein.« Sie schob ihn entschieden in den Raum.

Ein schmales Zimmer. Drei Betten, nur durch Vorhänge voneinander getrennt. Überlaut das Piepen der Maschinen. Der Krankenhausgeruch noch intensiver als auf dem Gang. Rick konnte kaum atmen. Seine Füße gehorchten ihm nicht. Ausgerechnet er, der immer in Bewegung war, konnte sich keinen Zentimeter mehr bewegen.

»Na los.« Wieder schob Maria ihn, ihre schmale Hand auf seiner Schulter, bis sie vor dem mittleren Bett standen.

Sein Vater hatte die Augen geschlossen. Grünlich wirkte das Gesicht auf dem weißen Kissen, eine Maske über dem Mund, flackernde Kurven auf dem Monitor, eine viel zu kleine Gestalt unter der Bettdecke. Das konnte unmöglich sein kugelrunder, lebenslustiger Vater sein, der da vor ihm lag.

»Papa?« Wieder ein Schubs von Maria, dann stand Rick neben dem Kopfende und Alberto Romano schlug die Augen auf.

»Riccardo?« Dumpfes Flüstern unter der Plastikmaske, eine Hand kroch unter der Decke hervor und zog die Maske vom Mund. Heiseres Husten.

»Ciao, Papa.« Rick schluckte schwer.

»Was willst du?«

»Dich besuchen.«

»Nein, geh. Ich will nicht ...« Mr Romano hustete röchelnd und rang angestrengt nach Luft. »Ich ... will ... nicht ...« Die Worte versanken in einem weiteren Hustenanfall.

»Beruhig dich, Papa.« Maria schob die Maske wieder

über das Gesicht ihres Vaters. »Rick ist gekommen, um zu schauen, wie es dir geht.«

Mr Romano drehte den Kopf zur Seite weg. Rick schluckte erneut. Was tat er hier? Das Ganze war eine bescheuerte Idee gewesen. Er hatte gewusst, dass sein Vater ihn nicht sehen wollte. Und trotzdem schmerzte diese einfache Geste mehr, als alle Worte es gekonnt hätten. Rick drehte sich um, seine Füße wussten jetzt genau, was sie tun sollten, und er stürmte aus dem Zimmer, ohne auf Marias Rufe zu achten. Bloß weg hier! Aber er kam nicht weit, denn auf dem Flur stieß er gegen eine kleine, rundliche Gestalt, die mit einem Schreckensschrei ihren heißen Kaffee über Ricks Lederjacke schüttete.

»Oh, Shit!«, fluchte Rick, erst dann erkannte er seine Mutter.

»Riccardo!«, quietschte Sofia Romano überrascht und fing sofort an, mit einer Papierserviette an seiner Jacke herumzutupfen. »Oh, das tut mir leid, Amore mio, hast du dir wehgetan?«

»Äh, nein, schon okay«, stotterte Rick, verblüfft über die liebevolle Anrede. Noch bevor er sich von seiner Überraschung erholen konnte, zog Sofia ihn an ihren üppigen Busen, wobei sie ihm den Rest des Kaffees aus dem Pappbecher über den Rücken schüttete.

»Dass du endlich kommst, mein Lieber, mein Herz, mein Sohn. Ich bin ja so erleichtert! Ist es nicht schrecklich, was mit Papa passiert? Warst du schon bei ihm? Er wird sich sicher freuen, dich zu sehen!«

»Ja, nein, ich glaube nicht«, brachte Rick verwirrt hervor. Hatte Maria nicht gesagt, es wäre besser, wenn seine

Mutter ihn hier nicht sähe? Offensichtlich hatte sie sich da getäuscht!

»Komm, gehen wir gleich zu ihm.« Sofia entließ Rick aus ihrer mütterlichen Umarmung und griff nach seinem Arm, um ihn zurück ins Krankenzimmer zu ziehen, aber Rick sträubte sich.

»Ich schätze, ich bleibe besser hier, Mamma. Papa hat sich furchtbar aufgeregt, als er mich gesehen hat.«

»Was?«, schimpfte Sofia Romano empört. »Oh, dieser Hornochse. In Zeiten wie diesen muss die Familie doch zusammenhalten! Das hast du begriffen, das habe ich begriffen, aber er versteht es nicht. Hör zu!« Sie umfasste Ricks Arm fester, als hätte sie Sorge, er könnte davonlaufen, was er ja eigentlich auch vorgehabt hatte. »Wir brauchen dich jetzt. Mehr denn je. Wir mussten das Ristorante schließen. Vorläufig. Aber so geht es nicht weiter. Wir haben fast kein Geld mehr. Wenn wir nicht bald wiedereröffnen, können wir unsere Rechnungen nicht mehr bezahlen. Und Albertos Behandlung auch nicht. Aber ich kann hier nicht weg. Du musst das *Bella* weiterführen.«

»Ich?« Rick spürte, wie sein Körper mit einem Mal bleischwer wurde. Das Restaurant seiner Eltern zu führen, das war es, wovor er seit Jahren davonlief. Und ausgerechnet jetzt, wo er endlich einen Job hatte, der ihm Spaß machte und mit dem er sich gerade eine eigene Existenz aufbaute, holten ihn die Ansprüche seiner Familie wieder ein. Das war doch nicht fair!

»Ich kann nicht …«, brachte er mühsam hervor. »Ich …«

»Riccardo, ich bitte dich, ich flehe dich an!« Sofia hing schwer an seinem Arm. »Wenn du es nicht tust, dann weiß ich nicht weiter. Was hat es für einen Sinn, dass du zu deiner Famiglia zurückgekehrt bist, wenn du uns jetzt wieder im Stich lässt?!«

Die runden Finger seiner Mutter schlossen sich wie Handschellen um Ricks Handgelenk. Wie sollte er ihr diese Bitte abschlagen? Nein, das konnte er nicht. Wenn es um die Existenz seiner Familie ging, musste seine eigene wohl zurückstehen. In diesem Moment steckte Maria ihren Kopf aus dem Krankenzimmer, ein Ausdruck des Erschreckens auf ihrem schmalen Gesicht, als sie Bruder und Mutter zusammen entdeckte. Rick aber spürte, wie sein Körper sich aus der Erstarrung löste, er warf Maria einen wütenden Blick zu und rannte davon. Aber er wusste, dass er so schnell rennen konnte, wie er wollte. Er würde nichts daran ändern können, dass sich sein Leben, egal, welche Entscheidung er traf, radikal ändern würde.

Überraschende Wendung II: Saida

»Schön, dass du auch mal wieder vorbeikommst.« Jocelyns gelbliche Augen blickten nicht gerade freundlich.

»Sorry, aber ich hatte wirklich Wichtigeres zu tun.« Trotzig verschränkte Saida die Arme vor der Brust.

»Wichtigeres, hört, hört.« Jocelyns Lachen klang ebenfalls unfreundlich. »Hör mal zu, Schätzchen. Die Zeit, die du hier verbringst, ist momentan das einzig Wichtige, was du zu tun hast. Mir ist völlig egal, wie du sie verbringst. Du kannst unseren Frauen helfen, du kannst aber auch die Klos putzen. Wie gesagt, mir egal! Aber wenn du nur noch ein Mal nicht auftauchst, dann muss ich das melden, kapierst du? Und dann hast du ziemlich schnell jede Menge Zeit, dich um deine wichtigen Angelegenheiten zu kümmern … im Knast!«

»Okay, okay.« Beschwichtigend hob Saida die Hände. »Ich hab doch gesagt, dass es mir leidtut. Ich mach ja, was Sie wollen.« Vermutlich hätte Saida nicht so schnell eingelenkt, wenn sie nicht die gleichen Worte am Tag zuvor von Mr Mancilla gehört hätte. Und sie hatte mittlerweile eingesehen, dass sie keine andere Wahl hatte. Auch wenn die Zeit in dem Frauenhaus in der South Bronx für sie der schlimmste Albtraum war, den sie sich vorstellen konnte.

Wieder führte Jocelyn sie in den Nebenraum, wieder empfing sie der muffige Gestank, das Geschrei und das Rattern der Nähmaschinen. Trotz der überheizten Luft spürte Saida, wie ihr kalt wurde beim Anblick der jungen Frauen. Zu ihrer Überraschung sahen sie alle nur kurz hoch, um sich sofort wieder den zerschlissenen Klamotten vor ihnen oder ihren lauten Gesprächen zuzuwenden. Sie taten so, als hätte Saida den Raum nie betreten.

»Na los, mach dich nützlich!« Jocelyn drückte Saida auf den einzigen freien Stuhl hinter einer Nähmaschine. Dann drehte sie sich um und ging. Verdammt! Was dachte die sich dabei, einfach zu verschwinden? Was, wenn die Frauen sie angriffen? Im Getto konnte man nie wissen! Saida starrte auf die Tischplatte, um bloß niemandem versehentlich in die Augen zu sehen, und sehnte sich nach einer Zigarette. Ob sie hier rauchen durfte?

In diesem Moment sah sie es: ein Stück Stoff, das unter einem Berg zerschlissener Jeans und T-Shirts hervorblitzte, mit einem beinahe psychodelischen Retromuster in

Schwarz und Gelb. Mit spitzen Fingern griff Saida danach. Dann hielt sie das Teil in den Händen, und es war noch besser, als sie es sich erhofft hatte. Ein asymmetrisches Kleid aus den Siebzigern, hundert Prozent Polyester und mit einem hässlichen Riss quer über den Rücken. Genau das, was Saida die ganze Zeit gesucht hatte, ohne es selbst zu wissen.

Seit dem Ende der Auktion zermarterte sie sich das Hirn, ohne dass dabei etwas Brauchbares für das Cocktailkleid dieser Park-Slope-Schnepfe herausgekommen war. Es musste etwas Ausgefallenes sein, etwas Spezielles, etwas, womit die Möchtegern-Society-Lady beim Firmenjubiläum ihres Gatten auffiel, aber nicht unangenehm, so lautete die Vorgabe. Und endlich hatte Saida eine Idee, eine geniale noch dazu: Upcycling lautete das Stichwort. Neu aus Alt – das war doch gerade total angesagt. Und standen die ganzen Schnepfen am Park Slope nicht auf faire Waren und all so was? Damit würde die Dame also garantiert punkten.

Entschieden riss Saida das Oberteil des Kleides entzwei. Sie brauchte nur die vordere Seite, am Rücken plante sie einen tiefen Ausschnitt und den Rock stellte sie sich einfarbig, mehrlagig und vorne deutlich kürzer als hinten vor. Es würde fantastisch aussehen! Saida hatte es plötzlich ganz deutlich vor Augen. Sie wühlte so lange in dem Stapel vor sich, bis sie weitere Stoffe fand, die für ihre Zwecke infrage kamen, dann fing sie an, die einzelnen Teile zuzuschneiden und zusammenzusetzen. So vertieft war sie in ihre Arbeit, dass sie gar nicht bemerkte, wie die anderen Frauen ihr immer wieder verstohlene Blicke zuwarfen. Sie war so beschäftigt mit dem, was sie tat, dass sie gar nicht auf den Gedanken kam, dass sie gerade dabei war, ihrem Leben eine radikale Wende zu geben.

Überraschende Wendung III: Pamela

»Du bist zu spät. Schon wieder.« James' gut aussehendes Gesicht verzog sich wütend.

»Es tut mir leid, ich hatte noch einen wichtigen Termin.«

»Einen wichtigen Termin.« Er spuckte die Worte wie etwas Ekliges aus. »Was könnte wichtiger sein als unsere Probe?«

Das Vorstellungsgespräch bei einer Eventplanerin, die ihr für jeden Gesangsauftritt mehrere hundert Dollar zahlen würde, zum Beispiel, dachte Pam. Aber sie sagte es nicht. Sie wollte James nicht noch weiter erzürnen. Er war in letzter Zeit so häufig wütend auf sie gewesen. Als sie ihm von Edith Freemans Anruf erzählt hatte, weil sie allein schon auf das Angebot stolz gewesen war, hatte sie schnell einsehen müssen, dass das ein großer Fehler gewesen war. Er war beinahe ausgerastet.

»Jetzt bin ich ja da«, sagte sie entschuldigend und knöpfte eilig ihre Bluse auf. Mit Genugtuung bemerkte sie, wie James sie dabei beobachtete. Betont langsam ließ sie die Bluse über ihre Schultern gleiten. Dann streifte sie ihren engen Rock ab. »Also, fangen wir an?«

Sie stand nur noch in Slip und BH vor ihm, dicht vor ihm. Einzelprobe hatte er gesagt. Und Pam hatte eine recht genaue Vorstellung, was sie davon zu erwarten hatte. Sie würde es schon schaffen, die Zornesfalte auf seiner Stirn zu glätten. Sie nahm seine Hände und führte sie hinter ihrem Rücken zum Verschluss des BHs. Aber so leicht machte James es ihr dieses Mal nicht.

»Textarbeit, Pamela«, stieß er hervor und umfasste ihre Schultern, ohne den BH zu öffnen. »Du kannst das also anbehalten.« Er gab ihr einen festen Klaps auf den Po. »Na los, Pummelchen, beweg dich.«

»Na gut.« Pam schnaubte. Manchmal wusste sie einfach nicht, was er von ihr wollte. Am einen Tag zog er sie nach der Probe in eine dunkle Umkleide und stürzte sich wie ausgehungert auf sie, und am anderen, so wie heute, wies er sie ab, weil er nur das Theater im Kopf hatte. Sie wusste nie, woran sie bei ihm war. Und langsam fand sie das ganze Hin und Her aufreibend. Und dass er sie neuerdings Pummelchen nannte, gefiel ihr überhaupt nicht!

»Ich wusste nicht, dass man so einsam sein kann, wenn man mit dem Mann zusammen ist, den man liebt.« Das Zitat aus der *Katze* kam ihr in den Kopf, während sie sich auf die kleine Probenbühne schwang. Es passte hervorragend zu ihrem eigenen Leben. Ja, sie liebte James. Sonst wäre sie sicher nicht sofort zu ihm zurückgekehrt, als er ihr die Chance dazu geboten hatte. Und sie hätte sicher nicht an dieser Affäre festgehalten, trotz seiner Launen und der ermüdenden Heimlichkeiten, auf die sie sich damit wieder eingelassen hatte. Er war ein besonderer Mann. Und derjenige, der als erster ihr wahres Talent für die Bühne entdeckt hatte. Ja, sie liebte ihn. Und bewunderte ihn, rief sie sich ins Gedächtnis.

»Was stellst du dir eigentlich unter dem Sieg einer Katze auf dem heißen Blechdach vor?«, fragte James, er war in die Rolle des Brick geschlüpft.

»Einfach drauf zu bleiben, verstehst du? Solange es mir möglich ist«, antwortete Pamela als Maggie. Sie mochte die Rolle. Bewunderte Maggie irgendwie, die wie die sprichwörtliche Katze auf dem heißen Blechdach balancierte und versuchte, nicht abzuspringen, obwohl es unter ihren Füßen glühte. Obwohl ihr Mann trank, sie beschimpfte und zurückwies, tat sie alles, um ihre große Liebe zu retten.

»Es macht mir nichts aus, mich für dich zum Narren zu machen.« Der Satz kam so verzweifelt über ihre Lippen, wie sie es sich vorgestellt hatte. Es musste schwer sein, sich so zu verbiegen, wie Maggie es tat. Dadgumit! Es war schwer!

»Aber mir. Ich schäme mich für dich.« Brick alias James betrachtete sie abschätzig. Genauso hatte er sie angesehen, als sie ihm von dem Angebot der Eventplanerin erzählt hatte. (»Du musst dich entscheiden, Pummelchen«, hatte er gesagt. »Kunst oder Kommerz.«) Ach, sie liebte ihn wirklich. Sie bewunderte ihn wirklich. Aber manchmal, genau genommen immer öfter, fragte sie sich, ob er es wirklich wert war, dass sie sich so für ihn verbog.

»Weißt du, wie ich mich fühle? Ich fühle mich wie eine Katze auf einem heißen Blechdach«, sprach sie die entscheidende Passage des Stückes nun zum vierten Mal. (»Zu übertrieben«, hatte James beim ersten Mal bemängelt. »Mehr Emotion«, hatte er beim zweiten Mal genörgelt. »Ein bisschen natürlicher, bitte«, lautete seine Kritik beim dritten Versuch.)

»Wie eine Katze auf dem heißen Blechdach«, wiederholte sie versonnen. Dann begriff sie es. Dadgumit! Das war ja sie selbst. Die Katze auf dem heißen Blechdach.

»Dann spring vom Dach, Maggie, spring runter. Katzen springen von Dächern und landen wohlbehalten. Tu es. Spring«, sagte Brick-James. Doch Pamela stand bereits nicht mehr neben ihm auf der Bühne. Sie war hinuntergesprungen, hatte sich ihre Bluse und ihren Rock geschnappt und schlüpfte im Gehen hinein. Es war Zeit, etwas zu ändern, und zwar radikal!

Überraschende Wendung IV: Abby

»In dem Glauben, dass wahre Liebe wartet ...«

Love is in the air, everywhere I look around, tönte es aus Abbys Tasche. Oh no! Sie hatte vergessen, ihr Handy auszuschalten. Hektisch begann sie, in der Tasche zu kramen. Das war ja supipeinlich!

»... verpflichte ich mich vor Gott, gegenüber mir selbst, meiner Familie, meinen Freunden, meinem zukünftigen Ehepartner und meinen künftigen Kindern ...«

Love is in the air, every sight and every sound ...

»... sexuell enthaltsam zu leben bis zum Tag meiner kirchlichen Heirat.«

But it's something that I must believe in and it's there when I look in your eyes ...

Endlich erwischte Abby das Telefon, nahm den Anruf noch in der Tasche an und stürmte aus dem Zimmer, wobei sie sowohl Grace' mörderische Blicke als auch Wills amüsiertes Grinsen zu ignorieren versuchte.

»Ja, hallo?«, meldete sie sich atemlos, nachdem sie die Tür hinter sich zugezogen hatte.

»Gordon Powell hier! Ich brauche den Vertrag! Morgen! Unterschrieben! Zurück!«

»Wie bitte?« Vor lauter Ausrufezeichen verstand Abby den Sinn der Worte kaum.

»Sonst können wir den Vorschuss nicht zahlen.«

»Welchen Vorschuss?«, stotterte Abby.

»Meine Güte, Ms O'Brian. In meiner ganzen Karriere habe ich noch keinen Debütautor erlebt, dem zweihundertfünfzigtausend Dollar derart unwichtig gewesen wären ...«

»Zweihundert ... was?«

»Jetzt sagen Sie mir nicht, das sei zu wenig. Für einen Erstling ist das eine stolze Summe. Und Ihr Agent hat sich damit einverstanden erklärt!«

»Mein ... wer?«

»Grundgütiger ... Ms O'Brian! Ihr Agent! Will MacLaren! Sie werden doch wohl noch wissen, wer Ihr Agent ist?!«

»Will MacLaren?« Natürlich kannte Abby den Namen, aber er wollte beim besten Willen nicht zu diesem Telefonat passen. Will saß hinter der Tür beim Gruppentreffen von »Wahre Liebe wartet«. Sie dachte an sein spöttisches Grinsen. Sein Augenzwinkern. Ihre Fantasien, in denen er eine Hauptrolle spielte. Und dann erinnerte sie sich daran, wie sie nach einem der letzten WLW-Treffen nur kurz zur Toilette verschwunden war, und als sie zurückgekommen war, hatte Will ihr höflich ihre Laptop-Tasche gereicht. Und sie hatte sich noch gewundert, weil er dabei irgendwie schuldbewusst auf sie gewirkt hatte. Aber: Das war doch nicht möglich!

»Wie auch immer!«, unterbrach Mr Powell ungeduldig Abbys Gedanken. »Schicken Sie mir den Vertrag heute oder lassen Sie es bleiben! Dann ist die Sache halt geplatzt!« Er legte so schwungvoll auf, dass sogar das wie ein Ausrufezeichen klang.

Abby starrte noch einen Moment auf den stummen Apparat, dann öffnete sie zaghaft die Tür zum Gruppenraum. Alle Augen richteten sich auf sie und ihre Wangen wurden heiß.

»Abby, das geht so aber nicht«, tadelte Grace.

»Sorry.« Abby wollte an ihren Platz schleichen, aber Grace hielt sie am Arm fest.

»Du bist an der Reihe. Will?«

Will erhob sich. Dann standen sie sich in der Mitte des Stuhlkreises gegenüber. Abbys Gedanken rasten so schnell, dass sie keinen davon zu packen bekam. Will? Wie war das möglich? Und warum?

»Du bist eine außergewöhnliche Frau«, eröffnete Will das Rollenspiel. »Mit außergewöhnlichen Talenten. Ich bewundere dich. Schon immer.«

Abby fiel keine Erwiderung ein. Ihre Wangen schienen zu brennen. War das nur seine Rolle? Oder meinte er es ernst? Sein eindringlicher Blick durch die dicke Brille schien ihr genau das zu verstehen geben zu wollen.

»Und deine geheimen Gedanken sind das Wunderbarste, Aufregendste, Fantastischste, was ich jemals lesen durfte.«

Moment! Dann stimmte es also! Will hatte die kurze

Zeit, die sie auf der Toilette gewesen war, genutzt, um sich den Text, den allergeheimsten Text, von ihrem Laptop herunterzuladen! Das war ... eine Katastrophe! Jetzt wusste er alles über ihre geheimen Gedanken ... ihre Gedanken über ihn!

»Aber ...«, stammelte sie. »Das durftest du nicht!« Was hatte er sich dabei gedacht? Es zu stehlen. Es zu lesen. Und es auch noch an einen Verlag zu schicken! Er hatte sie bloßgestellt. Das war so ... supigemein!

»Und du durftest es ganz sicher niemandem schicken. Und behaupten, ich sei eine Schriftstellerin. Und du mein Agent! Wie konntest du?« Sie stürzte sich auf Will und begann blind vor Wut und Enttäuschung, mit geballten Fäusten gegen seine Brust zu trommeln. Tränen liefen ihr über das Gesicht und ließen ihre Wangen nur noch mehr glühen. Abby war außer sich. Da packte Will plötzlich ihre Handgelenke, hielt sie fest, zog Abby an sich und presste seinen Mund so fest auf ihren, dass ihr verzweifeltes Schluchzen abrupt abbrach.

Oh mein Gott, dachte Abby. Oh mein Gott! Oh! Mein! Gott!

»Ähm, eine interessante Vorführung«, unterbrach Grace schließlich die filmreife Szene. Will ließ von Abby ab und sie taumelte benommen zurück.

»Aber vielleicht solltet ihr euch künftig etwas mehr an die Vorgaben halten.«

Abby konnte sich später nicht mehr erinnern, wie sie an ihren Platz gekommen war. Und auch nicht daran, wie sie den Rest des Treffens überlebt hatte. Das Einzige, woran sie sich hinterher genau erinnerte, war, dass Will nach dem Treffen gewartet hatte, bis alle anderen den Raum verlassen hatten. Dann hatte er ihr einen Umschlag in die Hand gedrückt. Leise hatte er gesagt: »Ich weiß, dass ich es nicht hätte lesen sollen, aber es tut mir nicht leid. Keine Sekunde lang. Weil ich jetzt weiß, dass du genauso für mich empfindest wie ich für dich. Und weil ich fest daran glaube, dass du andere Menschen mit deinen Gedanken ebenfalls berühren und fesseln wirst.«

Er hatte sie nicht noch einmal geküsst, weil Grace an der Tür stand und ungeduldig mit ihrem Schlüsselbund klimperte. Aber Abby wusste, dass er es wieder tun würde. Bald. Deshalb ging sie an Grace vorbei aus dem Raum mit einem Umschlag von Kotzee Books in der Hand und dem sicheren Gefühl, dass sich ihr Leben mit dem heutigen Tag radikal ändern würde.

Kapitel 18

Plötzlich war alles ganz einfach. Jetzt, wo ich wusste, wonach ich suchen musste, fand ich die Informationen über das damalige Bauprojekt von Larry Miller, die ich benötigte, innerhalb kürzester Zeit. Im Grunde hatte ich es ja längst vor der Nase gehabt. Der Bericht über die Shopping-Mall, den ich beim ersten und zweiten Durchstöbern der Akte nur kurz überflogen hatte, lieferte mir alle nötigen Basisdaten. Selbst die Proteste der Hausbesetzer und Naturschützer wurden darin in einer Randnotiz erwähnt, die mir beim flüchtigen Lesen völlig entgangen war.

Mensch, Maxi! Leo hatte recht gehabt, ich war wirklich eine miese Journalistin. Aber das würde ich nicht auf mir sitzen lassen! Ich würde diese alte Geschichte aufwärmen und mit ein paar knallharten Fakten belegen. Womöglich konnte ich sogar Otis überreden, mir für meinen Artikel ein Interview zu geben. Und ich musste nach Long Island fahren, in den Archiven der Lokalzeitung stöbern und vor Ort versuchen, weitere Personen zu finden, die unter Millers gnadenlosem Bauwahn gelitten hatten.

Ich stiefelte in Leos Büro und überzeugte meinen Chef davon, mir morgen einen freien Tag zu geben, damit ich zu Recherchezwecken nach Long Island fahren konnte. Es war nicht viel Überzeugungsarbeit nötig, er erinnerte mich nur daran, dass der Artikel mittlerweile seit fast zwei Wochen überfällig war und ich mich besser mal beeilen sollte. Aber dabei entblößte er seine Raubtierzähne zu einem wie mir schien durchaus anerkennenden Grinsen.

Bevor ich allerdings in Aktion treten konnte, klingelte mein Telefon. Es war Angel, unsere Team-Assistentin, die sich weigerte, auch nur einen einzigen unnötigen Schritt zu machen, seit sie Mutter geworden war. Deshalb rief sie mich von ihrem kleinen Empfangsbüro aus an, um mir mitzuteilen, dass ich einen Besucher hätte.

»So ein hübscher Typ mit einem unverschämt hübschen Lächeln, ich hab ihn direkt zu dir geschickt«, erklärte sie noch, da kam er bereits in unser Gemeinschaftsbüro. Mit dem von Angel so treffend beschriebenen Lächeln hielt Alex mir einen großen Pappbecher hin.

»Ich kam zufällig vorbei und dachte, ich könnte dir einen Kaffee bringen.« Er küsste mich schnell auf den Mund, was Nathan der Weise mit einem vernehmlichen Räuspern quittierte, und stellte den Becher vor mir auf dem Schreibtisch ab.

»Hi, kennen wir uns nicht irgendwoher?«, schrillte Vivian im selben Moment und sprang auf, um Alex die Hand zu schütteln. Manchmal hasste ich es, in einem Büro mit meinen Kollegen zu sitzen! Aber Alex erwiderte Vivians Händedruck nur äußerst flüchtig und wandte sich dann wieder mir zu. Beleidigt verzog sie sich an ihren Rechner.

»So, so, zufällig«, neckte ich Alex. Das schien in letzter Zeit eine beliebte Ausrede zu sein.

»Na ja«, räumte er ein. »Ich hatte Sehnsucht nach dir.«

Vivian quietschte unkontrolliert und Nathans Räuspern ging in einen Hustenanfall über.

»Und ehrlich gesagt«, fuhr Alex ungerührt fort, »hatte ich gehofft, dass ich dich ein bisschen früher aus dem Büro entführen könnte ...«

»Wieso?«, fragte ich skeptisch. Zwar hatte ich schon wieder das altbekannte Schmetterlingsgefühl im Bauch – Alex hatte also Sehnsucht nach mir! –, aber leider war ich mir nicht sicher, was Leo davon halten würde, wenn ich ihn, so kurz nachdem er mir einen freien Tag genehmigt hatte, darum bitten würde, heute früher gehen zu dürfen.

»Ich dachte, wo ich doch heute Geburtstag habe, könnten wir zwei vielleicht etwas Schönes zusammen unternehmen ...« Er grinste. Ja, das war wirklich ein unverschämtes Grinsen!

»Du hast was?«, empörte ich mich. »Wieso hast du mir das denn nicht früher gesagt?«

»Du hast nicht gefragt.«

Stimmt, der Punkt ging an ihn. Mist! Und ich hatte ein schlechtes Gewissen. Nicht zu wissen, wann Alex' Geburtstag war, erschien mir unverzeihlich. Wieso hatte ich ihn bloß nie danach gefragt?!

»Jetzt habe ich nicht einmal ein Geschenk für dich«, brummte ich. Vivian machte ein spitzes Geräusch, das vermutlich so viel wie »schäm dich« bedeuten sollte, und Nathan verließ kopfschüttelnd und noch immer hustend den Raum.

»Du könntest es ja wiedergutmachen, indem du dich von deinem Schreibtisch trennst«, schlug Alex vor.

»Ja, klar«, stimmte ich eilig zu und stürmte in Leos Büro, nicht ohne mit einem Seitenblick zu bemerken, dass Vivian Alex mit flatternden Fingern hinterherwinkte. Meine Kollegin sank noch ein paar Zentimeter in meiner Achtung.

Leo dazu zu bewegen, mich früher gehen zu lassen, war viel einfacher als angenommen. Nachdem ich seinen gierigen Blick auf meinen Kaffeebecher richtig gedeutet und diesen vor ihn auf seinen überladenen Schreibtisch gestellt hatte, wünschte er uns bloß noch viel Spaß und versank wieder in seiner Arbeit.

»Und wo soll es hingehen?«, fragte ich Alex, als wir Hand in Hand die 69th Street Richtung Central Park entlangliefen.

»Lass dich überraschen«, gab er sich jedoch geheimnisvoll wie meistens. Da ich das inzwischen gewohnt war und in letzter Zeit meist erfreuliche Überraschungen mit ihm erlebt hatte, bezwang ich meine Neugier und überließ mich dem schönen Gefühl von meiner Hand in seiner und der angenehmen warmen Maisonne, die mir ins Gesicht schien, und bohrte nicht weiter.

»Du wirst also heute einundzwanzig«, nahm ich stattdessen das Gespräch wieder auf, als wir den Park schließlich erreichten und einen schmalen Weg zwischen gelb und rot blühenden Sträuchern einschlugen. Immerhin hatte ich mir gemerkt, wie alt Alex wurde. »Und statt eine Megaparty zu schmeißen, gehst du mit mir im Central Park spazieren ...«

»Jepp.«

»Oder steigt heute noch eine Riesenparty, von der ich auch nichts weiß?«

»Nope.«

»Was sagen denn deine ganzen anderen Freunde dazu?«, zog ich ihn auf.

»Die sind daran gewöhnt, dass ich das mache, wozu ich Lust habe.« Alex zuckte mit den Schultern. »Und ich hatte Lust, den Tag mit dir zu verbringen.« Er zog mich an sich und drückte mir einen Kuss auf den Scheitel. Ich sog die Luft ein und erhaschte zwischen all dem Blütenduft einen Hauch von Alex' Minzgeruch. Hmm! Der Tag hatte das Zeug dazu, perfekt zu werden.

»Wollen wir uns irgendwo ins Gras werfen, uns die Sonne ins Gesicht scheinen lassen und nichts tun?«, hakte ich nun doch nach (meine Neugier ließ sich einfach nie lange im Zaum halten) und betrachtete sehnsüchtig ein Stück Wiese unter einem der knorrigen Bäume. Es war eine durchaus verlockende Vorstellung, fand ich. Aber Alex blieb nicht einmal stehen, er hatte offenbar andere Pläne. »Etwa Bötchen fahren? Wir gehen nicht joggen, oder?«, fragte ich, als ein Pärchen im sportlichen Partnerlook an uns vorbeirannte. Mir fiel nicht besonders viel Aufregendes ein, was man im Central Park unternehmen konnte.

»Nope.« Er legte mir den Arm um die Schulter und führte mich entschieden weiter. »Ich möchte dir gerne meinen Lieblingsplatz zeigen, okay?«

Ja, das war definitiv okay! Ich schmiegte mich an Alex' Arm. Wir durchquerten einen dunklen Fußgängertunnel (ein guter Ort zum Knutschen!) und eine leise, traurige

Melodie klang uns entgegen. Ein Saxofonspieler saß auf einem Klapphocker am Tunnelausgang, einen zerbeulten Hut vor den Füßen. Einem spontanen Einfall folgend, legte ich drei Dollarscheine in den Hut und bat den Musiker, ein Geburtstagslied für Alex zu spielen. Der Alte lachte uns zahnlos an und erfüllte meinen Wunsch sofort.

»Willst du denn nicht singen?«, fragte Alex mich grinsend.

»Das willst du nicht!«

Er drückte mich wieder an sich, und wir gingen weiter, während die letzten Töne von »Happy Birthday« hinter uns verklangen. Und plötzlich fiel mir ein, dass ich womöglich doch ein Geburtstagsgeschenk für Alex hatte, ein ziemlich ungewöhnliches noch dazu.

»Sag mal, hast du morgen schon was vor?«, fragte ich.

»Wieso?«

»Weil ich gerne einen Ausflug mit dir machen würde.«

»Wir machen doch gerade einen.«

»Nein, einen richtigen.« Ich knuffte ihn in die Seite.

»Aha. Und wo soll es hingehen?«

»Verrat ich dir nicht.« Ich konnte mich auch geheimnisvoll geben.

»Tja, tut mir leid«, machte Alex meine Überraschung jedoch zunichte. »Ich hab morgen erst einen Termin beim Anwalt und dann bei der Bank.«

»Warum das denn?« Ich war zwar enttäuscht, aber diese Termine klangen wirklich wichtig.

»Weil ich dann hoffentlich endlich bekomme, was mir zusteht.« Mit einem Mal wirkte Alex angespannt.

»Und das wäre?«, fragte ich.

»Das Erbe meiner Mutter. Zehn Millionen.«

»Oh.« Das war ja mal eine stolze Summe! Ich meine, ich wusste zwar bereits, dass Alex aus reichem Elternhaus kam, auch wenn wir nie groß darüber geredet hatten. Aber bisher hatte ich mir keine Gedanken gemacht, wie viel Geld seine Familie besaß. Offenbar eine ganze Menge, wurde mir nun klar.

»Aber wenn deine Mutter dir das Geld vererbt hat, warum bekommst du es dann erst jetzt?« Alex' Mom war doch schon vor vielen Jahren gestorben, im Jahr 2001, daran erinnerte ich mich genau.

»Das ist etwas kompliziert«, wiegelte Alex ab.

»Versuch wenigstens, es mir zu erklären«, bohrte ich. Ich platzte inzwischen fast vor Neugier.

»Na gut. Also ... meine Mom hat damals ein Treuhandkonto für mich eingerichtet und meinen Vater zum Verwalter bestimmt. In ihrem Testament steht, dass ich das Geld erst bekommen soll, wenn ich einundzwanzig bin, und auch nur, wenn mein Vater zu diesem Zeitpunkt der Überzeugung ist, dass ich es nicht leichtfertig ausgeben würde ... Ansonsten kommt das ganze Geld einer gemeinnützigen Stiftung zugute.«

»Das ist ja mal eine krasse Regelung!« Ich war ehrlich empört. Zumal ich wusste, dass Alex ein gelinde gesagt schwieriges Verhältnis zu seinem Vater hatte. Und nun sollte dieser nach Gutdünken darüber entscheiden, ob Alex sein rechtmäßiges Erbe bekam.

»Ja, ich wette, er hat ihr das damals eingeredet. In Geldangelegenheiten hat meine Mutter sich immer hundertprozentig auf meinen Vater verlassen. Wahrscheinlich hat er seinen Anwalt das Testament aufsetzen lassen und sie hat es einfach unterschrieben ... Egal, jetzt bin ich ja einundzwanzig.« Alex schien das Thema so schnell wie möglich beenden zu wollen. Ich vermutete, dass er sich den Tag nicht damit verderben wollte, sich über seinen Vater zu ärgern, und ließ ihn deshalb mit weiteren Fragen in Ruhe.

Wir kamen an zwei Parkbänken vorbei, auf die sich eine Gruppe von bestimmt zwanzig Kindern in knallgelben T-Shirts gequetscht hatte. Butterbrote und Chipstüten in den Händen, versuchten sie sich gegenseitig die leckersten Snacks wegzunehmen. Eine aufgebrachte junge Lehrerin forderte vergeblich ein bisschen Ruhe ein.

Ich versuchte, mich zu orientieren. Wir mussten jetzt etwa auf Höhe der Bethesda Fountain und des kleinen Sees sein, an dem das Boathouse lag, in dem wir Omamas Hochzeit mit Birnenkopf Hubertus gefeiert hatten. Ich war mir ziemlich sicher, auch wenn man keinen dieser Plätze von hier aus sehen konnte, denn dazwischen lagen jede Menge Bäume und der West Drive, eine der Autostraßen, die durch den Central Park führen. Seit dieser Party waren gerade einmal drei Monate vergangen. Damals hatte Schnee die kahlen Äste, die großen Felsblöcke und die weiten Wiesen im Central Park bedeckt. Und ich hatte in der Eiseskälte gehockt und geglaubt, dass es für mich kein Happy End geben konnte, weil die männliche Hauptrolle unbesetzt bleiben würde. Doch dann war Alex wieder aufgetaucht. Dieses Mal, wie es schien, um zu bleiben. Ich lächelte in mich hinein und schmiegte mich erneut an ihn.

»... und wo wolltest du nun eigentlich morgen mit mir

hinfahren?«, mischte Alex' Stimme sich in meine Gedanken.

»Das wüsstest du wohl gern«, ließ ich ihn zappeln.

»Ja, das wüsste ich tatsächlich gern.« Er pikste mich sanft in die Seite.

»Na gut«, lenkte ich ein. Wenn Alex ohnehin nicht mitkommen konnte, musste ich ja kein Geheimnis mehr aus meinem Ziel machen. »Nach Long Island.«

»Wie bitte?« Abrupt nahm er den Arm von meinen Schultern und brachte einen Meter Abstand zwischen uns. »Und warum wolltest du mit mir nach Long Island?«

»Ich muss da etwas recherchieren. Wegen dieses Investors, Larry Miller«, erklärte ich, plötzlich unsicher. Vielleicht war meine Idee, Alex mitzunehmen, weniger gut gewesen, als ich gedacht hatte. »Und ich hatte überlegt, dass es vielleicht schön für dich wäre, endlich mal ans Grab deiner Mutter zu gehen und vielleicht ihre Familie zu besuchen ...« Meine Stimme erstarb, als ich Alex' sturmumwölkte Miene bemerkte. Okay, es war offenbar gar keine gute Idee gewesen!

»Es tut mir leid«, schob ich schnell hinterher. »Ich wollte dir damit eigentlich eine Freude machen.«

»Schon gut«, wiegelte Alex ab. Aber er ging so schnell weiter, als wollte er weglaufen. Ich musste fast rennen, um mit ihm mitzuhalten.

Mist! Verdammter Mist! Ich fluchte stumm vor mich hin. Jetzt hatte Larry Miller es sogar geschafft, uns diesen fast perfekten Tag zu verderben!

Kapitel 19

Kurz darauf erreichten wir im Stechschritt einen Parkausgang direkt gegenüber einem palastartigen Sandsteinbau, und die Erkenntnis, wohin Alex mich geführt hatte, lenkte mich von der unangenehmen Spannung ab, die sich zwischen uns aufgebaut hatte.

»Du willst ins Natural History Museum?«, fragte ich verblüfft. Das Naturkundemuseum mit seinen ausgestopften Tieren und Dinosaurierskeletten stand auf meiner persönlichen To-do-Liste für New York ganz weit unten.

»Jepp.« Plötzlich grinste Alex wieder, als sei der Sturm genauso schnell an uns vorbeigezogen, wie er aufgekommen war.

»Ookayy«, stimmte ich wenig begeistert zu. Es war sein Geburtstag. Er bestimmte folglich das Programm. Auch wenn ich mir bei jemandem, der normalerweise auf Extremsportarten stand, etwas Spannenderes erwartet hätte.

Alex nahm wieder meine Hand – immerhin – und führte mich durch die imposante Eingangshalle, vorbei an dem unvermeidlichen Dinosauriergerippe und winkte einem uniformierten Türsteher flüchtig mit einem kleinen Kärtchen zu, der ihn daraufhin höflich grüßte. Was war das? Die goldene Eintrittskarte?

Kaum hatten wir den Türsteher passiert, hielt Alex an.

»Warte mal.« Er nahm das Tuch ab, das er locker um den Hals geschlungen hatte. »Darf ich dir die Augen verbinden?«

»Was?« Damit hatte ich nun gar nicht gerechnet. Ich war kein großer Freund davon, mich blind auf andere zu verlassen, weder im übertragenen noch im wörtlichen Sinne. Was hatte Alex vor?

»Es lohnt sich.« Er hielt mir das Tuch auffordernd hin. »Vertraust du mir?«

»Ja, schon ...« Obwohl ich mich bemühte, lässig zu klingen, kam meine Antwort sehr zögerlich heraus.

Alex trat einen Schritt auf mich zu, ich spürte seine Nähe, ohne dass er mich berührte, atmete seinen Minzeduft ein und fragte mich, ob ich das tat – ihm vertrauen. Trotz seiner Geheimnistuereien. Trotz der unerwarteten Stimmungsschwankungen. Trotz seines regelmäßigen Verschwindens. Und zu meinem eigenen Erstaunen war die Antwort plötzlich ganz eindeutig. »Ja.«

»Brauchst du die unbedingt?« Alex deutete auf meine Brille. Ich schüttelte bloß den Kopf. Nein, ich brauchte das Riesengestell mit dem Fensterglas nicht, um besser sehen zu können, sondern nur, um mein Gesicht mit der großen Nase dahinter zu verstecken. Aber mit der überraschenden Erkenntnis, wie sehr ich Alex mittlerweile vertraute, war auch der Wunsch, mich zu verstecken, auf wundersame Weise verschwunden.

Vorsichtig nahm er mir die Brille ab, reichte sie mir und ich verstaute sie im Beuteltier. Alex betrachtete mich, als sähe er mich zum ersten Mal, sagte aber nichts und drückte mir stattdessen einen liebevollen Kuss auf die Nasenspitze, dann legte er mir das Tuch um die Augen, verknotete es am Hinterkopf und legte mir wieder den Arm um die Schultern.

»Komm.«

Mich von Alex führen zu lassen, fiel mir überraschend leicht. Eng an ihn gepresst, spürte ich keine Sorge, dass ich gegen irgendetwas stoßen würde. Außerdem passte er seine Geschwindigkeit meinen etwas unsicheren Tippelschritten an, sodass ich auch keine Schwierigkeiten hatte, mit ihm mitzuhalten.

»Gleich da«, flüsterte Alex mir zwischendurch beruhigend zu. Und tatsächlich waren es nur ein paar Meter, bis mir feuchtschwüle Luft entgegenschlug.

»Wo …?« Ich flüsterte ebenfalls, aber Alex legte mir sofort einen Finger auf die Lippen und zog dann das Tuch von meinen Augen. Es dauerte einen Moment, bis ich mich an die hellen Lichter gewöhnt hatte, und dann dauerte es einen weiteren, bis ich begriff, was ich sah. Wir standen in einem Gewächshaus unter einem gebogenen Plexiglasdach. Tropische Pflanzen wuchsen aus Töpfen am Boden und streckten ihre dicken Blätter und leuchtenden Blüten den künstlichen Sonnen entgegen. Riesige Blüten in grellbuntem Gelb, Orange, Pink und Rot, die im Luftzug ihre feinen Blätter bewegten. Es dauerte einen weiteren Augenblick, bis ich meinen Irrtum bemerkte, als eine der Blüten plötzlich auf mich zuflog.

»Das sind Schmetterlinge«, schrie ich begeistert auf.

»Stimmt auffallend.« Alex lachte. Ich freute mich genauso über dieses Lachen wie über die filigranen Falter selbst, die ich nun überall zwischen den Pflanzen entdeckte. Wie hatte ich diese flatternde Pracht zuerst übersehen können?

»Es sind über fünfhundert Stück.« Alex klang so stolz, als hätte er jeden Einzelnen selbst gezüchtet. »Ganz exotische Arten. Aus Asien, Australien, Südamerika ...«

»Bist du etwa Schmetterlings-Experte«, witzelte ich, während ich mich vorsichtig einem der blühenden Büsche näherte, auf dem ich eine ganze Ansammlung der schönen Insekten entdeckt hatte.

»Dieser hier heißt Malachitfalter wegen seiner Farbe, die an das Mineral erinnert.« Ohne auf meine Bemerkung einzugehen, war Alex dicht neben mich getreten und deutete auf einen großen Schmetterling, der mit ausgebreiteten Flügeln auf einer Futterschale saß. Tatsächlich trug er ein leuchtend grünes Muster zur Schau. »Sein Kokon, ja selbst seine Eier sind grün.«

»Tolle Farbe.« Ziemlich laienhafte Antwort, aber Alex merkte sicher, wie begeistert ich war. Fasziniert beobachtete ich zwei weitere Schmetterlinge, die die Schale ansteuerten.

»Das ist ein Blauer Segler.« Alex zeigte mir ein Exemplar, dessen vornehmlich braune Musterung von glitzerndblauen Schattierungen durchzogen war. Die Farbe erinnerte mich an Alex' Augen.

»Wunderschön.«

»Wusstest du, dass es Schmetterlinge schon vor den Dinosauriern auf der Erde gab? Die größten von ihnen können so groß werden wie meine beiden Hände.« Er hielt seine Hände wie zwei Flügel nebeneinander. »Und weißt du was ... sie schmecken mit ihren Füßen.« Er lachte wieder. Ganz offenbar war Alex in seinem Element.

Aus einer der Futterschalen nahm er behutsam eine geviertelte Orange heraus, auf der sich ein weiterer Falter niedergelassen hatte, und hielt sie mir vors Gesicht.

»Ein Eulenfalter. Guck, er schaut dich an.« Tatsache: Die kreisrunden Muster auf den zusammengelegten Flügeln vermittelten den Eindruck, als würde der Schmetterling mich aus unterschiedlich großen, unbeweglichen Eulenaugen anstarren. Ein knallgelber Falter näherte sich, schien die Orange anzusteuern, überlegte es sich dann aber anders und landete auf meiner Hand, die ich gerade nach dem Obststück ausgestreckt hatte.

»Huch.« Ich zuckte zurück und der Schmetterling flog davon.

»Du musst ruhig bleiben. Beweg dich nicht. Los, setz dich.« Alex ließ sich auf den Boden sinken und klopfte neben sich.

»Warum weißt du so viel über diese Tiere?«, fragte ich, während ich mich neben ihn in den Schneidersitz hockte.

»Eine der wenigen Sachen, die ich meinem Dad zu verdanken habe«, erklärte Alex kurz angebunden, aber ohne die Schärfe in der Stimme, die sonst immer sofort durchklang, wenn er von seinem Vater sprach. »Er ist verrückt nach Schmetterlingen.«

Er streckte seinen Zeigefinger aus und wie auf Kommando ließ sich ein schwarz-weiß gestreiftes Exemplar darauf nieder.

»Und wie heißt der?«, fragte ich neugierig.

»Keine Ahnung.« Wieder lachte Alex. »Ich kenne nicht alle der über hundert Arten, die hier herumfliegen, mit Namen. Was denkst du denn?«

»Schachbrettschmetterling«, schlug ich vor. »Oder Zebrafalter? Nein, warte, das ist ein Oreo-Flügler, so wie der schwarz-weiße Keks.«

»Hast du etwa Hunger?« Alex stupste mit seiner Schulter gegen meine. »Wollen wir gehen?« Er stemmte die Hände auf den Boden, als wollte er aufstehen.

»Nein, auf gar keinen Fall!«, bremste ich ihn eilig, obwohl mein Magen beim Gedanken an Kekse tatsächlich kurz grummelte. »Ich finde es toll hier, lass uns noch ein bisschen bleiben. Apropos: Warum ist eigentlich außer uns kein Mensch in dieser genialen Ausstellung?« Die Verwunderung darüber, dass wir ganz allein in dem Gewächshaus waren, wuchs erst jetzt in mir, als ich mich an die vielen Eindrücke zu gewöhnen begann.

»Die Schmetterlinge sind immer nur in den Wintermonaten zu sehen, seit gestern ist die Ausstellung geschlossen«, erklärte Alex, während er sich wieder zurücksinken ließ. »Aber sie haben natürlich noch nicht abgebaut, und da habe ich darum gebeten, ob wir heute für ein Stündchen reindürfen.«

»Ach so«, stellte ich mit einem Anflug von Ironie fest. »Und das haben sie dir einfach so erlaubt.«

»Na ja, irgendwie muss sich das ganze Geld doch auszahlen, das mein Vater an Spenden in dieses Museum pumpt.«

»Ach so«, wiederholte ich und lehnte mich kopfschüttelnd an Alex an. Manchmal hatte ich das Gefühl, dass er in einer mir völlig fremden Welt zu Hause war. Doch ich verdrängte den Gedanken schnell und bemühte mich darum, mich so wenig wie möglich zu bewegen, um die Schmetterlinge nicht zu verjagen. Immer wieder landete einer der schillernden Falter auf meinen Beinen oder Armen, und es wurde einfach nicht langweilig, sie zu bestaunen. Ich war mir inzwischen sicher: Das war ein absolut perfekter Tag.

»Weißt du, was ich das eigentlich Faszinierende an Schmetterlingen finde«, sagte Alex nach einer langen Weile, die wir aneinandergelehnt einfach nur dagesessen hatten.

»Dass aus einer hässlichen, dicken Raupe so wunderschöne, feine Wesen entstehen?«, mutmaßte ich. War es nicht das, was alle Leute an Schmetterlingen faszinierte? Ich selbst jedenfalls fand das, seit ich als Kind zum ersten Mal die Raupe Nimmersatt in die Hand bekommen hatte, überaus erstaunlich. Aber Alex schüttelte den Kopf so heftig, dass seine Strubbelhaare flogen.

»Nein, am meisten fasziniert es mich, wie diese fragilen Geschöpfe es schaffen, sich so hervorragend zu tarnen, dass sie nicht aufgefressen werden.«

Es gibt neue Hoffnung für Pinkstone! Quasi in letzter Sekunde und nachdem wir die Hoffnung, das Häuschen am Petticoat Place selbst kaufen zu können, schon begraben hatten, ist sie nun wieder auferstanden, größer als je zuvor. Und nun brauchen wir bloß noch ein kleines Wunder an der Börse und schon werden wir rechtzeitig zum Termin des Bieterverfahrens rund drei Millionen Dollar in der Hand haben! Wie das? Nun, das ist eine ziemlich unglaubliche, etwas längere Geschichte, die ich euch gern der Reihe nach erzählen möchte.

Wie ihr alle wisst, haben wir uns in den vergangenen Monaten bemüht, durch Spendenaktionen und Versteigerungen Geld für den Kauf und Erhalt von Pinkstone zu sammeln. Und wie ihr sicher auch wisst (oder in früheren Beiträgen nachlesen könnt), waren wir bislang weit von einer Summe entfernt, die uns auch nur davon hätte träumen lassen, unser Haus – ja, so sehen wir es – zu ersteigern. Aber! Wir hatten unsere Rechnung ohne Abby gemacht.

Zwar ist es unserer Ehrenmitbewohnerin bis zum heutigen Tag nicht gelungen, den Liebesbrief fertigzustellen, den eine verzweifelte junge Frau bei unserer Versteigerung gewonnen hatte ... (Auf meine Nachfrage stellte sich übrigens heraus, dass diese es ohne Abbys Hilfe inzwischen geschafft hat, einen Mann zu daten, der an mehr als einem One Night Stand interessiert ist. Da sie Abby für das einfühlsame Telefonat so dankbar war, denn niemand aus ihrer Familie und ihrem Freundeskreis wollte sich damals mehr ihr Gejammer anhören, durften wir sogar das Geld behalten!) Doch Abby ist ein ganz anderer Coup gelungen, mit dem niemand gerechnet hat, sie selbst wohl am allerwenigsten.

Abby hat einen Roman geschrieben. Einen Liebesroman, in dem es laut ihrer eigenen Aussage vor allem um die körperlichen Aspekte der Liebe geht. Und wie es scheint, hat Abby, obwohl sie ja selbst wenig bis keine Erfahrung damit hat und noch immer brav zu den Treffen von »Wahre Liebe wartet« geht, mit ihren »Geheimen Gedanken« (so der Arbeitstitel) absolut den richtigen Ton getroffen. Denn nachdem ein Freund von ihr (genauer gesagt seit Kurzem ihr Freund) das Buch heimlich an einen der größten Verlage für erotische Literatur geschickt hat, hatte Abby nicht nur innerhalb kürzester Zeit einen Vertrag in der Tasche, sondern auch eine Viertelmillion Dollar auf dem Konto.

So weit, so unglaublich. Doch es kommt noch besser: Abby hat sich entschlossen, das Geld für den Kauf von Pinkstone zu spenden. Alle unsere Versuche, ihr das auszureden, sind gescheitert. Sie besteht darauf. O-Ton: »Ich bräuchte nur so etwa tausend Dollar, um mir ein paar supischicke Klamotten für die Buchpräsentation zu kaufen!«

Der aktuelle Pinkstone-Kontostand beträgt also: 336.260 Dollar!

Nicht genug, um davon ein Haus in New York zu kaufen, ihr habt recht. Aber jetzt kommt Teil zwei der unglaublichen Pinkstone-Story. Denn wie sich zeigte, verfügt unser geheimnisvoller neuer Mitbewohner über geheimnisvolles Insiderwissen, von dem wir alle bislang nichts geahnt haben. Und wie bereits zweimal zuvor (ihr erinnert euch sicher, dass er zuerst Nicolas Chapman-Wright überredet hat, eine Skulptur für uns zu versteigern, und uns anschließend ein Handwerker-Duo für die kostenlose Renovierung von Pinkstone organisiert hat), will er sich nun erneut für Pinkstone einsetzen.

Alex Delafort (so heißt er nämlich und er hat mir ausdrücklich erlaubt, seinen Namen jetzt auf meinem Blog bekannt zu machen) hat nicht nur Wirtschaftswissenschaften studiert, sondern durch die Kontakte seines reichen Vaters Einblicke in Finanzgeschäfte, die Normalsterblichen wie uns anderen Pinkstonern verborgen bleiben. Deshalb will er mit dem Kauf von Aktienoptionen unser Erspartes innerhalb weniger Tage verzehnfachen.

Okay, ich gebe zu, dass wir alle zunächst skeptisch auf diesen Vorschlag reagiert haben. Denn wie gesagt: Keiner von uns versteht auch nur annähernd, was Alex da plant. Aber: Wir vertrauen ihm. Wenn einer von uns es jetzt noch schaffen kann, Pinkstone zu retten, dann er. Wir legen das Geld, das wir mit eurer Hilfe gesammelt haben, in seine Hände und hoffen, dass er eine weitere Null an die Summe anhängen kann. Mit über drei Millionen hätten wir eine reelle Chance, Pinkstone zu kaufen. Ansonsten, da sind wir uns alle sicher, wird Investor Miller sich das Haus unter den Nagel reißen und es kurzerhand abreißen lassen.

Kapitel 20

Das Archiv im Keller des Provinzblattes *Long Island Daily* war klein, eng und verstaubt. Trotzdem hoffte ich, dort mehr über Millers damalige Geschäfte zu erfahren. Ich wollte als Erstes nach Artikeln suchen, die mir Anhaltspunkte liefern würden, welche früheren Zeugen oder Leidtragenden ich noch aufstöbern konnte. Danach blieb hoffentlich Zeit, zu der Luxus-Shopping-Mall hinauszufahren. Vermutlich machte der näselnde Archivar, der genauso angestaubt wirkte wie die riesigen, leinengebundenen Folianten, die er anschleppte, früher Feierabend als die Chanel- und Versace-Verkäuferinnen in der Millenium-Mall.

»Das ist das erste Quartal 2002.« Der Archivar – wie hieß er noch mal? – hob drei der Folianten von einem silbernen Wagen und knallte sie vor mir auf den Lesetisch. Eine Staubwolke stieg daraus auf. Ich unterdrückte einen penetranten Hustenreiz, doch der Archivar zog nur die Nase hoch, als würde er den Staub genüsslich inhalieren. Ich verpasste ihm spontan den Spitznamen »Dusty«.

»Und das ist das Zweite.« Noch ein Knall, noch mehr Staub. »Das Dritte.« Knall. Staub. »Und das Vierte.« Knall. Staub.

»Brauchste noch mehr?« Dusty wischte sich mit dem Ärmel unter der Nase entlang und sah aus, als würde er in diesem Fall den Dienst quittieren. Ich hustete erstickt.

»Das Jahr davor«, brachte ich mühsam heraus. »Haben Sie da auch was?« Ich hustete wieder, kramte eine Wasserflasche aus meinem Beuteltier hervor und trank einen gierigen Schluck. Endlich verschwand das Gefühl ätzender Staubpartikel aus meinem Rachen. Dusty blickte mich so mitleidig an wie einen Marathonläufer, der bereits nach zwei Kilometern zusammenklappte.

»Davor is schon alles auf Mikrofiches«, erklärte er abfällig. »Wird gerade umgestellt. Weils weniger Platz wegnimmt. Und nich so staubt, sagen se. Wolltens ja auf Computer machen. Abba da hab ich mich geweigert.«

»Kann ich das denn anschauen?«, erkundigte ich mich, ohne auf Dustys offen zur Schau gestellte Missbilligung der modernen Technik einzugehen. Ich wusste zwar aus dem Artikel in meiner Mappe, dass die Shopping-Mall erst 2002 gebaut und eröffnet worden war, aber ich vermutete, dass viele der Proteste, die dem Bau vorausgegangen waren, noch im Jahr zuvor stattgefunden hatten.

»Hm«, grummelte Dusty, was ich als Zustimmung deutete. »Gerät is da. Ich such die Fiches raus.« Er verschwand in einem angrenzenden Raum.

Eher lustlos blätterte ich durch die unhandlichen Folianten und unterdrückte dabei den gelegentlichen Hustenreiz, während ich darauf wartete, dass Dusty zurückkehrte.

Es war genau, wie ich befürchtet hatte: Obwohl die Berichterstattung über Millers Shopping-Mall weit ausführlicher war, als ich erwartet hatte – offenbar passierte auf Long Island wenig Berichtenswertes –, fand ich nichts Neues in den wiederkehrenden Artikeln über die Baufortschritte und den Ankündigungen, welche bekannten Marken sich bereits vor der Eröffnung Verkaufsflächen gesichert hatten. Schließlich folgte der Bericht über die Eröffnungsfeier, zu der offenbar jeder eingeladen worden war, der auf dieser Insel Rang und Namen hatte. Auf dem verwaschenen Farbfoto auf der Titelseite erkannte ich Miller, der mit Siegermiene ein rotes Band mit einer überdimensionierten Schere durchtrennte. Weitere Berichte im Lokalteil … kündigte die Bildunterschrift an.

Ich überflog auch diese Artikel ohne auf etwas Spannendes zu stoßen und warf zum wiederholten Mal einen Blick zu der Tür, durch die Dusty verschwunden war. Wo steckte der alte Archivar bloß? Hoffentlich hatte er in seiner Kammer auf der Suche nach den Mikrofiches keinen akuten Atemstillstand erlitten …

Gelangweilt zog ich die Mappe über Miller aus dem Beuteltier, um mir meine eigenen Notizen, die ich während des Gesprächs mit Otis angefertigt hatte, noch einmal anzuschauen. Beim Blättern bekam ich jedoch als Erstes einen der Zettel in die Finger, die Chris mit seiner krakeligen Handschrift vollgekritzelt hatte. *Überprüfen,* hatte ich mit rotem Stift am Rand notiert. Ach ja. Millers absonderliches Hobby. Lepidopterologie. Das hörte sich eher nach einer Krankheit als nach einer Freizeitbeschäftigung an!

Wieder schaute ich zur Tür. Noch immer kein Dusty.

Ich kramte mein Smartphone hervor, staunte, dass ich in diesem Kellerloch überhaupt Empfang hatte, und googelte den Begriff. Lepidopterologie = Schmetterlingskunde. Verblüfft betrachtete ich die Erklärung auf dem kleinen Display. Vor meinem inneren Auge flatterten die filigranen Falter auf, die ich erst am Tag zuvor mit Alex bestaunt hatte. Niemals hätte ich es für möglich gehalten, dass sich der skrupellose Investor Larry Miller für etwas so Schönes wie Schmetterlinge interessieren könnte.

»Kommste jetzt, oder was?«

Ich schreckte aus meinen Gedanken auf, als Dusty so leise wie eine Staubwolke neben mir auftauchte.

»Hier is der gesamte Jahrgang.« Er hielt mir eine graue Plastikkiste hin. »Musste nur drüben ans Lesegerät gehen.«

»Äh, danke.« Ich nahm die Kiste an mich und brachte sie zu dem Gerät zwei Tische weiter, auf das Dusty gedeutet hatte. Es war ein kastenförmiges Monstrum mit riesigem Bildschirm, das genauso antiquiert wirkte wie der Archivar. »Aber ich weiß leider nicht, wie man so ein Gerät bedient.«

»Grundgütiger.« Dieses Mal zog Dusty die Nase eindeutig hoch, um seine Missbilligung auszudrücken. »Was bringen se euch heute eigentlich bei auf der Schule?«

Ganz sicher nicht, veraltete Mikrofiche-Geräte zu benutzen, dachte ich, hielt aber den Mund, um den Mann nicht zu verärgern, auf dessen Hilfe ich nun mal angewiesen war.

»Hier machste an. Hier legste den Fiche ein.« Dusty zog eine Schublade unter dem nun beleuchteten Bildschirm raus, worauf eine kleine Glasplatte hochklappte. »Nein, nich so rum«, schimpfte er, als ich das hinterste Plastikkärtchen aus dem Umschlag zog und unter die Platte legte. »So steht doch alles kopf.« Er drehte das Kärtchen um, schob die Lade zu und zeigte mir, wie ich die Seitenansicht auf dem Bildschirm durch Verschieben wechseln konnte.

»Pass auf, dass du nix kaputt machs«, ermahnte er mich noch und verzog sich Nase hochziehend in die Tiefen seines Archivs.

Zunächst war es äußerst mühsam, das Lesegerät zu bedienen. Ich kapierte nicht, in welche Richtung ich die Schublade schieben musste, um vor- oder zurückzublättern. Und ständig verrutschten die Zeilen. Doch dann begriff ich, dass auf jedem der Plastikkärtchen genau eine Tagesausgabe der Zeitung in winziger Verkleinerung abgebildet war, und nachdem ich etwa zehn der Fiches durchgesehen hatte, beherrschte ich auch das Gerät.

Ich arbeitete mich von hinten nach vorne durch die Kärtchen und wurde tatsächlich bald fündig. Ein zweiseitiger Artikel schilderte die blutige Räumungsaktion des Geländes, auf dem die Mall entstehen sollte und von der auch Otis mir erzählt hatte.

»Mr D…«, rief ich und konnte den Rest des erfundenen Namens gerade noch so verschlucken. »Äh, sorry, könnten Sie mir mal kurz helfen?«

Wenn möglich noch mürrischer als zuvor tauchte Dusty wieder auf und zeigte mir, wie ich an einem ebenso vorsintflutlichen Apparat, der neben dem Mikrofiche-Lesegerät stand, Kopien von den kleinen Kärtchen machen konnte.

Danach war es bloß noch Fleißarbeit. Jeden Artikel, den ich über die Protestaktionen entdeckte, legte ich auf den Kopierer, und der Stapel mit ausgedruckten Zetteln wuchs zusehends. Otis hatte mir nur einen Bruchteil dessen erzählt, was die Protestler versucht hatten, um den Bau der Mall zu verhindern. Ich erfuhr, dass sie mehrere tausend Bürger mobilisiert hatten, um mit einem Straßenfest und einer Demonstration gegen Millers Pläne vorzugehen, dass sie eine Unterschriftensammlung veranstaltet und sogar versucht hatten, gegen die Baumaßnahmen Klage zu erheben. Doch all das war im Endeffekt wirkungslos geblieben, weil die politischen Entscheider sich nach einigem Hin und Her geschlossen hinter Miller gestellt hatten. Ich fragte mich, ob etwas Wahres an Otis' Beschuldigungen war, dass Miller die wichtigsten von ihnen geschmiert hatte. Aber darüber fand ich nichts in der Zeitung. Es war halt bloß ein Lokalblättchen, auf investigativen Journalismus hoffte man hier vermutlich vergebens. In einem der ersten Berichte über das Projekt stieß ich unvermittelt auf Otis' Namen.

Otis P. ist bestürzt über die unerwartete, plötzliche Räumungsaufforderung, die sein Vater erhalten hat. Innerhalb einer Woche solle er die Dienstbotenwohnung verlassen, die Mr P. senior (87) seit über 50 Jahren bewohnt habe. »Mein Vater ist alt und gebrechlich. Und er hat kein Geld. Wo soll er denn hin? Unter einer Brücke schlafen?« Otis P. räumt ein, dass für diese Wohnung kein offizielles Mietverhältnis bestehe. »Das war immer eine stille Vereinbarung. Aber jetzt, wo Mr Miller das Haus gehört, soll die plötzlich nichts mehr gelten?« Otis P. zeigte sich ebenfalls betrübt, dass Miller (wie berichtet) plane, die gregorianische Villa, das Hauptgebäude auf dem Parkgelände, abzureißen, um dort eine Shopping-Mall zu errichten. »Damit zerstört er ein Stück Architekturgeschichte.«

Ich betrachtete das kleine Foto des jüngeren Otis, das in der schattenhaften Mikrofiche-Version kaum zu erkennen war. Ein größeres Bild zeigte offenbar die Villa, die zu diesem Zeitpunkt noch auf dem Grundstück gestanden hatte. Auf der Schwarz-Weiß-Aufnahme konnte ich die verschnörkelte, teilweise mit Efeu berankte Fassade eines prunkvollen, wenn auch ein wenig in die Jahre gekommenen Herrenhauses erkennen. Dass es sich bei der Villa um Millers Eigentum gehandelt hatte, war mir bisher gar nicht klar gewesen. Andererseits war das logisch, vermutlich hatte er die Vorbesitzer überredet, es ihm zu verkaufen, oder sie mit einer horrenden Summe gelockt, um es dann abreißen zu lassen. Genauso wollte er es ja auch mit Pinkstone machen!

Ich zog eine Kopie von dem Artikel und überlegte, ob ich es dabei bewenden lassen sollte. Es war bereits früher Nachmittag und ich hatte wahrlich genug Stoff für meinen Bericht zusammenbekommen. Ich hatte mir einige Namen notiert, ein paar Telefonate und ein bisschen Recherche vor Ort würden ausreichen, um Miller in einem nicht ganz so guten Licht dastehen zu lassen, wie er es sich vermutlich wünschen würde.

Meine Augen fühlten sich wie ausgetrocknet vom stundenlangen Starren auf den Bildschirm an und in meinem Kopf hatte sich eine breiige Masse ausgebreitet. Ich wollte so bald wie möglich nach Hause. Zurück zu meinen

Pinkstonern, um ihnen zu erzählen, was ich über Miller herausgefunden hatte. Und vor allem zurück zu Alex, um ihn zu fragen, wie seine Termine beim Anwalt und der Bank gelaufen waren und wie es um unsere Aktien stand.

Andererseits war ich bei meinen journalistischen Recherchen in der Regel sehr gründlich. Und ich wollte mir nicht noch einmal von Leo sagen lassen, dass ich womöglich meinen Job verfehlt hatte. Außerdem bin ich chronisch neugierig. Und wie sagt meine Omama so gern: Es ist erst vorbei, wenn es vorbei ist (wobei das, glaube ich, kein Sprichwort, sondern ein Filmzitat ist). Also nahm ich mir das letzte Drittel an Kärtchen auch noch vor.

Flüchtig überflog ich gerade die Ausgaben aus dem Monat April – wie bereits vermutet, fand ich nichts mehr über Miller und seine Pläne –, als mir plötzlich auf einer der Gesellschaftsseiten eine Überschrift förmlich entgegensprang und mir unvermittelt einen Schauer über den Rücken jagte. Delafort-Familie setzt Tochter in aller Stille bei. Das musste Alex' Mutter sein, um die es in dem kurzen Bericht ging.

Im engsten Familienkreis (und unter Ausschluss der Medien, die mehrere Stunden vor dem Calverton National Cemetery im strömenden Regen ausharrten) haben Gerald und Diane Delafort ihre einzige Tochter, Mary Miller, geborene Delafort (+29), in der Familiengruft beigesetzt. »Es ist ein schwerer Schlag«, äußerte sich eine Freundin der Familie, die zu einer der wohlhabendsten und einflussreichsten auf ganz Long Island zählt, gegenüber dieser Zeitung, womit sie zweifellos auch auf die Umstände dieses plötzlichen Todesfalles anspielte, über die die Familie keine näheren Angaben machen wollte. Mary Miller hinterlässt ihren Mann, den bekannten New Yorker Bau-Investor Larry Miller, sowie ihren siebenjährigen Sohn Alexander.

Ich versuchte, mich auf das verwackelte Schwarz-Weiß-Bild unter dem Text zu konzentrieren, das offensichtlich die Trauergesellschaft beim Verlassen des Friedhofs in mehreren protzigen Autos zeigte, aber es verschwamm vor meinen Augen, in denen sich Tränen der grenzenlosen Enttäuschung und Wut sammelten. Wut vor allem auf mich selbst. Wie hatte ich nur so unendlich dämlich und naiv sein können?

Delafort! Alex hatte uns nicht seinen richtigen Namen genannt, sondern den Mädchennamen seiner Mutter. In Wirklichkeit hieß er Miller! Und er war der Sohn des Mannes, der unser Haus dem Erdboden gleichmachen wollte! Warum hatte ich nie Nachforschungen über ihn angestellt? Hatte meiner Neugier nicht nachgegeben und Alex wenigstens mal gegoogelt? Bloß weil ich mir wie eine miese Spionin vorgekommen wäre, weil ich es falsch gefunden hätte, in seiner Familiengeschichte zu wühlen, die ihm offenbar so zusetzte ... Nein, schlimmer noch: Ich war gar nicht auf die Idee gekommen. Denn ich hatte ihm vertraut!

»Alles in Ordnung?«, fragte Dusty, der unvermittelt wieder neben mir aufgetaucht war, überraschend mitfühlend.

Doch ich schüttelte bloß den Kopf, unfähig zu antworten. Nichts war in Ordnung. Es ist erst vorbei, wenn es vorbei ist, dachte ich bitter. Und es war vorbei. Alles.

Kapitel 21

Ich war nicht sonderlich überrascht darüber, dass Alex nicht da war, als ich an diesem Abend nach Pinkstone zurückkehrte.

Es stellte auch keine allzu große Überraschung dar, dass er seine gesamten Klamotten mitgenommen hatte – viel mehr als einen Koffer voll hatte er ohnehin nicht in Pinkstone deponiert. Warum hatte mich das eigentlich nie stutzig werden lassen?!

Und vermutlich hätte es mich ebenso wenig überraschen sollen, dass Jack und Mr Unaussprechlich an diesem Tag nicht zur Arbeit erschienen waren. Aber ich muss gestehen, dass ich mich darüber wunderte, nicht von lautem Hämmern oder Bohren begrüßt zu werden.

Dieses Wundern war im Grunde auch schon wieder verwunderlich. Wenn man bedenkt, was ich gerade erst herausgefunden hatte, sollte man annehmen, dass ich mich in einem Zustand emotionaler Auflösung befand. Aber das Gegenteil war der Fall. Ich fühlte mich seltsam erstarrt, als wären meine ganzen Gefühle eingefroren. Und vermutlich war es eine reine Schutzfunktion meines Gehirns, sich an real existierenden Problemen festzubeißen, um sich nicht mit der monströsen Katastrophe befassen zu müssen, deren tatsächlicher Umfang mir erst nach und nach klar wurde.

Nachdem ich also weder den Kastenwagen von Home Solutions an der Stelle entdeckt hatte, an der Jack ihn normalerweise parkte, noch irgendeinen Hinweis auf Bautätigkeiten in unserem Haus bemerkte, machte ich mich auf die Suche nach einem meiner Mitbewohner, in der verzweifelten Hoffnung auf eine Erklärung. Da ich in den oberen beiden Stockwerken nicht nachzuschauen brauchte, diese waren wie gesagt längst unbewohnbar, stürmte ich nach einem kurzen Blick ins leere Wohnzimmer sofort in die Küche. Und tatsächlich hatte sich dort die gesamte WG versammelt.

Wäre ich innerlich nicht so stumpf gewesen, hätte ich mich vielleicht über die Grimassen amüsiert, die Pamela schnitt, während sie Lockerungsübungen mit dem Mund absolvierte. Ich hätte auch darüber gestaunt, mit welcher ungewohnten Geduld Saida winzige Pailletten von Hand auf den hauchzarten Rock eines Kleides nähte. Und vermutlich hätte ich mich gefreut, weil Abby schon seit Tagen mit entzückt verklärter Miene herumlief. Ganz sicher aber hätte ich Mitgefühl mit Rick empfunden, der mit gequältem Gesichtsausdruck sein Smartphone betrachtete.

Doch die zu einem gefühllosen Klotz mutierte Maxi fragte bloß: »Wo sind eigentlich Jack und sein Kumpel?«

Die Antwort kam vollkommen synchron und bestand aus einem Schulterzucken.

»Sind heute gar nicht aufgetaucht?«

Einheitliches Kopfschütteln.

»Mensch, Leute, wundert euch das denn gar nicht?« Meine emotionale Eisschicht bekam einen feinen Riss, durch den Ungeduld sickerte.

»Nö, wieso?« Saida ließ Stoff und Nadel sinken und blickte genervt auf. »Die haben doch auch mal ein Anrecht auf einen Tag Pause.«

»Außerdem haben sie sich schon öfter mal einen freien Tag genommen«, pflichtete Pam ihr bei und verzog das Gesicht zur nächsten Lockerungsübung.

»Ja, aber dann haben sie immer Bescheid gesagt«, wandte ich noch etwas ungeduldiger ein. »Haben sie Bescheid gesagt?«

Wieder Kopfschütteln.

»Und außerdem wird die Zeit langsam verdammt knapp, meint ihr nicht. Nur noch eine Woche bis zur Versteigerung von Pinkstone. Da wird es Donald Duck garantiert nicht freuen, wenn das Haus eine Bruchbude ist.«

»Hey, bleib cool.« Rick hob beschwichtigend die Hand. »Warum regst du dich eigentlich so auf?«

Ich schnaufte bloß. »Such mir mal schnell die Nummer von Home Solutions raus«, blaffte ich ihn an, ohne auf seine (berechtigte) Frage einzugehen. Aber noch wollte ich meinen Mitbewohnern nichts von der monströsen Katastrophe erzählen. Noch hatte ich einen Funken Hoffnung, dass Jack und Mr U. sich tatsächlich bloß einen freien Tag gönnten.

Mit kritisch hochgezogener Augenbraue googelte Rick die Nummer und reichte mir sein Handy. Ich drückte auf

Verbinden und presste mir das flache Smartphone an den Kopf. Das Freizeichen tutete überlaut und eine Ewigkeit schien sich niemand für das klingelnde Telefon zu interessieren. Doch kurz bevor ich aufgeben wollte, wurde endlich abgehoben. Dummerweise von Mr U., der nicht nur einen unaussprechlichen südamerikanischen Namen hatte, sondern auch kaum ein Wort Englisch beherrschte.

Ich: »Hi, hier ist Maxi. Ich rufe aus Pinkstone an. Warum seid ihr heute nicht zur Arbeit gekommen?«
Mr U.: »Wärrr?«
Ich: »Hier Maxi. Pinkstone. Warum nicht arbeiten?«
Mr U.: »Aaah, Maaxi. Nix Zeit.«
Ich: »Wie nix Zeit?«
Mr U.: »Viäl Arrrbeit.«
Ich: »Und wann kommt ihr wieder? Wir sitzen hier auf der Baustelle und nächste Woche muss das Haus fertig sein!«
Mr U.: »Waas?«
Ich: »Hier alles kaputt! Wann? Kommt? Ihr?«
Mr U.: »Aah, nix kommen!«
Ich: »Wie nix kommen?«
Mr U.: »Wirrr nix kommen. Nix mehrrr. Verstehen?«
Ich: »Ihr kommt nix mehr? Ich meine: nicht mehr? Soll das heißen: nie mehr?«
Mr U.: »Jaaa, nix mehrrr!«
Ich: »Aber das könnt ihr doch nicht machen! Uns jetzt einfach sitzen lassen. Ich meine, hier sieht es echt schlimm aus! Und wie sollen wir das denn ohne eure Hilfe schaffen?!«

Mr U.: »Tut mich leid. Nix Geld, nix Arbeit.«
Ich: »Wie NIX GELD?«

Aber Mr U. hatte bereits aufgelegt. Und dann fiel auch das letzte Puzzleteilchen der monströsen Katastrophe an seinen Platz.

»Scheiße, scheiße, scheiße!«, explodierte ich und hätte beinahe Ricks teures Smartphone ruiniert, weil ich es vor lauter Frustration gegen die Wand schleuderte, aber Rick fischte es vor dem Aufprall mit einer routinierten Bewegung aus der Luft.

»Hey, cool, Kleines, ganz cool«, versuchte er, mich zu beruhigen. Aber zumindest der Teil meines emotionalen Zentrums, der für Wutausbrüche zuständig war, war während des kurzen Telefonats wieder vollständig aufgetaut. »Dieser Blödmann! Dieser Mistkerl! Dieser Arsch!«, brüllte ich und sah mich wild nach etwas um, was ich statt des Telefons gegen die Wand werfen konnte. Eilig brachte Saida ihren giftgrünen Smoothie in Sicherheit.

»Dadgumit!«, schaltete sich Pam in dem Versuch, mich zu übertönen, lautstark ein. »Was ist denn passiert?«

»Und sprich eine Sprache, die man auch versteht«, fügte Saida genervt hinzu. Erst da wurde mir klar, dass ich die ganze Zeit auf Deutsch geflucht hatte – war vielleicht auch besser so!

»Okay.« Ich versuchte, mich zumindest so weit zu beruhigen, dass ich den anderen die ganze verfahrene Situation verständlich machen konnte. »Diese Möchtegern-Handwerker haben soeben den Job gekündigt.«

»Was?«, brauste Saida auf. »Sie lassen uns auf dieser

Baustelle sitzen, nachdem sie selbst dafür gesorgt haben, dass das Haus jetzt fast abbruchreif ist?«

»Sieht so aus.« Resigniert zuckte ich mit den Schultern. Meine Wut war so schnell verraucht, wie sie gekommen war. Plötzlich fühlte ich mich wieder völlig leer.

»Aber wieso? Sie waren doch so scharf auf gute Publicity, oder etwa nicht?«, hakte Pam erstaunt nach.

»Tja, wie es aussieht, ging es ihnen keineswegs um die Publicity, sondern bloß ums Geld«, versuchte ich zu erklären.

»Welches Geld?« Pams verwirrter Gesichtsausdruck erinnerte stark an die Grimassen, die sie eben noch gezogen hatte. »Wir haben ihnen doch keinen Cent gezahlt.«

»Nein, wir nicht.« Wieder zuckte ich mit den Schultern. »Aber so wie es aussieht, hat Alex sie bezahlt.« Das war der Schluss, denn ich aus Mr U.s Gestammel gezogen hatte. Und auch wenn das keine besonders erfreuliche Erklärung war, war es nach allem, was ich inzwischen über Alex wusste oder zumindest vermutete, die einzig logische.

»Alex?«

»Aber wieso?«

»Das ist doch Quatsch.«

»Wie kommst du darauf?«

Meine vier Mitbewohner redeten alle durcheinander. Ich wartete, bis sie sich wieder beruhigt hatten, um ihnen zu eröffnen, was ich herausgefunden hatte: »Alex ist Larry Millers Sohn.«

Nach einigen Sekunden der absoluten Stille brach der verbale Tumult erneut los. Pam, Saida, Abby und Rick bombardierten mich mit einer Reihe von Fragen, von denen ich einige beantworten konnte – zum Beispiel: Woher ich das wusste –, die meisten aber nicht – zum Beispiel: Wie wir auf die bescheuerte Idee gekommen waren, ihn in Pinkstone einziehen zu lassen. Ich sparte es mir auch zu erwähnen, dass es ja nicht meine Idee gewesen war, Alex in unsere Haus-WG aufzunehmen, sondern dass ich im Gegenteil davon wenig begeistert gewesen war. Mit Vorwürfen und Schuldzuweisungen kamen wir an dieser Stelle ganz sicher nicht weiter. Und es stand wohl außer Frage, dass ich in dieser ganzen Sache die Naivste von allen gewesen war!

»Und jetzt?«, fragte Pamela schließlich ganz pragmatisch.

»Müssen wir erst mal das Haus auf Vordermann bringen«, erklärte Rick ebenso pragmatisch.

»Und wie sollen wir das schaffen? In so kurzer Zeit?« Pragmatismus zählte nicht unbedingt zu Saidas Stärken.

»Wir könnten ein paar andere Handwerker engagieren«, schlug Abby vor. »Meinetwegen könnt ihr sie auch mit meinem Geld bezahlen.«

Ich hätte Abby knutschen können, weil sie so großzügig war und selbst jetzt noch so unverrückbar zu Pinkstone stand, aber leider musste ich ihr einen unschönen Dämpfer verpassen.

»Das Geld haben wir heute früh Alex gegeben. Schon vergessen?«, erinnerte ich meine Freunde.

»Aber dann soll er es uns zurückgeben«, forderte Abby empört – sie war definitiv fast so naiv wie ich. Pam hingegen hatte die Situation mittlerweile längst durchschaut.

»Ich schätze, das können wir vergessen«, brummte sie.

»Wenn er es überhaupt in Aktien angelegt hat, dann wahrscheinlich in welche, die den Bach runtergehen. Oder er hat es seinem Daddy direkt in die Hand gedrückt.«

»Aber warum sollte er das tun?«, fragte Abby verunsichert. Offenbar war sie doch noch ein bisschen naiver als ich.

»Weil er von Anfang an nicht vorgehabt hat, uns zu helfen«, schaltete Saida sich ein. »Er hat nur so getan, damit wir ihm vertrauen. Und dann hat er diese Handwerker beauftragt, aus Pinkstone eine Bruchbude zu machen. Und uns hat er unser ganzes Geld abgezockt.«

»Aber warum? Warum?«, beharrte Abby jammernd. »Das ist doch supigemein!«

»Keine Ahnung!«, giftete Saida. »Vielleicht weil er ein armseliges Vater-Söhnchen ist, der alles tun würde, damit sein Daddy stolz auf ihn ist ...«

»Dadgumit! Und er hat behauptet, er hätte Stress mit seinem Vater«, fluchte Pamela. »So ein elender Lügner!«

»Nein«, sagte ich leise zu mir selbst, weil ich in diesem Moment die Zusammenhänge endgültig begriff. »Er hasst seinen Vater wirklich. Es ging ihm nur ums Geld. Die ganze Zeit.«

»Mal ehrlich, Maxi.« Rick schüttelte ungläubig den Kopf. »Für den Sohn eines stinkreichen Investors sind unsere läppischen Ersparnisse doch Peanuts!«

»Nein«, wiederholte ich, immer noch in Gedanken. »Darum ging es ihm auch nicht. Es ging um die zehn Millionen.«

»Die was?«, quietschte Pam ungläubig, aber ich ging gar nicht auf sie ein.

Als mir die unvorstellbar hohe Summe eingefallen war, die Alex als Erbe bekommen sollte, hatte ich einen Entschluss gefasst. Obwohl mein emotionaler Eispanzer gefährlich krachte, wenn ich bloß daran dachte, Alex nur noch ein einziges Mal gegenüberzutreten. Und obwohl nichts, was ich tat, verhindern würde, dass Pinkstone für uns verloren war – ich musste zumindest dafür sorgen, dass meine Freunde und ich das bekamen, was uns gehörte. Das war ich ihnen schuldig. Und auch mir selbst.

»Ich hole uns unser Geld zurück«, versicherte ich den anderen mit bebender Stimme. »Wenigstens damit darf er nicht durchkommen.«

Erst als Rick mich unter einer Bärenumarmung begrub, Pam mir ein Taschentuch reichte, Abby leise Trostworte flüsterte und selbst Saida mir einen mitleidigen Blick zuwarf, wurde mir bewusst, dass mir die Tränen übers Gesicht liefen. Der Eispanzer war ohne Vorwarnung weggeschmolzen. Doch die Gefühle, die dahinter lauerten, waren zu meiner Überraschung nicht ganz so unerträglich, wie ich befürchtet hatte. Okay, sie waren scheußlich. Aber ich konnte sie in diesem Moment aushalten. Weil ich meine Freunde hatte! Und weil ich wusste, was ich um dieser Freunde willen tun musste.

Aus und vorbei! Unser Geld ist weg. Und unsere Hoffnung, Pinkstone noch retten zu können, ebenso. Wir sind verraten worden. Von einem Menschen, dem wir alle unser Vertrauen geschenkt haben. Wir geben auf. Deshalb verabschiede ich mich heute von euch Pinkstone-Fans. Wir danken euch für eure Spenden und dafür, dass ihr zu uns gehalten habt. Sicher habt ihr Verständnis, dass ich diesen Blog nicht weiterführen werde. Niemand möchte etwas darüber lesen, wie unser kleines pinkes Haus abgerissen wird und an seiner Stelle ein anonymer Wohnbunker entsteht, oder?!

Kapitel 22

Bis zum darauffolgenden Sonntag hatte ich meinen emotionalen Schutzwall notdürftig wieder aufgebaut. Ich hatte mich in die Redaktion geschleppt und den vermutlich schlechtesten, aber auch wütendsten Artikel meiner bisherigen Laufbahn geschrieben. Es ging darin um Larry Miller, seine miesen Machenschaften und natürlich um seinen Sohn, den er als Spitzel auf uns angesetzt hatte – obwohl mir dafür handfeste Beweise fehlten.

Den fertigen Text hatte ich Leo auf den Schreibtisch geknallt – mit einem Blick, der meinem Chef hoffentlich eindeutig zu verstehen gab, dass ich mir jegliche Kritik daran verbat. Auch wenn ich vermutete, dass Leo den Artikel niemals veröffentlichen würde, weil er sich die Anwaltskosten nicht leisten konnte, wenn Miller ihn wegen Rufmords verklagte. Danach ging es mir ein bisschen besser. Zumindest war die Leere, die mich nun ausfüllte, weniger unangenehm als der permanente Drang zu heulen, den ich zuvor verspürt hatte.

Sonntagmorgen also nahm ich meinen Mut zusammen

und machte mich auf den Weg zum Brooklyn Flea. Wenn ich eine Chance hatte, Alex noch mal wiederzutreffen, dann vermutlich dort. Denn natürlich ging er nicht an sein Handy, wenn ich ihn anrief. Und eine private Adresse hatte er mir nie gegeben – noch so ein Punkt, über den ich eigentlich mal hätte nachdenken sollen! Natürlich hätte ich versuchen können, Alex über die Firma seines Vaters ausfindig zu machen. Aber allein die Vorstellung, dort anzurufen und in der Stunde meiner größten Niederlage womöglich meinen Ex-Kollegen Chris an den Apparat zu bekommen, war Grund genug, es direkt sein zu lassen.

Es war natürlich auch fraglich, ob Alex sich auf dem Flohmarkt in Williamsburg würde blicken lassen, denn er konnte sich natürlich ausrechnen, dass ich dort nach ihm suchen würde. Aber ich erinnerte mich noch gut daran, wie zufrieden er mit sich und der Welt gewesen war, nachdem er einen Tag lang seine Skizzen verkauft hatte. Das schien etwas zu sein, was ihm wirklich wichtig war. Und ich hoffte, dass es ihm so wichtig war, dass er auch heute auf dem Brooklyn Flea sein würde.

In den Sommermonaten findet der Brooklyn Flea nicht in einer Lagerhalle, sondern auf einer Industriebrache an der Kent Avenue statt. Auf drei Seiten umgeben von hässlichen Werksgebäuden, lässt sich die Nähe zum East River nur erahnen. Immerhin: Über das Dach einer Halle kann man auf der anderen Seite des Flusses ein bisschen Skyline von Manhattan sehen.

Während ich ungeduldig von einem Fuß auf den anderen trat und darauf wartete, dass der Flohmarkt um zehn öffnete, fixierte ich die Spitze des Empire State Buildings wie einen Leuchtturm in der Ferne. Das Gebäude, das ich auch von meinem Schlafzimmerfenster in Pinkstone aus erkennen konnte, war für mich von Anfang an das wahre Wahrzeichen von New York gewesen ... verrückt eigentlich, dass ich noch nie die Zeit gefunden hatte hinaufzusteigen beziehungsweise zu fahren.

Ich nahm mir fest vor, das nachzuholen, bevor ich New York wieder verlassen würde, wann auch immer das sein mochte. Auch wenn die Tage von Pinkstone gezählt waren, hielt mich noch das Praktikum bei *Zeitgeist*. Ich würde mir bloß eine neue Bleibe suchen müssen. Ein Gedanke, den ich lieber schnell beiseiteschob, bevor er zu schmerzlich wurde und anfangen konnte, meinen emotionalen Schutzwall zu attackieren.

Endlich wurden die Tore geöffnet, und zusammen mit einer Gruppe von einheimischen Schnäppchenjägern, die allesamt noch recht verschlafen wirkten, und Touristen, die unschwer daran zu erkennen waren, dass sie topfit aussahen, enterte ich das Gelände. Genau wie auf dem Winterflohmarkt gab es auch hier eine knallbunte Mischung von oft ziemlich schrägen Klamotten, Schmuck, Accessoires, Möbeln und Dekokram. Doch heute hatte ich für all das keinen zweiten Blick. Ohne mich umzusehen, steuerte ich durch die Gänge, einzig mit dem Ziel, Alex so schnell wie möglich zu finden, um das unvermeidliche Gespräch hinter mich zu bringen.

Aber als ich an einem mir bestens bekannten Schmuckstand vorbeilief, blieb meine Aufmerksamkeit gegen meinen Willen an den Kästchen mit den bunten Medaillons hängen. Mist! Alex hatte mir genau so eine Kette mit Anhängern geschenkt und ich trug sie seitdem ständig. Selbst in den Zeiten, als er ohne Abschied einfach verschwunden war. Aber mit einem Mal fühlte das Schmuckstück sich so schwer an wie ein Stein um meinen Hals.

Dream as if … Träume, als würdest du ewig leben. Lebe, als müsstest du heute sterben. Das stand in einem der Medaillons. Ich hatte das Zitat immer für bedeutungsvoll gehalten. Hatte vielleicht sogar versucht, ein wenig danach zu leben, seit ich Alex kannte. Ein bisschen mehr zu träumen. Ein bisschen weniger zu planen. Und wohin hatte mich das nun gebracht? Mist! Mit einer heftigen Bewegung zog ich mir die Kette über den Kopf und stopfte sie ins Beuteltier.

»Hi, kann ich dir helfen?« Wie aus dem Nichts tauchte eine Frau hinter dem Stand auf, die zuvor in den Kisten unter dem Verkaufstisch gekramt haben musste. Als sie mich sah, zuckte Erkennen über ihr Gesicht. »Oh, hallo«, begrüßte sie mich erneut. »Du suchst bestimmt Alex, oder?«

»Hm, ja«, machte ich. Ich erinnerte mich auch an die Verkäuferin. Sie hatte auf Alex' Stand aufgepasst, als wir zusammen über den Flohmarkt gegangen waren. Damals. Vor ewigen Zeiten. In einem anderen Leben …

»Er ist heute dahinten.« Sie schien sich nicht an meiner unhöflichen Antwort zu stören und deutete vage in eine Richtung. »Dritter Gang auf der linken Seite, glaube ich. Viel Spaß.«

»Danke«, bemühte ich mich um etwas mehr Höflichkeit. Sie konnte ja nichts dafür, dass ich alles andere als Spaß haben würde, wenn ich Alex erst einmal gefunden hatte. Ich hatte mich schon umgedreht, als mir eine spontane Idee kam.

»Du hast nicht zufällig ein Medaillon, auf dem Dream over steht?«, fragte ich. »So wie Game over ...«

Aber die Verkäuferin schüttelte bloß irritiert den Kopf. Offenbar hatte sie es selten mit vom Leben und der Liebe völlig desillusionierten Kunden zu tun.

Der Stand mit den gelben Post-its war nicht zu übersehen. Alex saß zwischen seinen Skizzen auf einem Klappstuhl, den strubbeligen Kopf über einen Block auf seinen Knien gesenkt. Ich blieb so abrupt stehen, dass zwei japanische Touristen in mich hineinliefen und sich unter vielen gemurmelten »Sorrys« an mir vorbeischoben. Ich nahm sie kaum wahr. Wie in einer Filmszene wurde das ganze bunte Markttreiben um mich herum plötzlich zu einer Schwarz-Weiß-Szene, einzig Alex' Stand mit den gelben Zetteln stach daraus farbig hervor, von der Sonne wie von einem Spotlight angestrahlt. Hatte ich ihre Strahlen gerade noch als wärmend empfunden, fröstelte ich plötzlich in meiner dünnen Strickjacke. Was hatte ich mir eigentlich dabei gedacht hierherzukommen?

Du willst bloß das Geld!, rief ich mir energisch in Erinnerung. Ich durfte mich nicht von meinen Gefühlen für Alex überwältigen lassen. Ich durfte jetzt nicht enttäuscht und traurig sein. Dafür war später noch Zeit. Ich hatte eine Mission. Eilig kittete ich die Risse in meinem mentalen Schutzwall und setzte mich wieder in Bewegung, bevor ich es mir anders überlegen konnte.

»Hi.«

Bei meiner knappen Begrüßung sprang Alex so hektisch auf, dass er den Klappstuhl umwarf, der krachend zu Boden fiel. Schade eigentlich. Wäre Alex sitzen geblieben, hätte ich auf ihn hinunterblicken können, so überragte er mich um einen guten Kopf.

»Hi«, stammelte er und fuhr sich hektisch mit den Fingern durch die Haare. Bis vor wenigen Tagen hätte mich diese simple Geste noch zum Schmelzen gebracht, doch jetzt verschränkte ich bloß die Arme vor der Brust und betrachtete Alex mit undurchdringlicher Miene.

»Ich ... du ... das ist ja mal eine Überraschung.« Alex kam aus dem Stottern gar nicht mehr heraus. Überraschung! Haha! Was hatte er denn erwartet? Dass ich seine Intrige einfach so hinnehmen würde? Und er mich ein für alle Mal los sein würde? Es verschaffte mir eine gewisse Genugtuung, ihn so unsicher zu sehen. Also schwieg ich und bohrte meinen Blick in seinen. Meeraugen! Pah! Mein innerer Schutzwall war stabiler, als ich erwartet hatte.

»Du weißt es, oder?« Alex hielt meinem Schweigen nicht lange stand. »Du weißt, wer ich bin.«

Ich sagte nichts. Mein Schweigen machte Alex sichtlich nervös. Außerdem war es eine gute Methode, um sicherzugehen, dass meine Stimme nicht anfing zu beben oder ich irgendetwas Unverzeihliches sagte.

»Es tut mir leid. Lass es mich erklären, bitte.« Alex klang plötzlich flehend. Aber das machte mich nur umso entschlossener. Es tut mir leid ... Wie oft hatte ich diesen Satz in den letzten Monaten von ihm gehört?

»Ich will keine Erklärung. Ich will unser Geld.« Sehr gut, Maxi, lobte ich mich selbst. Kein Beben in der Stimme, kein Zittern, kein Wort zu viel.

»Natürlich. Klar.« Beschwichtigend hob Alex die Hände, nur um sich sogleich wieder nervös die Haare zu raufen. Ja, dachte ich, leiden sollst du! Denn das tat er ganz offensichtlich, auch wenn ich nicht verstand, warum. Er hatte doch alles bekommen, was er wollte. Zehn Millionen Dollar. Er konnte zufrieden sein mit seiner Leistung.

»Zahl es zurück. Morgen.« Ich warf ihm noch einen Mörderblick zu und drehte mich weg, um einen filmreifen Abgang hinzulegen. Mission erfüllt. Ich wollte lieber verschwinden, bevor der Schutzwall erneut anfangen konnte zu bröckeln. Doch Alex packte meinen Arm.

»Warte. Bitte.« Das klang nicht bloß flehend. Das klang jämmerlich. »Lass es mich dir bitte wenigstens erklären.«

»Was gibt es da zu erklären?« Unwirsch machte ich mich los. Aber ich spürte genau, dass es bereits zu spät war. Es war schon passiert. Der Schutzwall hatte gerade einen dicken Riss bekommen. Doch durch den Riss quetschte sich, anders als ich erwartet hätte, nicht die Trauer oder die Enttäuschung oder die tiefe Verletzung, die ich wohlweislich dahinter verborgen hatte, nein, als Erstes heraus kam die Wut. Eiskalt und rot glühend.

»Du hast dich kaufen lassen!«, zischte ich. »Du hast dich von deinem Vater kaufen lassen für zehn Millionen Dollar. Das ist so was von billig. Und gemein! Du bist der gemeinste, verlogenste Mensch, der mir je begegnet ist. Vom ersten Moment an hast du mich belogen. Unser Treffen auf der Vernissage, das hast du doch arrangiert, nicht wahr? Da hatte dein Vater dich schon auf mich angesetzt. Stimmt doch, oder etwa nicht?« Ich funkelte ihn böse an. Alex nickte bloß mit hängendem Kopf.

»Und dann diese Kette …« Ich griff mir an den Hals und tastete vergeblich nach dem Medaillon. Mist! Ich hatte vergessen, dass das Schmuckstück bereits im Beuteltier steckte, sonst hätte ich es mir jetzt effektvoll vom Hals reißen können. »Dream as if … So ein Bullshit!« Ich wurde immer lauter, die ersten Flohmarktbesucher drehten sich bereits nach uns um. »Du hast mich glauben lassen, dass das Träumen sich lohnt. Aber du hast die Träume platzen lassen. Jeden einzelnen!«

»Ich …«, setzte Alex zu einer Verteidigung an, aber ich ließ ihn nicht zu Wort kommen.

»Und dann, wieso bist du dann so plötzlich verschwunden? Warst du wirklich in Singapur, oder war das bloß eine weitere miese Lüge, damit ich dich noch interessanter finde?« Ich bebte förmlich vor Zorn. Das ganze Auf und Ab der Gefühle, durch das Alex mich in den vergangenen Monaten gejagt hatte, brach jetzt aus mir heraus.

»Die Miete«, erklärte Alex und atmete tief durch. »Erinnerst du dich? Ich habe euch damals das Geld für die erhöhte Miete überwiesen. Als mein Vater das rausgefunden hat, hat er getobt. Und er hat mich tatsächlich in unser Büro in Singapur geschickt.«

»Aha.« Alex' Erklärung hatte mich ein wenig aus dem Konzept gebracht. Er war der anonyme Spender, der damals dafür gesorgt hatte, dass wir in Pinkstone bleiben konnten, obwohl unser Vermieter die Miete verdoppelt hatte … Aber warum? Na, egal. Das wog auf keinen Fall auf, was Alex danach getan hatte!

»Und kaum warst du zurück, da lässt du dich wieder von deinem Vater vor den Karren spannen und fängst erneut was mit mir an?« Ich erinnerte mich noch so gut an unsere Begegnung kurz vor Silvester. Was würdest du tun, wenn du heute sterben müsstest?, hatte er gefragt. Und selbst die Antwort gegeben: Ich wäre hier. Mit dir. Verflucht, das war so romantisch gewesen! Aber auch seine Zweifel hatte ich nicht vergessen: Es wäre besser für dich, wenn wir uns nie begegnet wären ... Ich hatte überhaupt nicht kapiert, was er damit meinte. Und wie ernst zu nehmend diese verborgene Warnung gewesen war ... Dieser Mistkerl!

»Du hast so getan, als würde ich dir etwas bedeuten, nur um mich für deinen Vater ausspionieren zu können!« Meine Stimme überschlug sich, während ich die Worte förmlich ausspie. Aber auch Alex wirkte jetzt nicht minder aufgebracht.

»Mein Vater hatte damit nichts zu tun. Ich wollte dich unbedingt sehen. Ich hab dich so vermisst, bitte glaub mir. Aber als er dahinterkam, dass wir uns wieder treffen, da wollte er mich erneut unter Druck setzen. Nur deshalb habe ich sofort mit dir Schluss gemacht. Ich dachte, dass ich dir damit am wenigsten schaden könnte.«

»Ach so! Du hast mir also das Herz gebrochen, um mich zu schützen!« Ich sah mich noch im Schneematsch stehen, die Tüte des Brautmodengeschäfts in der Hand und mit dem Gefühl, den größten Fehler meines Lebens begangen zu haben. Dabei hatte das Kleid mit Alex' Entschluss überhaupt nichts zu tun gehabt. »Wie überaus fürsorglich von dir!«

Die Traube um Alex' Stand war jetzt deutlich größer geworden. Bestimmt ein Dutzend Schaulustige verfolgte unseren Streit, die japanischen Touristen knipsten sogar Fotos. Vermutlich glaubten sie, in irgendeiner Fernseh-Soap-Aufzeichnung gelandet zu sein. Normalerweise wäre mir solche Aufmerksamkeit furchtbar peinlich gewesen, aber in diesem Moment war ich viel zu sehr mit meinen eigenen Gefühlen beschäftigt, um mich überhaupt darum zu kümmern.

»Und was hat dich schließlich dazu gebracht, doch für deinen Vater zu spionieren? Lass mich raten: das Geld! Ohne ihn wärst du nicht an deine zehn Millionen gekommen. Armer reicher Junge. Dann hättest du womöglich einen richtigen Job annehmen müssen, um dir deine ganzen teuren Hobbys zu leisten, statt hier bloß deine Bildchen zu verkaufen.« Ich machte eine unbestimmte, wütende Geste, die den ganzen Stand einschloss, wohl wissend, dass meine Bemerkung ein bisschen ungerecht war, aber ich war immer noch sooo sauer. Alex schluckte sichtlich.

»Es ging mir eigentlich nicht um das Geld an sich«, erklärte er, mit einem Mal wieder sehr leise. »Ich wollte bloß, dass er mir das gibt, was mir zusteht. Das Erbe meiner Mutter ... Es ist doch das Einzige, was ich von ihr habe.«

»Und dafür hast du dich von deinem Vater für seine miesen Intrigen einspannen lassen? Und ich dachte, ich wäre naiv!« Ich spürte, wie meine Wut verpuffte. Alex tat mir beinahe leid. Und das war nicht gut. Gar nicht gut. Denn hinter der Wut lauerten all die anderen furchtbaren Gefühle, die hier und jetzt nichts zu suchen hatten. Deshalb kramte ich in meinem Beuteltier, bis ich den Zettel fand, den ich wohlweislich eingesteckt hatte. Es war die

Schwarz-Weiß-Kopie eines Zeitungsartikels, die ich Alex nun hinhielt. Zögernd nahm er das Papier.

»Erkennst du es?«, fragte ich. Ich konnte das Beben in meiner Stimme nicht länger unterdrücken, aber es war mir mittlerweile egal. »Das ist das Haus deiner Urgroßmutter. Das sie deiner Mutter vererbt hat. Dein Vater hat es, ohne mit der Wimper zu zucken, abreißen lassen, weil er eine teure Luxus-Shopping-Mall errichten wollte. Du hast dich von einem Mann kaufen lassen, der das Erbe deiner Mutter mit Füßen tritt. Der alle Menschen und ihre Gefühle mit Füßen tritt, buchstäblich sogar, wenn es seinen Zwecken dient.«

Ich ließ ihn mit dem Zettel in der Hand stehen und ging eilig weg. Tränen strömten mir unablässig übers Gesicht. Mein Schutzwall lag in Trümmern.

»Maxi!«, hörte ich Alex rufen. »Maxi, warte!«

Ich ging schneller, drehte mich nicht nach ihm um, obwohl seine Stimme so verzweifelt klang, dass ich kaum widerstehen konnte.

»Maxi!«, rief er. »Ich liebe dich!«

Ich hörte seine Schritte, er rannte mir nach. Dann holte er mich ein, fasste nach meinem Handgelenk, hielt mich fest und sprach, weil ich den Kopf stur gesenkt hielt, mit meinem Scheitel.

»Ich habe mich in dich verliebt, als ich dich das erste Mal getroffen habe«, flüsterte er. »Und ich liebe dich mit jedem Tag ein bisschen mehr. Ich habe einen furchtbar schlimmen Fehler begangen. Und ich werde nicht mehr sagen, dass es mir leidtut. Ich werde es wiedergutmachen. Weißt du noch, was du über die Schmetterlinge gesagt hast? Dass sie so beeindruckend sind, weil aus hässlichen Raupen wunderschöne Falter werden? Ich werde es wiedergutmachen. Bitte, glaub mir. Vertrau mir!«

Alex gab mein Handgelenk frei und ich rannte los. So schnell das auf hohen Absätzen eben möglich ist. Er hätte mich leicht noch einmal einholen können, aber er versuchte es nicht.

Vertrau mir! Vertrau mir! Vertrau mir! Alex' Worte klangen immer noch in meinem Kopf nach. Und obwohl mein Verstand bei der Vorstellung, Alex je wieder mein Vertrauen zu schenken, hektische rote Warnlampen aufblinken ließ, spürte ich tief in mir drin, begraben unter dem Schutt meines emotionalen Schutzwalls, dass ich das trotz allem immer noch gerne wollte.

»Bist du jetzt zufrieden?«

»Sehr, mein Junge. Das hat sie zum Schweigen gebracht. Genau nach Plan.«

»Und du willst dieses Haus immer noch kaufen und abreißen lassen? Dir ist völlig egal, was a*us den Menschen wird?«*

»Völlig. Geschäft ist Geschäft. Immerhin habe ich mich das Ganze bereits einiges kosten lassen. Und wegen dieser lästigen Blog-Berühmtheit werde ich weit mehr für dieses Haus zahlen müssen, als es wert ist.«

»Und darf ich fragen, wie viel?«

»Darfst du. Aber warum interessierst du dich noch dafür?«

»Pure Neugier.«

Kapitel 23

Im Verlauf der nächsten Woche passierten drei Dinge, die uns eindeutig klarmachten, dass das Ende von Pinkstone kurz bevorstand.

1. Die Umzugswagen kamen. Aus den einzigen beiden noch bewohnten Häusern am Petticoat Place zogen die Besitzer aus. Sie verabschiedeten sich nicht von uns. Keiner von ihnen hatte sich je besonders für den Erhalt der Gebäude interessiert. Vermutlich hatte Miller ihnen schon frühzeitig ein so verlockendes Angebot für ihre Häuser gemacht, dass es ihnen gleichgültig war, was damit passierte.
2. Die Abrissbagger kamen. Auf der großen Industriebrache, die den Petticoat Place von der nächsten Querstraße trennte, machten die schweren Maschinen mit höllischem Lärm die heruntergekommenen Lagerhallen dem Erdboden gleich, dann fingen sie an, sich durch die hohe Mauer zu fressen, den letzten Wall vor unserer kleinen Häuserzeile.

3. Unser Vermieter kam. Zu unser aller Überraschung flippte Donald Duck – wie wir den Neffen der Pink Lady stets nannten – nicht aus, als er sah, in welchem Zustand die Handwerker Pinkstone hinterlassen hatten. Er habe inzwischen mehrere sehr erfreuliche Gebote erhalten, teilte er uns redselig mit. Und da er davon ausgehe, dass das Haus ohnehin in Kürze abgerissen werde, wolle er uns nun auch nicht mehr mit der Fertigstellung der Sanierung belasten. Er sei ja kein Unmensch!

Am Tag der Versteigerung von Pinkstone saßen wir alle zum letzten Mal um den Küchentisch versammelt. Pam hatte eine pinke Torte gebacken, und wir tranken dazu, was wir in unserer Vorratskammer gefunden hatten: eine Flasche Sekt, zwei Flaschen Wein, mehrere Dosen Bier, Cola Light, Ginger Ale, Tomatensaft und Milch. Den letzten verbliebenen grünen Smoothie hatten wir großzügig Saida überlassen. Wir hatten beschlossen, dass es eine kleine Party zu Ehren von Pinkstone werden sollte, aber keiner von uns war so richtig in Feierlaune.

In der Mitte des Tisches thronte das antik anmutende Telefon, das wir aus dem Flur in die Küche geschleppt hatten. Nun starrten wir alle wie gebannt auf den grünen Apparat. Mr Green, der alte Anwalt der Pink Lady, hatte versprochen, uns sofort zu informieren, wenn die Frist für alle Gebote abgelaufen war und der Käufer somit feststand. Warum Donald Duck ausgerechnet den Anwalt seiner Erbtante beauftragt hatte, sich um den Verkauf zu kümmern, war mir schleierhaft, immerhin hatte Mr Green sich anfangs sehr dafür eingesetzt, dass Pinkstone erhalten blieb, aber vielleicht war ihm einfach kein anderer eingefallen. D.D. war mir noch nie besonders kreativ erschienen.

Man könnte natürlich fragen, warum wir alle das Telefon anstarrten, als könnte es gleich in die Luft fliegen. Die Umzugswagen, Abrissbagger und die Erklärungen des Neffen ließen schließlich wenig Zweifel am endgültigen Ernst der Lage: Alle Anzeichen deuteten darauf hin, dass Pinkstone eher heute als morgen dem Erdboden gleichgemacht werden würde. Zumal von draußen unaufhörlich der Lärm der Baumaschinen zu uns hereindrang. Aber ich schätze, dass wir nach allem, was wir bereits erlebt hatten, noch auf irgendein Wunder hofften. Auf ein besonders schnelles Wunder.

Als endlich ein Klingeln ertönte, schreckten wir alle hoch. Aber es war gar nicht der vorsintflutliche Apparat auf dem Tisch vor uns, der das Geräusch von sich gab, sondern ein Handy. Ricks Handy. Umständlich zog Rick das Smartphone aus seiner engen Jeans und verließ nach einem Blick auf das Display wortlos den Raum. Wir hörten noch, wie er im Rausgehen sagte: »Maria, was gibt's?«, aber dann verstanden wir sein leiser werdendes Murmeln nicht mehr.

Rick: »Warum rufst du an? Hat Mamma dich auf mich angesetzt?«

Maria: »Ich ...«

Rick: »Sag ihr, ich habe mich noch nicht entschieden!«

Maria: »Aber ...«

Rick: »Ja, ich weiß, dass die Zeit drängt, aber das ist keine Sache, die ich mal eben entscheiden kann. Ich bin grad dabei, mir hier was aufzubauen, das muss selbst die Familie kapieren.«

Maria: »Jetzt ...«

Rick: »Nein, Schluss jetzt. Es ist total uncool von dir, mich auch noch zu drängen. Gebt mir noch ein paar Tage. Ich hab zurzeit genug Stress. Ich kann mich nicht auch noch um das Ristorante kümmern.«

Maria: »Hör ...«

Rick: »Shit! Ist was mit Papa?«

Maria: »Nein! Aber hör mir endlich mal zu. Ich will dir was vorschlagen. Ich kann mich ums *Bella* kümmern.«

Rick: »Du? Aber du bist erst sechzehn!«

Maria: »Fast siebzehn! Und ich hab ja nicht gesagt, dass ich es allein mache. Unsere Cousinen Irma und Abelina übernehmen den Service, Onkel Ronaldo kümmert sich um den Einkauf. Und Clara hilft in der Küche, wenn ich zur Schule muss.«

Rick: »Wow. Maria, hast du das alles organisiert? Du bist unglaublich!«

Maria: »Ja, äh, danke. Aber es gibt ein Problem. Mamma traut mir das nicht zu. Sie ist besessen davon, dass du das Ristorante leiten sollst. Und da hab ich gedacht, vielleicht könntest du ihr sagen, dass du das tust. Sie ist ja so gut wie nie dort. Sitzt den ganzen Tag bei Papa im Krankenhaus. Du müsstest also nur ganz selten mal vorbeikommen.«

Rick: »Meinst du, dass das eine gute Idee ist? Was, wenn sie es rauskriegt?«

Maria: »Keine Ahnung, was dann. Aber ich hab keine andere Idee. Du?«

Rick: »Okay. Dann machen wir es so.«

Kaum war Rick aus der Küche verschwunden, klingelte es erneut. Nicht auf dem Tisch, sondern in Saidas weitem Wallekleid. Beim Blick aufs Display runzelte Saida die Stirn, stand auf und ging ebenfalls aus dem Raum, bevor sie das Gespräch annahm.

Saida: »Hallo?«

Park-Slope-Schnepfe: »Hallihallo, hier ist Joanne. Du weißt schon Joaaanne. Dein Kleid ist eingeschlagen, meine Liebe. Ich war der Star des Abends! Und weißt du was, ich brauche noch eins. Ganz anders, aber genauso speziell. Für ein großes Geschäftsessen meines Mannes. Nächstes Wochenende. Kriegst du das hin?«

Saida: »Noch ein Kleid?«

Park-Slope-Schnepfe: »Jaahaa, das hab ich doch gesagt! Die Exfrau meines Mannes wird auch dort sein. Sie ist jetzt mit seinem Chef verheiratet. Und ich will ihr unbedingt die Show stehlen! Also brauche ich ein absolutes Knaller-Kleid!«

Saida: »Nächstes Wochenende?«

Park-Slope-Schnepfe: »Meine Güte, ja! Also, klappt das oder klappt das nicht? Ich zahle dir tausend Dollar!«

Saida: »So schnell?«

Park-Slope-Schnepfe: »Meinetwegen. Tausendfünfhundert.«

Saida: »Okay, okay. Ich versuch es ja.«

Park-Slope-Schnepfe: »Ach, und meine Freundin Susan braucht auch ein Kleid. Sie muss nächste Woche zu einer Filmpremiere. Sie ist Schauspielerin, hatte ich das erwähnt?«

Saida: »Nächste Woche schon?«

Park-Slope-Schnepfe: »Jaahaa, meine Güte, das sag ich doch!«

Saida: »Ich weiß nicht, ob ich das schaffe!«

Park-Slope-Schnepfe: »Tja, meine Liebe, dann solltest du dir vielleicht etwas einfallen lassen ... Tschühüss!«

Während wir noch versuchten, aus den Gesprächsfetzen schlau zu werden, die von Saidas Telefonat aus dem Flur in die Küche drangen, klingelte es schon wieder. Dieses Mal sprang Pam auf, nachdem sie einen Blick auf ihr Handy geworfen hatte. Ich fragte mich, wo sie hinwollte, da im Flur Saida telefonierte und Rick vermutlich ins Wohnzimmer verschwunden war. Aber Pam stürmte die Treppe hinauf, wobei sie wütend in den Hörer zischte.

Pam: »Ich hab dir doch gesagt, dass ich nicht mitspielen werde, James!«

James: »Aber das war doch bloß eine Laune!«

Pam: »Nein, James, das war nicht bloß eine Laune!«

James: »Schluss damit, Pummelchen. Wir wollen jetzt mit der Generalprobe beginnen. Morgen findet die Premiere statt. Hör auf mit dem Unsinn und beweg dich schleunigst hierher.«

Pam: »Nein, das werde ich nicht tun. Und nenn mich nicht Pummelchen.«

James: »Entschuldige, Pum... Pam. Warum bist du denn so empfindlich? Du weißt doch, wie anziehend ich deine Rundungen finde. Also, Ende der Diskussion. Du kommst jetzt sofort zur Probe!«

Pam: »Nein, James, ich komme nicht zur Probe. Und ich komme auch nicht zur Aufführung. Du suchst dir besser eine andere Besetzung für deine Katze.«

James: »Aber Pum..., äh, Pam. Willst du dein Talent verleugnen? Willst du dich etwa dem Kommerz verkaufen? Willst du künftig womöglich wieder Musicals singen?«

Pam: »Dadgumit! Ich weiß es nicht. Ich habe keine Ahnung, was ich machen will. Aber ich weiß, dass ich nicht mehr die geringste Lust habe, mich für dich auszuziehen. Weder im Bett noch auf der Bühne!«

James: »Pam, komm zu Verstand! Wir haben keine Zweitbesetzung für die Maggie!«

Pam: »Tja, James, dann wirst du sie wohl selbst spielen müssen. Du bist doch sonst so ein großer Verfechter moderner Interpretationen!«

James: »Das wird dir noch leidtun!«

Abby und ich saßen etwas verloren am Küchentisch, als auch ihr Handy anfing zu klingeln beziehungsweise anfing, einen uralten Popsong zu dudeln. Sie warf einen Blick auf das Telefon und sah sich dann hektisch um auf der Suche nach einem Ort, an dem sie ungestört telefonieren konnte. Als sie das Gespräch annahm, konnte ich Mrs O'Brian, Abbys Mutter, kreischen hören: »Abigail O'Brian ...« Abby beschloss, sich in die Vorratskammer zu quetschen, den einzigen noch freien Raum im Haus.

Abby: »Was ist denn los, Mom?«

Mrs O'Brian: »Du undankbares, fehlgeleitetes Kind! Wie konntest du bloß?«

Abby: »Aber, Mommy, was habe ich denn …?«

Mrs O'Brian: »WAS DU GETAN HAST?«

Abby: »Jaa …?«

Mrs O'Brian: »Du hast unser Vertrauen missbraucht. Du hast Schande über dich gebracht. Und über uns! Hast du denn gar nicht daran gedacht, was das für mich und deinen Vater bedeutet? Wie steht er denn jetzt da in der Gemeinde? Wie soll ich das denn den Leuten erklären?!«

Abby: »Mommy, wovon redest du?«

Mrs O'Brian: »Was glaubst du, wovon ich rede? Nichts ahnend habe ich das Paket geöffnet. Und dann das! Ich bin fast ohnmächtig geworden!«

Abby: »Mommy, welches Paket?«

Mrs O'Brian: »Das Paket mit diesen … diesen Büchern!«

Abby: »Oh Gott! Du hast das Paket vom Verlag geöffnet? Aber das war doch bestimmt an mich adressiert!«

Mrs O'Brian: »Ha! Ich sage ja, du wolltest es uns verheimlichen. Du wolltest uns wohl ins offene Messer laufen lassen beim nächsten Gottesdienst. Hast du denn gar keinen Anstand im Leibe?«

Abby: »Aber, Mommy, so war es doch gar nicht. Ich hätte es euch bestimmt erzählt. Es tut mir supileid, dass ich es noch nicht getan habe! Aber es ist doch bloß ein Buch! Ich habe das alles ja nicht getan! Nur darüber geschrieben …«

Mrs O'Brian: »Du hast uns enttäuscht, Abigail, sehr enttäuscht. Ich weiß gar nicht, was ich dazu noch sagen soll … Warte, ich gebe dir deinen Vater.«

Mr O'Brian: »Guten Tag, mein Kind.«

Abby: »Hi, Daddy, es tut mir wirklich supileid, dass ich euch enttäuscht habe.«

Mr O'Brian: »Nun, Abigail, das will ich hoffen.«

Abby: »Ich komme ganz schnell nach Hause, okay, dann können wir darüber reden, okay?«

Mr O'Brian: »Nein, Abigail, ich denke nicht. Du hast dich weit entfernt von dem Weg, den Gott für dich vorgesehen hat. Wir haben unser Bestes gegeben, um dich auf diesen Pfad zu führen. Doch ich fürchte, dass du nun selbst den Weg zurück zum wahren Glauben finden musst. Unter unserem Dach ist so lange kein Platz mehr für dich, mein Kind.«

Ich hörte Abby in der Vorratskammer aufschluchzen, doch bevor ich nachsehen konnte, was mit ihr los war, rasselte das altersschwache Telefon auf dem Tisch vor mir. Endlich: der ersehnte und gleichzeitig gefürchtete Anruf – und außer mir war keiner der Pinkstoner da! Also nahm ich den Hörer ab.

Ich: »Hallo, hier spricht Maxi.«

Mr Green: »Maxi, wie geht es dir?«

Ich: »Gut so weit, danke, und selbst?«

Mr Green: »Gut, gut, hör zu, die Versteigerung ist beendet. Es war am Ende richtig spannend. Zwei Bieter haben ganz erstaunlich hohe Summen geboten.«

Ich: »Zwei Bieter?«

Mr Green: »Ja, genau. Mr Miller, aber das habt ihr euch sicher schon gedacht. Und ein weiterer, der sein Gebot anonym abgegeben hat!«

Ich: »Anonym?«

Mr Green: »Ja, anonym, genau. Aufregend, nicht wahr?

Auf jeden Fall übertraf der Kaufpreis am Ende alle Erwartungen, mehr kann ich dir natürlich nicht verraten.«

Ich: »Nein, schon gut. Es ist ohnehin sehr nett von Ihnen, dass Sie mich überhaupt anrufen ...«

Mr Green: »Nun, das ist ja das Mindeste, was ich für Ruth, ich meine Mrs Goldman, tun kann. Sie war eine alte Freundin von mir, aber ich glaube, das habe ich dir schon erzählt. Sie hätte es sicher gern gesehen, wenn ihr das Haus behalten hättet. Und wenn ihre Katze nicht verschwunden wäre, Tom the Cat, das eigensinnige Biest. Nun, so sollte es wohl nicht sein.«

Ich: »Mr Green, entschuldigen Sie, wenn ich ungeduldig bin, aber wer hat Pinkstone denn nun ersteigert?«

Mr Green: »Ach so, ja, deswegen hatte ich ja angerufen. Das ist das Alter, man vergisst so vieles.«

Ich: »Mr Green, bitte, wer hat das Haus gekauft?«

Mr Green: »Nun, es ist ganz erstaunlich, überraschend könnte man wohl sagen, aber das eine Gebot lag genau einen Dollar über dem anderen. Die Bieter kannten die anderen Gebote ja nicht. Und dann: Nur ein Dollar, hat man so etwas schon gehört? Ich jedenfalls habe das noch nie gehört. So eine hohe Summe und dann nur ein Dollar!«

Ich: »Mr Greeeeeen, bitteee!«

Mr Green: Ach so, was wollte ich erzählen? Das Alter, wie gesagt ... Nun, das Gebot stammte von Mr Miller, also nicht das höhere, meine ich, sondern das geringere, also das, was einen Dollar niedriger war als das andere, das nur einen Dollar höher war ...«

Ich: »Heißt das etwa, dass Miller Pinkstone nicht ersteigert hat, heißt es das?«

Mr Green: »Das sage ich doch die ganze Zeit. Oder? Das habe ich doch gesagt?«

Ich: »Das ist ja unglaublich, aber wer ist dieser andere, dieser anonyme Bieter? Will er das Haus auch abreißen lassen? Was will er denn überhaupt damit machen?«

Mr Green: »Ich habe nicht die geringste Ahnung. Tut mir leid. Den Namen habe ich bislang noch nicht bekommen. Aber ich bin mir sicher, dass er oder sie sich in Kürze mit euch in Verbindung setzen wird. Nun denn, alles Gute, Maxi, für euch alle.«

Während ich mit Mr Green telefoniert hatte, waren alle meine Mitbewohner in die Küche zurückgekehrt. Nun standen sie um den Tisch herum und schauten mich mit großen Augen und hochgezogenen Brauen fragend an. Abby wirkte verzweifelt, Saida verwundert, Pamela irgendwie stolz und Rick eher unsicher. Ich selbst war noch so perplex, dass ich den Telefonhörer in der Hand anstarrte, obwohl das Telefonat längst beendet war.

»Es ist verrückt«, brach ich schließlich das Schweigen. »Es ist absolut, total verrückt, aber irgendein anonymer Bieter hat Miller das Haus vor der Nase weggeschnappt.«

»Echt?« – »Wie das?« – »Wer denn?« – »Und was jetzt?« Auf meine Worte hin plapperten plötzlich alle durcheinander, und es dauerte eine Weile, bis ich wieder zu Wort kam.

»Ich habe keine einzige Antwort auf eure Fragen, sorry«, erklärte ich. »Ich weiß nur, dass Pinkstone nicht von Larry Miller ersteigert wurde! Was derjenige, dem es nun gehört, damit vorhat, ist mir ein genauso großes Rätsel wie euch. Wer weiß, vielleicht will er es gar nicht behalten.

Vielleicht hat er die ganze Geschichte verfolgt und hofft, es für eine noch höhere Summe an Miller weiterverkaufen zu können. Vielleicht war es aber auch irgendein verrückter Idealist mit zu viel Geld ... Fragt mich bitte nicht, wer auf die Idee gekommen ist, Pinkstone zu ersteigern.«

Ich knallte den Telefonhörer auf die Gabel, zog die Sektflasche heran und ließ deren Korken ebenfalls knallen. Dann schenkte ich fünf Gläser voll.

»Aber wisst ihr, was ich weiß? Ich weiß, dass Pinkstone heute nicht abgerissen wird. Und dass wir zumindest heute noch ein Dach über dem Kopf haben werden ... oder zumindest eine Dachabdeckplane. Und ich finde, darauf sollten wir anstoßen.«

Meine Freunde nickten und griffen ebenfalls nach den Gläsern, dann ließen wir sie aneinanderklirren. Im selben Moment hörten wir draußen Fensterscheiben klirren. Wir zuckten alle zusammen. Es war so weit. Sie fingen an, die Häuser abzureißen. Die Erkenntnis versetzte mir einen schmerzhaften Stich.

Trotzig riss ich das Küchenfenster auf, lehnte mich weit hinaus und brüllte dem Baggerführer gegen den ohrenbetäubenden Lärm der Maschinen zu: »Finger weg von Pinkstone!«

Natürlich hörte er mich nicht. Doch dann quetschten sich auch die anderen Pinkstoner neben mir in das schmale Fenster und riefen: »Finger weg von Pinkstone!« Gemeinsam. Entschlossen. Und laut. Das tat so was von gut. Der Baggerführer hielt inne, sah zu uns, schüttelte amüsiert den Kopf und streckte uns einen hochgereckten Daumen entgegen. Dann setzte er seine Arbeit fort.

Der Staub der herabfallenden Steine wehte zu uns hinüber und wir mussten alle husten, also schlossen wir das Fenster. Die anderen redeten sofort wieder wild durcheinander und stellten Spekulationen darüber an, wer Pinkstone gekauft haben mochte und was nun mit unserem Haus passieren würde. Deshalb war ich die Einzige, die bemerkte, dass wir durch das geöffnete Fenster einen weiteren Besucher eingelassen hatten: einen kleinen Schmetterling mit leuchtend blauen Flügeln, der nervös um unsere Köpfe flatterte, bis er sich schließlich zaghaft auf meinem Arm niederließ.

Geld und Vertrauen haben eins gemeinsam: Man kann sich noch so anstrengen, um es zu erwerben, es zu vermehren oder wenigstens nicht alles zu verlieren, aber man hat wenig Kontrolle darüber. Wenn man Pech hat, ist es von einer auf die andere Sekunde futsch. Eine schwere Erkenntnis für mich, denn ich behalte am liebsten alles unter Kontrolle.

Verrückterweise kommen aber manchmal sowohl das Geld als auch das Vertrauen einfach zurück – selbst wenn man sich noch so sehr dagegen sträubt.

Liebe Grüße von eurer
Maxi

Ende des dritten Teils